中国专业作家小说典藏文库

中国专业作家小说典藏文库

肖克凡卷

探戈时代的秧歌

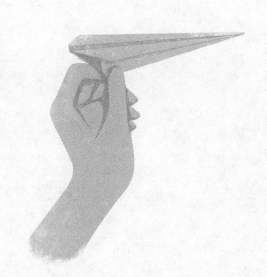

肖克凡 ◎ 著

中国文史出版社

目　录

探戈时代的秧歌

褚晓尘侧身挤进厨房小声问道，妈妈，您说我今年考英语四级到底作弊不作弊呢？那玩意儿涨到一千二百元啦。

母亲路也红中年发胖，下岗之后胖得更具规模了。从前，是富人胖穷人瘦，如今，是穷人胖富人瘦。这是时代变迁。二十一岁的褚晓尘正是时代产物，不高不矮不胖不瘦帅哥儿型。

老式厨房过于狭窄。帅哥儿型的儿子看到水桶形的母亲转身动作酷似电影里的"慢镜头"，心里挺别扭的。一家三口的工薪家庭住在这种当年被称为"鸳鸯居"的"超小户型"单元里，很憋屈。与如今流行的三百平方米"超大户型"相比，这无疑是一只沙丁鱼罐头盒。正在攻读"专接本"的褚晓尘在日记里这样写道：我一天天成长着，也一天天向沙丁鱼转化着。我们人类祖先来自海洋，我变成沙丁鱼属于返祖现象吧？

一室一厅一厨一厕，卧室十一平方米，过厅四平方米，厨房三平方米，厕所一点九九平方米，全部使用面积十九点九九平方米。这只罐头盒太小了。当年的设计师一定来自童话小人国。晚间，褚晓尘睡在过厅，父亲母亲睡在卧室里。过厅四平方米，摆着"沙丁鱼"的书桌。这是全家唯一的书桌。爸爸妈妈是工人。工人不需要书桌，工人需要岗位，还有医疗保险、养老保险和住房公积金。

自称沙丁鱼的褚晓尘认为，只要有住房公积金就可以贷款购买两室一厅的大房子。妈妈拍打着一双胖手反驳说，大房子？你贷款买房拿得起首付吗？全家每月两千多块钱收入，咱们不吃不喝把脖子扎起来吧。

帅哥儿兼沙丁鱼褚晓尘晓得事理，从此不提贷款买房。人无远虑，必有近忧。如今面临英语四级考试，挤进厨房的褚晓尘进退两难，只得征求母亲意见。

去年考英语四级褚晓尘没作弊，只差四分及格。拿不到英语四级资质就拿不到"专接本"的学位证书，尽管学士学位不值钱。如今考试不作弊的，男生被称为"贞男"，女生被称为"贞女"，一律被视为傻帽儿。好端端的"贞"字成了贬义词。于是同学们纷纷不贞——男生女生竞相作弊。去年考英语四级，同学们争先恐后购买"无线接收器"。考试的时候将接收信号的天线戴在腰间，"耳麦"只有黄豆粒儿大小，基本达到国际间谍水平。

今年，地下制造商提高产品技术含量，"耳麦"从黄豆粒儿缩成绿豆粒儿，小巧玲珑塞进耳孔，一边收听标准答案一边挥笔答卷，从容镇定方便快捷。同班女生庞娟是大款女儿，她催促褚晓尘花一千二百元购买"无线接收器"，说我就是使用这种"绿豆耳麦"作弊，已经考取英语四级啦。

听着儿子叙述，母亲路也红关闭煤气灶说，我知道庞娟是差生。差生都过了关，这是什么世道啊。好吧，一千二就一千二，关键是你自己良心过得去过不去！

是啊，去年自己良心过不去，考英语四级没作弊。今年良心犹在，究竟作不作弊呢？一时间褚晓尘成了中国"八〇后"版本的"犹豫王子"。

良心到底是什么东西呢？既看不见也摸不着。褚晓尘觉得，有良心的人就是心里永远站着一个警察，无影无形却随时管理着你。如果你昧着良心做了不该做的事情，那警察便不停地追问，弄得你茶饭不思昼夜不宁。

从幼儿园开始，父亲褚永义和母亲路也红便对祖国花朵褚晓尘实施工人阶级思想教育。提倡助人为乐诚实正派的好思想，反对损人利己撒谎作假的坏苗头。从小学读书到高中毕业褚晓尘都是好孩子。过马路，他宁可绕路也要走人行横道线；挤公交车，从不抢座，宁可站得腰酸腿麻，内心享受着高尚。如今，读"专接本"的好孩子褚晓尘面临着良心抉择。

妈妈，我要是良心过得去您拿得出一千二吗？褚晓尘小心翼翼问道。

母亲路也红赌气似的说，只要你良心过得去，我一千二就拿得出！

妈，您让我想一想吧……儿子犹豫地叹了一口气。

路也红热爱生活而且极具耐心。晚饭包饺子，三口之家她竟然做了六种馅：猪肉芹菜馅的，猪肉扁豆馅的，猪肉青椒馅的，猪肉西红柿馅的，猪肉木耳馅的，猪肉香菇馅的。妈妈的生活热情，通过一只只热气腾腾的饺子感染着褚晓尘——他一一品尝了六种饺子总共吃了二十四只，还喝了一碗饺子汤。

吃过晚饭，褚晓尘说有事儿出去一趟。母亲嗯了一声并不阻拦。嗯就是同意。不同意不嗯。

眉清目秀的褚晓尘走出家门——白衬衣蓝裤子黑皮鞋，一派工人阶级好儿子兼共青团干部的打扮。迎着晚风前往"人间地狱"，他舍不得"打的"。如今的"八〇后"掀起消费狂潮，互相攀比出手阔绰，"啃老族"从不吝惜父母的钞票。譬如女生庞娟从来花钱如流水，好像家里有一台印钞机。相比之下，一贯省吃俭用的褚晓尘太节约了。只要通行公交车，他绝不打的；只要路不太远，他便步行。在学校只要有五元钱的盒饭，他肯定不吃六元的。于是，庞娟赠给他一个昵称"超级葛朗台"。

女生庞娟竟然知道"葛朗台"，这令褚晓尘颇感意外。"八〇后"们阅读"蜡笔小新"长大，只晓得周杰伦、李宇春什么的，正经阅读西方古典文学作品的，很少。只有褚晓尘热衷阅读十九世纪欧洲小说从而误了功课，高考失利打入另册只得去念"大专"，之后读"专接本"。

昨天庞娟发来短信邀请说：明晚八点钟"人间地狱"见面。我怕人多不易辨认，请你将头发弄成爆炸式，右手拿一根木棒，左手端一只瓷碗，届时高呼接头暗号"行——行——好！"

庞娟皮肤黢黑，外号"黑雪公主"。她为了皮肤变白已经将几万元人民币花在脸上。"黑雪公主"平时特别喜欢发"段子"，从不放过挖苦别人的机会。这次又把褚晓尘说成沿街行乞的叫花子。然而，为了消除"超级葛朗台"的畏难心理，庞娟再次发来短信表示，去"人间地狱"由她买单。

褚晓尘毕竟是男子汉，发短信为自己寻找台阶说，好吧，下次去"人间天堂"我买单。庞娟立即回复短信反问道，你以为有"人间天堂"啊？弱智。

弱智就弱智吧。褚晓尘苦笑了，只得接受"人穷志短"的道理。他不晓得坐落在闹市区的那间酒吧为何取名"人间地狱"，尽管人间没有天堂。

前面的小广场传来一阵音响，好像是探戈节奏。小广场镶嵌玻璃地面，吸收着满地月光。一对对舞伴随着音乐翩翩起舞，影影绰绰仿佛虚幻世界。走进小广场，褚晓尘低头看到果皮箱上摆着一只旧音箱，进口"探戈"是从这里传出的。音箱旁边摆着一只白瓷饮水桶，还有一串纸杯。

褚晓尘知道这个被称为"穷人美"的小广场，晚间来这里跳舞的主要是下岗职工。他们自发开辟一方天地，硬是把西班牙宫廷探戈跳到中国大街上。褚晓尘几次撺掇渴望减肥的妈妈也来这里锻炼。母亲路也红撇着嘴说，让一个不认识的老爷儿们搂在怀里转圈儿，我可受不了。

妈妈很守旧。爸爸同样生活在过去的年代里。这样的父母塑造出来的好孩子就是当代好青年褚晓尘。

一个中年妇女骑着自行车驮着两只纯净水桶匆匆赶来，立起车子气喘吁吁掏出毛巾擦汗。之后，这位女送水工迅速脱去汗渍斑斑的杏黄色工作服，转身换了一件干干净净的海蓝色工作服，就跟变魔术似的。

一辆送牛奶的人力三轮车驶来，嘎地停稳。女送水工向着男送奶工说，我送了二十桶水，来晚啦。

抛开驮着空桶的自行车和装满空瓶的三轮车，女送水工与男送奶工精神抖擞地走进小广场，随即融入音乐海洋里跳起"探戈"。

褚晓尘目不转睛地望着这一对下岗再就业的舞伴，心头一热。女送水工身躯发胖却舞步轻盈，男送奶工身材消瘦却舞姿刚劲，那么和谐那么优美。夜色里"穷人美"小广场上身穿工作服的叔叔阿姨们跳着高贵的"探戈"，显得理直气壮。这一群不顾劳累尽情起舞的男男女女都是乐观主义者吗？暗暗思忖着，褚晓尘想起不苟言笑的父亲和絮絮叨叨的母亲，好孩子怀着复杂心情离开"穷人美"小广场，前往"人间地狱"了。

"人间地狱"坐落在东方商厦的地下室里，宛若鬼域。庞娟说得不错，在这种地方找人并非易事。从不泡吧的男生褚晓尘四处搜寻着，故作镇定。他快步绕过吧台，终于发现那个把头发染成绿色的女子背影颇有几分熟悉，凑过去小声说，行——行——好。

绿头发女子缓缓转过身来。褚晓尘看到一张惨白的饼子脸，连忙说了声"骚瑞"。对方好像一句英语也不懂，撇了撇嘴说你才骚呢，鸭子。

果然是人间地狱，一进门自己便成了"鸭子"。被误认为鸭子的褚晓尘心情却稳定了。经过一番检索找到了一袭奶白色皮衣皮裤的庞娟。

她的这身装束令褚晓尘想起天外来客。

其实庞娟模样不错，小鼻子小眼睛挺精致的。只是肤色黝黑，似乎祖先沾有几分非洲血统。为了脸蛋儿变白女生庞娟出资力度极大，企图换肤。可是花钱不少依然烟熏火燎的样子，好像什么东西烤煳了。

烟熏火燎的庞娟问超级葛朗台喝什么。褚晓尘一时说不出。庞娟笑着替他要了一小瓶韩国啤酒。褚晓尘起身离开吧台走向角落的座位。

嘻嘻，我知道你见不得阳光，一定寻找阴暗角落。庞娟故意讥讽褚晓尘。如今，行为狂放的男生很多，举止拘谨的男生好比大熊猫成了珍稀动物。庞娟喜欢的正是褚晓尘的拘谨与守正。坐在角落里她突然伸出胳膊搂住褚晓尘的脖子，忘情地欣赏着他。

男生褚晓尘摇晃着脑袋躲避女生庞娟的搂抱，俨然坐怀不乱的柳下惠。庞娟看到对方被自己戏弄成这种样子，心里感到莫大满足。

喝小瓶啤酒，瓶对瓶"绕脖子"就算碰杯了。喝了两口啤酒，庞娟突然郑重表情问道，这次英语四级你怎么考哇？今年不过关学位就没戏啦。

"专接本"的男生被"专接本"的女生问住了，一时无法回答。他告诉庞娟，自己小学毕业那年撒过一次谎，结果被父亲打得瘸了十几天。工人家庭的思想教育特别尖锐，绝对不容忍自欺欺人的行为。

自欺欺人？那是老皇历啦。如今社会变化多大啊！大街上顺手抓十个人就有十一个骗子。为什么？因为连抓人的都是骗子。庞娟建议褚晓尘果断选择"无线接收器"。大家都作弊你不作弊，这也是不公平的。

是啊。褚晓尘叹了一口气。即使我妈同意也不成，因为我妈拿出一千二百块钱必须征求我爸意见，我爸一听考试作弊肯定跟我急。他打人狠着呢。

这样吧，我出一千二你去买无线接收器，你妈你爸就不知道你作弊了。

喝了一小瓶啤酒，褚晓尘不再犹豫地说，假若我决定作弊，这钱算我借你的，毕业之前一定还你。

废话！庞娟扑哧一声笑了。你当然要还给我，你以为我养你做小白脸呢。

既然决定作弊，心里反而踏实了。酒吧里的音乐很响。褚晓尘又喝了一小瓶啤酒，想走。庞娟凝住目光望着心不在焉的褚晓尘大声说，我就喜欢你这种索然无味的样子。

酒吧音乐出现短暂间歇。一个黄头发蓝眼睛白皮肤小伙子走进"人间地狱"。他身材高大，披着一件黑色风衣，身后跟屁虫似的追着几个黑头发黄皮肤的"八〇后"同学，好像拖着一条尾巴。

庞娟投出目光注视着这位来自大洋彼岸的留学生，得意地笑了。褚晓尘扯了扯庞娟袖口叫着她外号说，黑雪公主，你的资本主义追求者来了。

黑雪公主一声"哇塞"说，你以为诺曼追求我啊？咱们都是他的重点研究对象——啃老族！

一旦大学毕业我自食其力，绝对不啃父母。褚晓尘认为自己不属于啃老族，仍然坚信"穷人的孩子早当家"这句已经过时的俗语。

这位外国留学生名叫诺曼，就是诺曼底的诺曼。褚晓尘起身跟他握了握手，用英语问候晚上好。

来自美国的留学生诺曼能讲汉语，只是四声掌握不好，一听就是外国人。诺曼确实是一个与众不同的留学生，他来中国一不去北京清华二不去上海复旦，特意来到这座并不涉外的"专接本"学校读书，据说是经过市教委特殊批准的。诺曼曾经私下告诉庞娟，他来中国就要接触底层社会，譬如棚户区，譬如下岗女工和残疾人，也包括掏着家长腰包硬着头皮读书的"专接本"学生们。

中国大款的女儿庞娟以玩世不恭的口吻说，外宾同志，今天我们喝酒你买单吧？

AA制吧。诺曼直率地说，你们啃老，我只能大饼卷手指头——自己啃自己。

这位美国哥儿们还会说中国歇后语呢，真成精了。庞娟眨着小眼睛对褚晓尘介绍说，你知道诺曼的爷爷是马克思主义者吗？美国共产党！

美国还有共产党啊？褚晓尘只知道美国除了民主党就是共和党，颇为吃惊地望着这位美国共产党的孙子。

褚晓尘下意识地喝着啤酒。庞娟嘲笑说葛朗台我知道你想溜号儿。诺曼也挽留说你再泡一会儿吧。如坐针毡的褚晓尘掏出一张百元钞票对诺曼说，你不是说AA制嘛，这是我的A。

起身离开"人间地狱"，快步走到大街上深深呼出一口气。我真的不适应这种环境。穷人家的孩子褚晓尘自我安慰着，一股莫名的青春感伤涌上心头。

回家的路，霎时变得长了。有的路段灯光昏暗，有的路段灯火通明，就这样一明一灭共存着。被动消费人民币一百元，那是我一星期的生活费啊。美国小伙子诺曼的AA制弄得中国小伙子褚晓尘兜儿里一文不名。也好，浑身上下没有丁点儿铜臭味道了。

走近小广场，看到美国炸鸡店还在营业，灯火通明飘来一股油炸食物的味道。褚晓尘特别喜欢肯德基和麦当劳，却限制自己三个月吃一次。他口头说洋快餐是垃圾食品，其实是为了省钱。

嗅着美国炸鸡的味道，突然看到父亲的身影。他瞪大眼睛望着——父亲褚永义手里拎着一份洋快餐与一位红衣女士并肩走去，那背影酷似一对风雨同舟的中年伴侣。

工人褚永义是居家男子，每天下班骑着自行车去市场买菜，走进家门直奔厨房做饭，既是模范丈夫也是模范父亲。此时却与一位女士走在城市夜晚大街上——横过马路时竟然顺手拢着她的腰肢，流露出一种谨慎的呵护。

儿子望着父亲的背影，郁闷了。

父亲的光辉形象，一下被削弱了——好像十五的月亮被切去一角。褚晓尘走进家门看到母亲坐在灯下编织一件红色毛衣，大胖身子仿佛抱着一团火。于是，空间越发显得狭小，而且闷热。褚晓尘径直走进厨房咕嘟咕嘟漱口，极力消退嘴里的啤酒味道。这时一声门响，他断定父亲回来了，慌忙放下水杯。

果然听到母亲小声问道，你怎么回来这么晚？我闻着有油炸的味道，好像还放了番茄沙司……

厂里加班抢修机器呢。褚晓尘听到父亲闷声闷气地回答。过厅狭窄，褚永义猫腰寻找拖鞋一屁股顶到墙上，轻轻哎哟了一声。

永义啊，我跟你商量一件事儿，今年晓尘又考英语四级，咱们花一千二给他置一套无线接收器吧？人家考试都作弊，咱们不作弊可就吃大亏啦！

褚晓尘支起耳朵听着，果然传来父亲的咆哮声。路也红你浑蛋！你鼓励晓尘弄虚作假啊？不行！我宁可让他不及格也不花钱买那劳什子……

父亲毕竟是父亲。无论社会发生什么变化，他不变——还是工人。

入睡之前褚晓尘忘了关闭手机，子夜时分被短信铃声惊醒，他睡眼惺忪打开手机读到庞娟发来的信息："我爸长了肿瘤，呜呜。"

这一定又是庞娟的恶作剧。自私自利的"八〇后"们一贯"恶搞"而且无所顾忌，就连亲生父母也成了开心笑料。

一声叹息。当代青年褚晓尘躺在过厅折叠床上，失眠了。一旦"专接本"毕业，我怎样走上社会呢？大学生就业很难。报纸上说全社会缺乏高级蓝领，可是问卷调查大学毕业生愿意当工人的不足百分之一。干脆我去当"百分之一"吧。褚晓尘这样寻思着，转念一想父亲褚永义就是高级钳工，人到中年还不是照样受穷。

第二天清早，全家人站在屋里吃早点——厨房太小摆不开桌子。为了增加营养，母亲路也红强迫儿子褚晓尘早餐喝牛奶。父亲褚永义一手举着馒头一手捏着鸡蛋，目光炯炯注视着"专接本"的儿子——大巫望着小巫。

从小我就教育你，工人阶级的后代做人要诚实。如今工人贬值了，可是咱们还是假话不说假事不做。你从小学到高中都是三好学生，还没走上社会就学会弄虚作假？我告诉你这绝对不行！

其实，我也不想考试作弊。爸爸您放心吧，我不会找家里要钱买无线接收器的……褚晓尘口头应承着心里却批判说，您昨天晚上回家浑身美国炸鸡味道非说工厂加班抢修机器，这也是弄虚作假啊！

吃了早餐褚晓尘走出家门去学校领取英语四级准考证。这几年出现花钱雇用枪手替考的现象，促进了准考证防伪技术的提高。

走进学校大门遇到黑雪公主庞娟，褚晓尘开口就说发短信不要拿自己父亲的健康开玩笑。庞娟大声解释说我爸真的长了肿瘤是晚期肺癌。她的表情好像在讲一个与自己毫不相干的故事。

假如我父亲生了重病我肯定非常难过的。褚晓尘这样想着，觉得庞娟心肠很硬，绝非寻常女孩儿。

我祝你这次英语四级顺利过关！庞娟说罢跑到小卖部买薯片儿去了。

美国留学生诺曼骑着自行车，停在褚晓尘面前。褚，我听说你的爸爸妈妈都是工人？

是的。褚晓尘克制着几分残存的虚荣心理说，我母亲还是下岗工人，不过她很会做饭，过年能包十几种馅儿的饺子……

你要是邀请我去你家吃饭，我会很高兴的。诺曼很是向往地说。

好啊。你什么时候回美国，我让我妈给你包一顿饺子吃。褚晓尘诚

10

恳地说，我们这座城市的风俗是送行吃饺子。

在教务处领取了准考证，褚晓尘又忐忑起来，仿佛面临鬼门关。我还是不要作弊吧？这时候他终于明白，作弊也是要具备心理素质的。考场里你必须做到脸不变色心不跳。

我不行。好孩子褚晓尘认为自己做不到脸不变色心不跳。从小学到初中他都是三好学生，说一句假话心里也要忐忑三天，莫说使用无线接收器了。

大款女儿庞娟吃着薯片儿走过来。褚晓尘再度表示慰问。庞娟大大咧咧说，我爸患了这种不治之症，只能听天由命啦。

他告诉庞娟刚刚领了英语四级的准考证，明天上午八点考场在河西四中。庞娟表情凝重地说，这次考试你要是再不过关，我是不会答应的。

看到褚晓尘表情犹豫，庞娟追问道，咦，你不是同意我给你买无线接收器吗？还发什么愁啊！

你还是不要买了吧，我爸说只要作弊他就打断我的腿……

庞娟嘻嘻笑着说，你傻帽儿呀！你作弊不要让你爸知道就是啦。

球场上，美国留学生诺曼在练习投篮，显出几分孤独。褚晓尘喜欢NBA而且特别崇拜退役球星乔丹，不由走过去观看。

前一阵子诺曼身边总是围着几个女生，一时出现竞争局面。学校当局即时识破她们企图嫁到国外的心思，竟然全校通报批评并且发出"劝其退学"的威胁。于是，诺曼的周边环境从巴西热带雨林迅速退化成为非洲撒哈拉沙漠。

身高一米八五的诺曼的投篮技术当然不如乔丹。他笑着将篮球传给褚晓尘说，明天你去考英语四级，明天我去考汉语四级。

褚晓尘接住诺曼的传球郑重地说，你考汉语比我考英语难度更大吧？我上次考英语四级就不及格……

11

庞娟跟我说，她去年就通过了英语四级考试。诺曼注视着褚晓尘说，你去年考试不及格是因为你诚实吧？

我……褚晓尘一时不知如何回答。他不想说出庞娟考试作弊的底细，那叫出卖同学。尤其诺曼是外国留学生，中国有句俗语叫家丑不可外扬。

诺曼操着汉语继续追问，褚，别人不诚实考试及格了，你诚实考试不及格，你心里难过吗？

你看我诚实？褚晓尘终于耍了一个滑头，甩腕儿将篮球传给这位美国共产党员的孙子。

回到家里，没人。妈妈外出送货了。所谓货就是她手工织就的毛衣。妈妈织一件毛衣究竟多少钱，褚晓尘不知道。这几天妈妈起早贪黑给一位女干部织了一件黑红相间的"蝙蝠式"大披肩，布满梅花鹿图案。

妈妈这么辛苦，平时却很少唉声叹气，她对生活充满劲头儿。只要海货上市，她便理直气壮地走进水产市场，一派主人翁精神。穷，吃不起大黄鱼她就红烧小鲚头，买不起梭子蟹她就炸小晃虾，从来不缺嘴儿。

果然，中午时分妈妈提着一兜儿毛蚶回来了——携着一股子大海滩的味道。她进门嗓音嘶哑地说，晓尘，那位女干部接过披肩特别喜欢，连声说福禄福禄，敢情蝙蝠是福，梅花鹿是禄，她织这件吉祥披肩心里盼着升呢。她这一高兴不要紧，你猜给了我多少工钱？八百块呢！

看到妈妈累得满面憔悴的样子，褚晓尘心里郁闷起来。

妈妈掏出钱包说，我添四百一共一千二，你赶快去买那玩意儿吧，明天考试提前缠在腰上，千万别让你爸知道你作弊！

褚晓尘摇了摇头说，妈，咱家不花这种冤钱，我考试不作弊……

你……妈妈满脸疑惑地说道，你再拿不到英语四级，今年专接本毕业可领不到学位证书啊!

妈,错过英语四级的机会,我还可以去考全国经理资格证书,它具有同等效力。褚晓尘耐心解释着。

身为人母的路也红长长舒了一口气。好孩子,你不愿意作弊这是好事儿。妈妈心里也踏实了。不过,我听说经理证书考试还要参加培训班,得交一笔学费呢。

您放心吧,我不用无线接收器,这次英语四级考试照样及格。褚晓尘向母亲表了决心,猫腰拿起马扎夹着英语课本下楼复习去了。住家狭窄的孩子们往往选择楼间空场背诵英语单词,絮絮叨叨的样子活像怯场的演员默念台词。

路也红喝了一杯水,站在厨房窗前望着楼下默默背诵英语单词的儿子,心头一热。你宁可不及格也不作弊,真是好孩子。可是如今弄虚作假成风,你这样做只能吃苦头啦。

第二天一大早儿,褚永义上街买了烧饼油条茶叶蛋豆浆,说是让儿子吃早点。褚晓尘告诉爸爸考试之前不宜吃得太饱,动手将烧饼茶叶蛋塞进爸爸饭盒里。走出家门他扭头大声说道,爸爸妈妈放心吧,我不会给你们丢脸的。

路也红抽泣着追到楼道里说,好儿子,你考试回来妈妈给你庆功!

一路乘坐公交车,一身学生干部打扮的褚晓尘来到河西四中大门口。一辆卖煎饼的车子被几辆卖电池的三轮车挤到路边,摊贩们发生了争吵。

大款女儿庞娟突然出现了,嘻嘻望着褚晓尘。他好生奇怪,说你已经过了英语四级还跑来凑什么热闹啊。

傻帽儿,我是专程来支援你的啊。庞娟一把将褚晓尘拉到偏僻处,拿出一只无线接收器说,我说话算话,一定要让你考过英语四级。

说着,她极其熟练地将无线接收器给褚晓尘佩在腰间。你大胆往前走吧，到时候轻轻拨动按钮，耳麦就有声音了。只要你不是傻子，保准及格没问题！

褚晓尘一时被感动了。庞娟，你怎么对我这样好啊？

我喜欢你这种人啊。嘻嘻，如今找你这样的傻×比找大熊猫都难！你快进考场吧，中午我请你吃台湾烤鱼！庞娟转身跑到一辆三轮车前买了两节七号电池塞给褚晓尘说，记着，不装电池就没有声音！

尽管被庞娟的热情感染，他腰间佩带作弊工具心情还是紧张起来。庞娟送郎参军似的说，你勇敢起来好不好？去年我就是这样过来的，屁事儿没有！

走进河西四中大门，几个男生站在那里吸烟，喷云吐雾显得极其老到。他们问褚晓尘是不是考英语四级。褚晓尘点头说是，之后下意识地摸了摸腰际。这几个男生心照不宣地笑了，说咱们都是革命同志。

考场在后楼。褚晓尘随着这几个男生朝前走去。一瞬之间，他感觉浑身燥热，不由停住脚步——蓦地看到诺曼身影，一闪即逝。

褚晓尘四处打量着，认为这是自己产生了幻觉。那位美国留学生怎么可能出现在河西四中呢。他向自己解释着。然而，幻觉世界里的诺曼极其严肃的目光依然闪耀着，似乎送来一股灼热。这时候他终于意识到，尽管平时自己与诺曼交往不多，这位外国小伙子却占据了他的心灵。这究竟为什么呢？难道因为他爷爷是美国共产党员……

母亲路也红是中国共产党员。工厂倒闭她将组织关系转到街道居委会，每月五号妈妈必定跑去交党费，从无拖欠。由此可见，妈妈是守信义的人。

那几个男生朝着褚晓尘挥手，显然是在召唤同类动物。他加快脚步走向后楼。再度感到浑身燥热，他迟疑地站住，从怀里掏出那两节七号电池，随手扔进路旁的垃圾箱。

心头感觉一阵清凉。

那几个男生看见褚晓尘扔了电池，面面相觑。这时候，工作人员开始核对准考证。考生们陆续走进考场。

落座之后，褚晓尘闭目养神，私心杂念纷纷退去，只觉得一派轻松。工作人员发下卷子。褚晓尘浏览一遍，居然感觉今年英语四级考试难度不大。他顿时兴奋起来，埋头答题，完全忘记了自己腰间佩带着作弊工具——没有安装电池的无线接收器。

考场里突然走进几个中年教师模样的男子，气势凌人地环视着这间坐满考生的教室。那几个男生抬头互相张望，神色紧张。褚晓尘则埋头答卷，对外部世界的阴晴冷暖一无所知。

打响终场铃声，褚晓尘起身交卷儿。走出考场他即被两个中年男子带到二楼一间办公室，接受检查。他从腰间取出"无线接收器"，说我没有安装电池。

对方根本不理睬，请他在一份考试作弊认定书上签名。他继续强调自己没有给无线接收器安装电池，所以不能作弊的。一位中年男子冷笑着说我们从你腰间搜出无线接收器，这是铁的证据吧？你的任何解释都没有意义。

那几个男生陆续被带进来，接受身体检查。一只只安装着电池的无线接收器成为作弊的证据摆在办公桌上，赤裸裸的样子。

哦，这是一次大规模突击检查。褚晓尘不再解释，一丝不苟签了字，起身走出办公室，独自站在楼道里寻思着。这次检查针对性很强，看来考试当局得到了准确情报。

那几个作弊落网的男生先后走出办公室，一个个垂头丧气的。

这几年考英语四级从来没有这种情况啊，今天怎么大搞突然袭击呢？

他妈的，咱们偷鸡不成反而蚀了一把米。英语四级没拿到，我听说还要通知学校开除作弊者学籍呢！

褚晓尘惊了。你们说什么！这次作弊还要开除学籍啊？

突然鸦雀无声。褚晓尘没有得到对方回答，转身走出楼道。

噢。一个男生追着褚晓尘说，你小子扔了电池，还装模作样跟我们一起走进考场，我始终觉得这事儿奇怪……

是啊，我也觉得今天的大检查来得实在突然。褚晓尘思忖着说。

我明白啦！一定是你小子告发了我们！你这是卧底立功……

一声吆喝，这几个男生冲上来就是一番拳头。褚晓尘毫无思想准备，双手抱头不明不白挨了一顿暴打。打人者出了这口恶气，扬长而去。

这到底是怎么回事儿呢？褚晓尘苦笑了，缓缓走出学校大门。庞娟迎上前来看到他脸上的伤痕，立即掏出面巾纸。

有人打你啦褚晓尘？他妈的下手这么狠！你告诉我是谁打的你，我立马雇人废了他们！

没事儿。褚晓尘息事宁人地说，其实这是一场误会，他们看见我扔了电池就以为是我告发他们考试作弊，几个人恼羞成怒动手打了我。

庞娟扬手叫了一辆出租车，载着褚晓尘去医院。听说去治伤，褚晓尘高声喊叫下车。庞娟毫无办法只得付了车费，中途下了出租车。

你坐在车里高声喊叫的样子，很有男子汉味道嘛。庞娟怀着不可告人的目的，拉着褚晓尘跑上人行道，很快进了一家台湾烤鱼馆。

褚晓尘小声念叨着考场作弊即将开除学籍的事情，愁眉不展。庞娟却胃口大开，伸出筷子敲击着啤酒瓶子大声鼓励说，我敢保证，咱们学校是不会开除你学籍的。你吃鱼！

吃了台湾烤鱼，庞娟意犹未尽，提出去吃美国炸鸡。褚晓尘吃惊地望着这位食欲亢奋的女同学，起身告辞了。

一个人大步朝前走。路过那家著名的美国炸鸡店，竟然遇到诺曼。见到外国留学生褚晓尘立即装出兴高采烈的样子。我主动扔了无线接收器的电池却被当作考试作弊者捉了。这肯定是冤案。记得爸爸说过一个人做事不能有损国格。尽管诺曼的祖父曾经是美国共产党员，那毕竟是外国人。中国人的家丑不可外扬。

你什么时候请我去你家吃包饺子？诺曼小孩子似的问道。

褚晓尘认真地想了想，说请你等候我的通知吧。

黄昏时分，褚晓尘坐在楼间空场的石凳上寻思着，还是不知如何走进家门向父母交代。

天色渐渐暗了。褚晓尘一下想明白了。即使学校开除学籍也是明天的事情啊，今天什么事情都没有发生。这样想着，他起身大步走进楼门。是的，我今天考试状态非常好，如果不取消我的考试资格，我肯定及格了。

看见儿子进家，妈妈从厨房里迎出询问他考得怎么样。他说考得不错，这次英语四级肯定过关了。

妈妈放心地笑了，说全家吃捞面庆贺，一半炸酱一半打卤，四样菜码儿。

爸爸下班走进家门听说儿子考得不错，他颇为自得地说，就是嘛，晓尘根本不用那种弄虚作假的无线接收器，照样考出好成绩！

一时间，褚晓尘产生了幻觉——自己考取英语四级资格果然拿到证书了。

吃晚饭，父亲破例喝了一盅白酒，满脸涨红打开话匣子。唉，我瞒着你妈攒了三千块钱炒股票，打算赚了钱给咱家换一台新空调凉快凉快。没想到大市变脸一下跌了三百多点，别说新空调，老空调也赔进去啦。

路也红看到丈夫酒后吐真言，就说坦白从宽啦。听到妈妈说坦白从宽，褚晓尘心里一惊，随手放下筷子。

我到底坦白不坦白呢？这样想着，褚晓尘不知不觉吃了两碗面条。

晚间，心怀忐忑的褚晓尘在厅里支开折叠床，佯寐。是啊，那几个作弊的男生是偷鸡不成反而蚀了一把米，我根本没有偷鸡也蚀了一把米，真是倒霉透了。这时他听见爸爸和妈妈在屋里兑账。妈妈念，爸爸记。都是大宗开支。

十八号买了一瓶色拉油，支出五十六块二。十九号购电五百度，支出二百三十五块五。二十号那天……

这时响起爸爸的声音。也红啊，我想起来了，十五号那天晚上工厂加班，我回家路上遇到吕玉茹。你还记得三车间的吕玉茹吗？下岗那年她丈夫就死了。她跟我说她女儿想吃美国炸鸡，她横过马路去炸鸡店。我一看她孤儿寡母过日子挺不容易的，就给她买了一份大号美国炸鸡，花了二十五块钱，她非要给我钱我没要……

你做得对！当年我生晓尘，人家吕玉茹还送了一套小衣裳呢。

褚晓尘听到妈妈这样说话，欣慰地笑了。一股莫名的暖流涌上心头，他被忙于兑账的爸爸妈妈感动了，悄悄流下眼泪。

入睡之前，枕下响了一声。他打开手机看到庞娟发来一则短信："我跟你实话实说，无线接收器是我送给你的，你作弊也是我举报的，所以你在考场里遇到突击检查。"

庞娟这丫头一贯恶作剧。褚晓尘根本不相信这套鬼话。你凭什么举报我呀，再者说我在考场根本没有作弊。你无聊透顶了。

手机又响了，还是庞娟的短信："真的，我真的举报了你，举报你佩带无线接收器进入考场。你知道我为什么举报你吗？因为你是一个特别好的人，我想让你变成一个不太好的人。这样，我就可以跟你谈恋爱了。我的强项是跟一个不太好的人谈恋爱。你太好了，我就没办法跟你谈。嘻嘻，你考场作弊被人家逮住就成为一个不太好的人啦。今天我成功了。明天你就是我男朋友了。即使你被学校开除学籍，照样是我的男朋友。这恋爱我是跟你谈定啦。"

不可思议。褚晓尘关闭手机，觉得庞娟的思维逻辑绝对不可思议。她要把一个特别好的人变成一个不太好的人，然后跟这个人谈恋爱？看来趾高气扬的大款女儿也有自卑心理。看来一个特别好的人，还是颇有几分威慑力的。

　　反正我没作弊。褚晓尘心安理得地睡了。

　　梦里，他在一个大广场里跳舞，一对对男女跳着优美的探戈，只有他自己独自扭着秧歌，满身大汗。

　　大广场边，鬼丫头庞娟手里拿着一瓶纯净水，笑嘻嘻看着他。

人 之 初

初　　醉

小孟调入局机关大楼里工作已经十年了。

无法考证小孟是否是孟子后代，反正他姓孟。四十岁了大家仍然叫他小孟，他知道这无法改变，因为这幢办公大楼已经一百岁了。

好在还年轻，小孟总在期待着什么。以往的多次期待均一次次成为现实，譬如说他期待妻子肚皮隆起果然便隆起了；他期待有个儿子妻子便运用"一分为二"法给他分离出个男孩儿……因此他不愿意丧失期待。

就期待着，很顽强的样子。

小孟工作上还是能够独当一面的。局所属二百五十个企业的电话号码，他能背下二百四十九个来。有时他死记硬背攻下最后一个"堡垒"，同时却忘记了另一个企业的电话号码。于是多年来他始终不足"二百五"，人也就完整不起来。他因此而悻悻。

一天，尹处长走进办公室，小孟立即起身，候着领导布置工作。尹处长是个温文尔雅的人物，笑了笑："咱们处又要来一位新同志了。"

尹处长说罢就回到他的处长办公室去了。凡是处长都有自己独处的

20

办公室，小孟认为尹处长有时一定感到很孤独。

然而许许多多的人都愿意当上处长。

当上处长是件十分光荣的事情，说明你已经得到了承认，心里就踏实了。

小孟有时认为一个人应当踏踏实实度过一生，然后踏踏实实到另外一个世界去。

小孟下班回家，是个一流的好丈夫。他下厨做饭，吃罢饭又洗碗拖地收拾床铺。孩子睡熟了，他就在黑暗中小声对妻子说："今晚我有要求。"语调中充满了一个好男人的温厚。

妻子极贤惠，声音很甜："行……"

很累了，小孟对妻子说："我们处室要来一个新同志……"

"谁?"

"不知道。尹处长没有具体说，我也就没有具体问。"

过了一段时光，小孟依然是小孟。

妻子倚在床端问："你们处室的那个新同志来了吗?"

小孟似乎已经忘记了这件事，想了想才回答说："还没有来。"

妻子把一幅新买来的镶在石膏框子里的绒面彩笔画挂在了墙上，表情含有几分羞涩。

画框里镶着一只可爱的小猫，正晒太阳。

"这只小猫太漂亮了。"小孟赞美。

妻子说："这幅画是双面的，你把画框翻过来看。"之后妻子就笑。

小孟将画框翻了过来，挂在墙上。

画面上是两只大猫，似乎正在谋划着一件很神秘的事情，画框小巧玲珑，那两只猫就越发显出了它们独占画面的气魄。

"以后，如果你有要求，就挂上两只猫的这一面，我就会提前……进入状态的。"

小孟听着，许久才笑了起来："暗号照旧。"

孩子渐渐大了，有些事情是要靠暗号来联系的，万无一失。

妻子说这幅画是花五块钱买的。

小孟说不贵不贵十块钱也值得。

当这三只猫走进小孟家庭的第三天上午，尹处长领着一个人走进了办公室。

"这是新来的小孔同志，大家欢迎。"

同志们便十分热烈地拍起了巴掌。

尹处长说："小孔坐小孟对面吧，以后你们在一起工作，要不分先后搞好团结。"

于是孔孟一家，就成了办公的伙伴。

小孔比小孟年轻四五岁的样子，人很清秀，爱笑。是否是孔丘后代，难以考证。

小孔坐在小孟对面说："今后请你多多帮助。"

小孟坐在小孔对面说："咱们共同进步吧。"

当天下班回家，小孟依然是小孟。吃罢晚饭小孟就把挂在墙上的画框翻了过来，于是那两只沉默许久的大猫又面世了，要活动活动身体似的瞪圆了四只眼睛。

竣工之后小孟气喘吁吁说新来了一个小伙子，叫小孔。尹处长显得很高兴。

妻子不误节气地将画框翻了过去——又变成一只小猫了："尹处长高兴的时候不多。"

时光在画框的翻转中流逝着，形势大好。

孔孟相对而坐，日复一日工作着，很勤奋的样子。有时累了，他们就聊几句。

其实孔子是个大教育家，贡献挺大的。

那孟子也是个大学问家，留下不少著作。

他们的关系愈来愈融洽，情志同道合。

小孟生病了，正赶上发薪的日子。小孔下班之后不怕路远风大，将工资送到小孟的家中。小孟妻子热情地说："小孟天天回家都要提到你呢，你们真像一对亲兄弟。"

小孔不好意思地笑了，就赞美挂在墙上的那只小猫："动物中我最喜欢它呢……"

小孟和妻子乃至孩子都情绪热烈地留小孔吃饭，小孔就留下吃晚饭了。

小孔赞美小孟家中的大立柜古香古色的，穿衣镜的花边肯定出自一流雕刻匠之手。

小孟说："是我父亲的手艺，这大立柜的镜子是进口货，已经六十年了。它照人照物从不走形。当然我这可不是崇洋媚外呀。"

小孔告辞走了。小孟妻子收拾着碗筷说："小孔真是个好同志，看得出他年轻有为事业上会大有发展的。"

小孟得意了："工作上我对小孔支持很大。"

妻子说："孔孟一家嘛，必须要搞好团结。"

"我们尹处长也常这么说。"

暗号照旧，只是忙了那几只猫，三只。

小孟勤奋工作，好像期待着什么大事情。

总之，他期待着。

终于传来了消息：小孔将被提拔为副处长。

小孟坐在办公桌前足足怔了半个小时，他认为这一切都来得太突然了，就认为是谣言。

然而在局机关，谣言不会有市场。

坐在对面的小孔没有丝毫变化，依然认真工作着，埋头苦干。

"今天，天气挺好的。"

小孔不抬头："是的，风和日丽。"

"看到你工作进步，我真替你高兴。"

小孔不抬头："与你的帮助是分不开的。"

小孟认为小孔已经默认了，就不再言语。

这一切都太令人感到意外了。小孔小孔小孔……这字眼儿久久在小孟脑海轰响。

孔丘先于孟轲，小孔也先于小孟。这似乎是一条历史的定律，祖先时就已处于劣势。

小孟那贤惠的妻子也感到惊讶："你比他大四岁吧？你应当比他更成熟呀！"

之后妻子又说："我早就看出小孔前途远大。他当上副处长也不能说不应当……"

小孟大家风度："情报有待进一步核实。"

尹处长面静如水，看不出丁点儿迹象。

终于，尹处长叫小孟去谈话了。

小孔确实被任命为副处长了。小孟看到自己对面的位置已经空了，据说小孔于昨日下午三点三十二分已搬到尹处长办公室去办公了。

这就叫雷厉风行的工作作风。那个同事又小声告诉他说："小孔今天上午下厂蹲点搞调研去了。得一个星期才能回来。"

真是一日不见如隔三秋呀。小孟捂着丝丝泛疼的胃口，埋头工作起来。

回到家中小孟郁郁不欢，也不搭理挂在墙上的那只小猫。妻子居然也不爱与他搭话。就和平共处着。

中午在机关食堂吃饭，小孟跟纪检委的小郑对面而坐。小郑说上午有一个企业职工打来电话反映局里有人下厂大吃大喝搞不正之风。

"哪个企业?"小孟急切地问。

小郑刚要开口却被售菜窗口刚刚端出来的红烧猪蹄给召唤去了,之后就随红烧猪蹄一起消失了。

小孟心跳过速,四处寻找小郑。他心里恨死了那些红烧猪蹄。

整整一个下午,小孟都心神不宁。他四次打电话给纪检委找小郑,都说小郑不在。

下班时终于在存车处见到小郑。小孟急步走上前问:"小郑,你说的那个企业是第九机床厂吧?"他激动地等待着回答。

"什么呀第九机床厂?"小郑一脸茫然。

终于打听明白了,是第一机床厂而不是第九机床厂,九减一等于八,差得远呢。

小孟十分沮丧地骑车子回家。大吃大喝的不正之风怎么没有发生在第九机床厂呢?他为此而感到惆怅。

骑到了一个十字路口,前边的道路堵塞了。一个老大爷正站在边道上转播着刚才的实况:"一个小伙子,才三十多岁呀!眼瞅着就让一辆运货的大卡车给撞死了,太惨了。"

小孟大声问:"是骑一辆二八绿色飞鸽牌自行车吗?"

老大爷说:"嗯,是啊是啊……"

小孟将自行车弃在路边,拼命朝人群里挤。

"挤什么!你奔丧呀?"有人出口不逊。

"对不起对不起,死者是我的同事,请让一下让一下……"小孟乞求着前边的看客们。

他也说不清自己为什么这样说这样做。

前边的看客对正在丈量事故现场的交警喊道:"死者的同事来啦!省了去查明身份啦!"

小孟一下子被人群"推荐"出来,到了前沿。他傻呆呆站着,像是喝醉了酒。

一个交警阴着脸问："你是牛羊肉加工厂的?"之后就打开了笔记本。

"不、不……"小孟猛烈地摇头。

"那你怎么会是死者的同事? 我们刚从他身上找出了牛羊肉加工厂的工作证……"

看客们急了,高喊"骗子骗子",一齐举起拳头要打:"这小子为了看热闹挤到前沿来,冒充死者同事! 拿革命群众开玩笑……"

小孟在人人喊打的声浪中逃了出来。

"这次又不是小孔……"他心里念叨着,擦着身上被众人吐上的唾沫。此时他才感到小孔已经像魔鬼一样占据了他的心。一路上他努力摆脱着,心里却乱哄哄全是古怪的念头。

晚饭后电视台播出几则本市新闻,其中一则是万柳新村一幢居民楼发生火灾。妻子脱口道:"小孔就住万柳新村呀! 你知道是几号楼吗?"

"你住口!"小孟大声叫道,拼命堵住耳朵。

妻子被这个从未见过的丈夫形象惊呆了。

上床后小孟才趋平静。小声问妻子你怎么知道小孔住在万柳新村。

妻子惊异:"是你告诉我的呀!"

之后妻子嘟哝:"这日子可怎么过呀。"

小孟将妻子搂在怀里,妻子挣脱着。之后小孟在黑暗中将挂在墙上的一只小猫翻转成两只大猫,动作十分熟练却又不失笨拙之美。

妻子放声大哭。小孟只得放弃了行动念头。

"说不定小孔真住在失火的那幢楼里?"小孟心中自言自语,渐渐进入梦乡。

一切如故——什么事情都没有发生。而惯于期待的小孟,也依然埋头工作着依然弄不清自己究竟期待着什么。

小孔从第九机床厂回来了——圆满完成了下厂调查研究的任务。小孟见到自己的新上司，笑着说："你胖了。"

小孔说胖可不是好事情，如今瘦最时髦。

小孟却日趋消瘦下去。每天，他都要耗用很大的精力将"小孔"从自己的脑海里心目中打发出去，以求得片刻心理宁静。

"我在局里工作十年了，小孔调到局里工作才一年……"他想起了那个龟兔赛跑的故事，就认定自己是在速度上出了问题。

回到家中夫妻之间的谈话也愈发少了。小孟晚间的主要生活内容是与八岁的儿子下跳棋。在颜色不同的棋子跳跃中，他的心总是平静不下来。

终于有一天下班他没有按时回家——神差鬼使进了一个小酒馆：他从不饮酒，这次却破例饮了，饮得十分成功。

他发现酒乃人类一大美好之物，就痛恨自己发现"新大陆"太迟了，丧失了大好时光。

这个世界太不公平了……他左右摆动着身子登上三楼，于黑暗之中掏出钥匙打开家门。

天太晚了，妻子和儿子已经睡下。流动的只有淡淡的月光。

小孟进门站稳，抬头向前看。他看到一个嘴上叼着香烟的身影正迎着他站着，烟头一明一灭。

是个男人！自己家中站着一个男人。

他朦胧看到，妻子从床上爬起正扑向那个男人……小孟大喊一声，妻子居然扶住了他。

一瞬间，小孟冒出的第一个念头是：这个男人是小孔！

他居然强烈希望这个深夜侵犯到他家中的男人是小孔。一个正值春风得意偏偏在这里前功尽弃的小孔……这个强烈的希望使他难以自持，一下子丧失了知觉。初醉极具杀伤力。

他醒来的时候是清晨，睁开双眼进入视觉的第一个景观是那两只大猫。他渐渐清醒了，问："谁，谁把这幅画翻过来了？"

在此之前的数日里，一向是那只小的面世。

妻子冲他淡淡一笑。

他突然想起昨夜，冲口问："那个男人是谁？"

妻子做惊异状："哪个男人？"

"昨晚上你扑上去投入他怀抱的那个男人？"

妻子怔了怔，大叫："你是个浑蛋！"

说罢她拖起孩子就冲出了家门。

他又想起了小孔。

该去局里上班了。他心绪不宁走到门前，点燃一支香烟然后抄起了提包。屋里不知什么地方响了一声，他回头看，惊呆了。

那只大衣柜的镜子与他相对，小孟看到了自己正吸着香烟站在自己面前。

昨夜初醉，走进家门于黑暗之中看到的那个吸着香烟的男人恰恰正是自己。

肯定不是其他男人，更不是那个他所希望的小孔了。于是小孟苦苦一笑，内心居然涌起几分失望。去局里上班吧。

一整天他都觉得自己依然醉着。很晚他才回到家中，妻子坐在沙发上看着电视。

儿子正一心一意写着当天的作业。

他看到那幅画又成了一只小猫。

妻子散漫地配上了"画外音"："这幅画，是你儿子翻过来的，孩子没有玩具……"

小孟嗯了一声，坐到桌前。

"又喝酒了？"妻子无色彩地问。

"没没……今天晚上我得赶写一个材料。"

之后他又补充道："孔处长明天要审稿。"

妻子郑重地重复了一遍，抑扬顿挫：

"孔处长明天要审稿。"

儿子停下手中铅笔回头问了一句。

"孔处长是谁？"

妻子说："你爸爸的领导。"口吻极冰冷。

"大官吗？"儿子问着又跑到那幅画前，把一只小猫翻成两只大猫。

这时妻子落泪无声。

小孟开始为孔处长写材料了。

初　　赌

李文通是被六条胳膊拖出家门的——合着三个人的力量。他故意挣扎着，身形就很像一只被缚的鸡——瘦公鸡。

在此之前他做了本月该做的一件大事：计算电费。大院里二十四户人家，这个月轮到了李文通家"执政"挨门挨户收电费。吃罢晚饭李文通用那只袖珍计算器算出了本月的行情：每度电二角一分六。

妈的肯定有人偷电。

妻子说："这个月咱家用了二十九度电呀？"

李文通说不多不多，中游水平吧。

"中游水平"对妻子是个安慰，她便不言不语开始给学生们判作业了。

他和她都是小学教师——小知识分子。

她教英语，除了发音不太准之外没有什么大缺点；他教数学，加减乘除而已。

之后便是那"六条胳膊"来了。

六条胳膊中最粗壮的那两条是包光的。包光笑着说文通文通你活得太累了到我家去放松放松吧,保你益寿延年。听这口气包光的家似乎非常美好。

李文通仍做挣扎状:"你们这是绑架呀!"

李文通八岁的小女儿站在床上声援着父亲:"你们仨,暴徒!"

李文通慌了:"圆圆不许胡说!"然后他就冲包光使了个眼色。

包光冲屋里喊:"嫂夫人,文通兄这一宿就交给我了,您早歇着吧!"

屋里说:"别让他上五台山当了和尚就行。"

于是六条胳膊又加上两条胳膊等于八条胳膊。

八条胳膊出了小巷——大街上就添了四个人。

另外那四条胳膊是一对双胞胎的,曰金虎银虎。

这二位也属于活得很累的人,今晚的主要任务是到包光家里去放松放松。

包光是个离了婚的单身汉,活得比较潇洒。

四个人比赛着潇洒,在大街上走。

原计划是由包光出钱"打的"的,此时包光一定是彻底丧失了记忆,不言不语"拉练"。

李文通认为自己应当进一步潇洒了,就在一个烟贩子摊前停住了身子,掏出一张十元票子买了一盒国产烟,两块钱。

包光说别买了我家里有"肯特"。

金虎银虎同声说肯特就是健牌呀。

但李文通还是买了,很悲壮的样子。

"找给您八块钱……"烟贩子是个老太婆,长相有些像戏台上的沙奶奶。她用特有的耐心数着一张张小面额的票子:五角的二角的一角的……

　　每天在课堂上李文通都要教那些可爱的小学生们一遍又一遍演算眼前这种简单的加法，对此他是极有耐心的。他的耐心大于爱心。

　　李文通十分缠绵地将一堆总额八元的票子收进怀里，鼓鼓囊囊依然是八元钱，整整八元。

　　包光现场评点："文通兄，你怀里膨胀了。"

　　金虎银虎同声问："文通兄烟瘾很大呀？"

　　"不，每天只吸一两支吧，没什么瘾。"

　　包光从小酒摊上拎了八瓶啤酒："一人两瓶够喝吗？"很威武的样子。

　　李文通真诚地说："我一杯啤酒准醉。"

　　金虎银虎同声说太悲惨了太悲惨了。

　　于是就到了包光的家。十八层的高楼包光住在十三层，四室二厅的大面积。

　　包光离婚之后就宣布奉行独身主义了。他因奉行独身而活得有滋有味，绝对舒坦。

　　李文通身居斗室，便有些嫉妒这四室二厅。于是他心里有些不是滋味了，但仍有耐心。

　　包光开始忙碌，为今宵的娱乐活动做着准备工作，金虎银虎同时打出了两个哈欠之后就点燃香烟提神儿，李文通参观着这四室二厅。清一色的东芝牌家用电器：空调、电冰箱、背投彩电、DVD机……还有许许多多李文通从未摸过的东西。

　　天！包光从哪儿挣来这么多的钱。

　　李文通想起自己明天上午还有两节数学课，要讲的是100之内的加减法。

　　包光在朝阳的那间大屋里给圆桌蒙上台布，大声说："文通兄你真是少见多怪，从进了我家你两只眼睛就瞪得跟'二筒'一样！"

听这"麻将术语"，金虎银虎哈哈笑了。

之后"方城"之战便开场了，包光乐呵呵地说："咱们主要的目的是放松放松。"

李文通局促："我这是第一次……"

金虎银虎："你这太晚了。"

"不过我多次观战，牌路倒是懂得的。"

包光说："实践出真知，第一次赌才有味道，这叫处女赌。"

李文通开心地笑了："对，处女赌。"

东南西北四人落座，包光大大咧咧地说："实行人道主义，考虑到文通兄是处女赌，我建议咱们采取简单打法——推倒了就和的吧。"

金虎银虎："圣明！推倒和，推倒和。"

开始摸牌了，李文通内心一阵悸动，对他来说这是一种新的生活，就想哭。他觉出自己平素活得太不潇洒了，像个傻伯役。

平和一次两角钱，包光定了运动量。金虎银虎同声说："符合实际，两毛。"

李文通认为怀装八元钱足以潇洒一阵子了。

包光扔在桌子上两盒肯特——鬼子烟。

包光又说半夜饿了厨房里有面包，自己去拿——自摸。

果然金虎和了——自摸。每人应付四角钱。

这时李文通想起了那个卖香烟的老太婆。她肯定是个女巫，找给他一大堆零碎票子，输钱的时候十分方便。

包光绝对潇洒："赚钱不赚钱，不在头二年！"

李文通自认为心中绝对坦然。这时他点燃开赌以来的第一支香烟，肯特。

一支肯特烟价值人民币五角，太贵了。

毕竟是处女赌，李文通对牌局的变换根本无法适应，就说："我脑子发僵。"

"初期都这样。"包光说。

初期？同校的一个女教师也这样说过。说他李文通的整个生活观念都是这样的。他从这句话中听出了贬义。而那个女教师在他眼中简直就是一个不可思议的人物。她公开宣称不追求真挚的爱情而追求广泛的爱情，希望全世界的男人都爱她并形成统一战线。

李文通的妻子提起这个女教师就气得浑身发抖："全世界的男人？那样地球准得爆炸。"

李文通因地球即将爆炸而发抖不已。

银虎又和了——吃了李文通的"六万"。

而李文通估算自己只有六元钱了。

输钱的速度已接近第二宇宙速度。

反正总共八块钱呗。

李文通又点燃一支肯特——健牌。

包光说文通兄你的烟瘾见大呀。李文通却不好意思掏出怀里那盒花两元钱买的国产烟，大煞风景。

包光大家风度，开始喝啤酒。金虎没喝银虎没喝李文通也没喝。

李文通等待情人似的等待着"五八条"。

包光却吃了上家的"九筒"——和了。

李文通自认命苦，交出两角钱就抄起了一瓶啤酒——开喝。

"适量啊，醉了可输得更快呀。"包光充满友爱地告诫着做坦然状的李文通。

怀里还剩五元钱，李文通审慎地考证道："我好像一次也没有和过吧？这很成问题。"

"和"成了他今宵的最高理想。此时他才蓦然体味到理想于人来说该有多么重要，于是他就超剂量点燃今宵的第三支肯特牌香烟。他觉得完成了一年的吸烟任务。鬼子烟那种混合型特有的味道呛得他直咳嗽——中国的嗓子显然不大适应外国尼古丁。

眼前的"方城"光亮大放，李文通小心翼翼推倒了自己的牌："我、我和了吧？"似乎是在征求牌友们的同意。

"祝贺你！"包光像个接见外宾的领导，伸过手来与他紧握，"有味道吧处女赌？"

李文通情绪大振："有味道！"接着就大饮了一口啤酒，心头充满快感。

命蹇。他只和了这一次就与赢绝了缘。他不停地在心中念叨着："太珍贵了太珍贵了……"

金虎银虎都已变成了赌博机器——不吃不喝不抽，只有急促的呼吸和血红的双眼。

凌晨三点半的时候，李文通"诈和"了一次，被牌桌当局处以"每人一元"的惩罚。之后他囊中匮乏，八块钱全成了人家的了。

包光关切地问："文通兄你是借钱接着赌还是罢了？"脸上全是"人道主义"。

李文通："我已达到放松放松的目的，罢了吧罢了吧。你们继续放松吧，不要丧失斗志。"

"好吧，你退场，我们加大运动量。"包光端出一只青花大瓷碗，"咱们玩掷色子比点儿大小的。"

于是三个人玩起了大运动量的高速度。

李文通坐在角落里的沙发上闭目养神。

金虎掷着色子问："文通兄你输了多少？"

"八——块。"十分精确。

那三个人鼓足干劲，死磕。

李文通觉出闲了，就想起家里的老婆孩子。今天夜里，应当说是明天凌晨是女儿圆圆八岁的生日。巧合，当爹的输了八块钱，整整一个生日蛋糕飞了。之后他又想起了那个险些引起地球大爆炸的女教师。

她像外星人一样遥远而神秘。

李文通心中充满了复杂的感情。

包光已经开始大赢了，面孔缩着很像一只狗不理包子。李文通定定地注视着"包子"。

太闲了，他就去了卫生间，坐在抽水马桶上排泄着腹中废料。这时候他心里想：大街上的公共厕所要五毛钱，这里要八块钱，超前消费呗。

洗手盆前有一面小镜子，他照了照自己，认为没有丝毫变化，只是怀里少了八块钱。

卫生间的浴盆上方挂着一只电热水器。铭牌上的数字告诉他这玩意儿挺费电的。他果断地给水箱注满了水，打开了开关烧着热水。

他找到一卷香味卫生纸擦着屁股。不厌其烦，反复多次地擦着。连他自己都感到吃惊：这样一只瘦臀居然用光了整卷香味卫生纸。

"包光这家伙真是不会消费呀。"他认为香味卫生纸的寿命应该很短。

他又发现镜子前的小台板上放着一只电动剃须刀，就一丝不苟地剃起了胡须。刮得很干净了，他将它放回原处，却忘了关掉电钮。电动剃须刀在电池的唆使下闹哄个不停。

听见包光一声呐喊，这是又赢钱了。

李文通极有耐心地冲了三遍抽水马桶，又像有洁癖似的冲了第四遍。关了卫生间的灯推门走出来，他觉得不安，又反身揿亮了卫生间的灯："亮亮堂堂的才好。"

就回到火药味正浓的赌桌前。

不知为什么，他有点心动过速。

"谁赢了?"他举起一瓶啤酒，边喝边问。

"我!"包光掷着色子，气吞河山地说。

金虎银虎已变成节能型人物——不吃不喝不言不语不哭不笑，用生命赌着。

李文通"仰天吹号"喝光了一瓶啤酒。

他发现自己是个颇有酒量的人物。

他又点燃一支"肯特"，喷云吐雾。

依然无聊，他就去厨房吃了一个果馅面包。面包的个头儿挺大，超出了他平时午餐的饭量。他觉出果馅面包名不虚传，市场上售价一块五角钱应当说是公道的，优质优价嘛。

他再次进入卫生间，第五次冲洗抽水马桶，而嘴上叼着的是今宵他吸的第五支"肯特"。

他发现自己也是颇能吸烟的，瘾并不太小。电热水器的指示灯告诉他可以舒舒服服洗个热水澡了。

他就四处搜索，找出了威娜宝香波、舒尔曼香皂，准备洗他个"出水芙蓉"。

他十分缠绵地将自己洗得很白很净。

此时他心里觉得十分舒坦，就想去包光卧室的水床上睡个"东方大亮"。

这时包光已赢了一百多块钱，而李文通则往脸上脖上乃至手上搽满了肤美面霜——他从电视广告中得知这东西来自波斯。

之后他打开床边的东芝牌 DVD 机，并将电视机的音量关到"静音"程度，画面上的字幕告诉他这是一部越南人演的中国功夫片。

他觉出不当，又去厨房吃了一个茶鸡蛋。

之后他上床，很快就睡着了。

他做了一个梦：包光住的这幢大楼起火了，火是从十二层烧起来的。双脚一蹬他就醒了过来，惊出一身白毛汗。

他走近赌桌，战斗已近尾声。此时正是北京时间七点整。

他说："我该去给学生们上数学课啦。"

包光抬头："对，和孩子们亲密接触。"

包光赢了一百八十六块五。

金虎潇洒："忘记今宵。"

银虎豁达："胜败非我之恨事。"

包光挥手："各奔前程吧，文通兄如果回家不好交账我就把你输的钱退给你吧。"

李文通瞪眼："你太小看人了。"说罢他迈步踢飞了一个啤酒瓶子，"这下省了你去退瓶了。"

包光大度地一笑："五毛钱啦。"

李文通微笑着随金虎银虎与包光道别，三个人移入电梯。

他伸手摁到了装在上衣口袋儿里的那个袖珍型电子计算器。是啊，今天下班接着去挨家挨户收电费。一度电合二角一分六，没涨钱。

电梯降到十层的时候，金虎问："文通兄你总共输了多少钱？"

没等他回答，银虎却越俎代庖："八块，整八块钱呀！是吧，文通兄？"

李文通眨了眨那双又细又小的眼睛，这时电梯已降到了五层。一道简单的加法已经有了答案。李文通一脸正色道："我其实只输了七毛钱。"

没听错吧？金虎银虎面面相觑。

李文通眼眉低垂，心如止水。

五支肯特烟共计两块五，喝了两瓶啤酒共计两块二，吃了一个果馅面包一块五，茶鸡蛋估价五毛钱，还有香味卫生纸……当然耗用的水和电就不便计算了。数字大体准确吧。

总计七块三角钱。这时电梯已到达一楼。

李文通率先走出大楼幢口。

银虎追上来："文通兄你迷糊了？是八块钱呀！就冲这迷糊劲儿今天的数学课你肯定讲不明白。"

金虎："文通兄你怎么会只输了七毛钱呢？"

李文通稳稳地说："在素质教育中，有一科叫模糊数学……"这时他心中充满了宁静。一加一可能等于二。

金虎银虎大惑不解地朝西去了。李文通横穿马路到对面去等公交车。

打了一个嗝，喷出啤酒面包茶鸡蛋的混合味道。

此时那四室二厅里的包光正准备剃胡须，他发现电池已经耗尽了，心中十分焦急。洗罢脸，包光乘电梯下了楼，他为自己不能剃光胡须而感到深深遗憾。

李文通挤上了公交车，从车窗里看到马路对面的大楼门口站着包光，像在候着谁。

不知为什么李文通淡淡一笑。

公交车开动了。李文通突然看到一个女人朝包光小步跑去。这女人丰乳肥臀，腋下夹着一本很厚的书。今天是星期一。

这女人满脸朝霞，世界因而进入清晨。

李文通看清了，她正是同校的那个女教师。

李文通的呼吸结冰了。

包光拢着那又白嫩又丰腴的女人的肩头，双双步入大楼幢门。天好像阴了下来。

当李文通走下公交车的时候，才发现自己坐过了站，整整过了八站。

看来无法准时赶到学校去和孩子们亲密接触了。二加二等于四是一种哲学。

"他奶奶个熊的。"他终于说了一句中文,声带不振,底气不足。

一路上,他始终捂着上衣口袋儿里的那个热乎乎的袖珍型计算器,想把心绪烫得平展些。

大 水 泡

刘实那年前往邯郸，走的是德石路。火车到达辛集，一位中年男子上车，不声不响坐在刘实的对面。这中年男子五短身材，脸部毛细血管凸露，面孔仿佛是用紫色开司米毛线织就，给人以"网"的强烈印象，看上去很不舒服。这种面孔如果出现在北京的大街上，肯定影响市容。

刘实想离开这张"网"，就四处打量着，寻找空位。这时候"网"说话了。他说如果刘实想调换座位，最好前往十号车厢，那里空气最好，因为列车长办公席在那里，没人敢吸烟。

刘实掏出香烟说，十号车厢就不要去了，还是坐在这里吧。中年男子淡淡一笑，然后开始跟刘实聊天儿。

聊天儿时，中年男子脸上始终挂着淡淡的笑容，很从容，令人感到他毫无机心。他告诉刘实，他的名字叫李逢，原籍河北吴桥，后来落户内蒙古，先是以打猎为生，二十年前他却举不起猎枪了，改行专门从事草原科研工作。他说出"草原科研"四字的时候，咬字清晰，起到了"逻辑重音"的强调作用。刘实听他说到的"面对野牛不忍开枪"的事迹，感到几分惊讶，很想深入询问下去，可惜这时候李逢到站下车了。

李逢没有名片，下车之前他在一本杂志上写下了姓名与通信地址。他的汉字写得很好：李逢，内蒙古伊克昭盟（大水泡）李氏科研站。

他将杂志递还刘实，十分郑重地说，你要想详细了解我的科研成果，请按照地址从邮局汇来二百元资料费，我一定及时把全部科研成果资料寄给你。

他的这番话，引起周围乘客们的哄笑。李逢就在人们的哄笑声中，拎起提包下车走了。

二百元资料费。老虎吃天，大张口。刘实身旁的乘客普遍认为，李逢是个大骗子。

刘实拿起杂志，看到这本名《草原科研》杂志的封面上，李逢还写了一行字：我的强项是驯化（野生）山鸡、深井（高密度）养鱼、化装狩猎以及破译鸟语。

刘实笑了，认为这是李逢的广告。他翻开这本没有合法刊号的杂志，看到里面的八篇文章都是李逢写的，其中一篇详细谈到破译鸟语的基本方法，并强调留鸟与候鸟的鸣叫差异。刘实读罢文章，受到震动。他默默无语地将这本李逢主编并非法印行的《草原科研》杂志放进自己的提包里，一路无话。

刘实在邯郸住了几天，准备离去。他收拾行李，又看到那本杂志。不知为什么刘实产生了强烈的好奇心理，居然去了邮局，按照地址给李逢寄去二百元钱，并附言索取资料云云。明知上当受骗，却情不自禁，这就叫神差鬼使。同时刘实不得不承认，李逢已经对他产生了无形的吸引力。尤其是李逢在文章里谈到当年化装打猎的情景，顶着牛头，披着牛皮，居然能够走到距离野牛群不足五米的地方，开枪。李逢坦言，有时候动物比人类更容易受到欺骗。这句话对刘实启发很大。

尽管如此，刘实汇去了二百元人民币，仍然是泥牛入海，没了消息。刘实将此事讲给朋友们，大家听说刘实是自愿迈入陷阱，毫不同情。

李逢果然是个大骗子。刘实就这样白白交了二百元"草原科研"的"学费"。

一年之后的春天里，刘实出差内蒙古。其时，刘实已经将那二百元学费忘记了。当刘实到达东胜市，蓦然想起李逢其人。这里就是伊克昭盟。由于时间宽裕，刘实决定前往大水泡，寻找李逢其人。刘实为什么要这样做呢？其动机就连刘实自己也说不清楚。人，有时候是情绪化的动物。譬如说那一群野牛。

　　大水泡地处偏远，一派荒凉。刘实到达"李氏科研站"的时候，已是下午。刘实向一个放羊的老汉询问李逢的下落，放羊老汉伸手指着远处。刘实便朝着远处那座摇摇欲坠的牌楼走去。

　　刘实看到牌楼用油漆写了一副对联，已经斑驳不堪。上联"相信科学很不容易"，下联"成果推广毫无办法"。横批是"食宿自理"。

　　刘实站在牌楼前，心里竟然感到一阵失意，他仿佛失去老友一般，转身怏怏离去。

　　刘实很想询问详情，可是那放羊的老汉已经不见了。

　　刘实回到东胜市，住进一家招待所的二楼房间，心里仍然想着李逢那张毛细血管凸露的面孔。刘实失眠了，并不完全因为那二百元人民币。

　　夜间，刘实房间的电话铃突然响了起来。刘实伸手抓起听筒，喂了一声。

　　刘实你还没有睡吧？我是李逢。

　　刘实惊了，一时不知所措。有生以来，刘实首次感到深夜对话的特殊味道——这电话仿佛是从另外一个世界打来的。

　　李逢慢条斯理说，你千万不要害怕，我没死。我如果死了是不会从坟墓里爬出来打电话的。我相信你是一个唯物主义者。因为如果你是一个唯心主义者，就不会从邮局给我汇款了。你给我汇来二百元人民币，就说明你相信科学，尤其是相信我的草原科学。

　　刘实渐渐镇定下来。因为刘实相信，即使真是鬼，他也不会沿着电话线钻过来吧。刘实开始小心翼翼地询问。

李逢告诉刘实，他已经收到三十九个人的汇款，但他无一回复，只是静观事态发展。然而，最令他深感遗憾的是三十九个汇款者，至今无人登门问罪。看来真正相信科学的人，并不多。

刘实说，这很正常，为了二百元钱是没人愿意千里迢迢跑到这里来的。尤其是在沿海经济发达地区，就是二十万元也没人愿意付出这份辛苦的。

李逢在电话里告诉刘实，正是由于这个原因他才深深感到失望。李逢再次强调，他的草原科研工作，是二十一世纪人类的一件大事情。举凡大事情，往往很难。

李逢重重叹了一口气，似乎非常失望地说，难道这三十九个人里真的就没有一个执着的人？

刘实说，有啊，我不是已经来了吗？

李逢突然放声大笑，颇有几分世外高人的味道。看来，刘实的突然抵达，真的使李逢感到极其兴奋。

李逢在电话里告诉刘实，明天上午十点钟，他将会见日本著名企业家"太阳株式会社"总裁小岛一郎先生。当然，这位日本客人不在三十九人之列。届时，如果刘实如约到达，完全可以在"李氏科研站"的现场见到李逢。看来，李逢的《草原科研》已经引起东瀛友邦的惊诧了。

第二天，刘实按照约定的时间，前往现场。远远地，刘实看见几辆高级轿车停在那里。七八个人身材笔直地站在那里。这种站姿，无疑说明他们是日本人。

远方，李逢坐在一个高坡上，嘴里突然打了一个响哨。几只山鸡朝着李逢飞来，落在他的周围。渐渐地，飞来的山鸡愈来愈多，由几十只而几百只，数不清了。

那几个日本人兴奋起来，叽叽哇哇说着大和民族的语言。当然不是"八格牙路"什么的。刘实观察着这个场面，认为以小岛一郎为首的日本人一定是被李逢精通鸟语的绝技给惊呆了。尽管日本属于科学技术极其发达的国家，但他们只能研制"机器鸟"。此时在他们面前飞翔的，乃是中国内蒙古草原上的真鸟。这一大群真鸟在日本人眼里正是一笔令人炫目的资源——不耗饲料，无须喂养，招之即来，自由成长。

日本朋友们纷纷鼓掌，表达着此时的心境。

李逢果然活着，没死，然而刘实还是一时无法弄清，他究竟是一个大骗子呢还是一个不为俗人所识的旷世高人。

是啊，动物是人类的朋友。李逢呢，此时坐在远处的高坡上，淡淡笑着。这个地方名叫大水泡。

很大很大的一个水泡。

都市谜底

三个圈套。郗敏小声说，三个圈套真像是三个圈套。这么多年过去了，郗敏依然只乘过那一次飞机。是的，鸟瞰这座城市的的确确只有三个圈套。内环路、中环路、外环路呈现眼底。飞机转弯准备降落的时候郗敏看见外环路——那只最大的圈套。她三十多岁了，对这个城市的印象也就不可变更了。乘飞机那年她十二岁。她只记住了这个城市的三个圈套。

秦有符是郗敏记忆中的一个方脸男人。秦有符在高粱地里诱奸妈妈的时候，也用了一个圈套。说是要妈妈向他汇报思想。

妈妈希望女儿能早日离开这阴沉沉的山村。秦有符嚼着高粱秆儿说，放你女儿回城，可你不能走。你得陪我天黑睡觉，睡一年。

这些都是郗敏后来才知道的。

郗敏走了，妈妈留在那穷乡僻壤。妈妈说一年之后回城，但妈妈永远也回不来了。郗敏走了后妈妈就磨了一把剪刀。后来妈妈自杀了。

郗敏永远不会忘记她从空中看外环路时是一种什么样的悲情。那就是一个大圈套。圈套中城市显得可怜巴巴——中了奸计又不得挣脱的样子。回到这座城市的郗敏已经不是郗敏了。只怪她乘坐了那一次飞机。回到这座城市的第二年郗敏专程去了一趟外环路。挺远的，她早晨出发中午才到达。

45

太阳仿佛就悬在头顶。只有行走的车而没有行走的人。郗敏在路边行走。路边全是一眼望不到头的高粱地，像是埋伏着千千万万个秦有符。她奔跑起来。夏深秋浅的日子里迎面驶来一辆红色载重车。郗敏招手，她身边就像驶来一堆大火。她搭车逃离外环路。路旁她看到一座很大很大的工厂。后来这工厂与郗敏有关。

这工厂像是圈套上的一个死结。

严默与郗敏结婚时是个孤儿。他第一次与郗敏做爱时伏在妻子怀里哭泣起来，像一个与亲人失散多年的大孩子。严默比郗敏小四岁。严默的特点是自我感觉良好。因此他没有什么痛苦。婚床上严默说我要喝咖啡因为我已经不是孤儿了。

当时的郗敏不可能想到严默的这句话会在八年之后应验。严默是个没有思想的人。可没有思想的严默说出的话，总在印证着这个神秘的世界。于是郗敏懂了——那些被人们称为思想家的人，可能是最没有思想的人。

严默大学物理系毕业。严默上大学之前下了两年乡。严默每逢有一些深刻思想要表达时，就大谈他在农村种高粱时的往事。仿佛严默那些履历全在高粱地里，还有衣食住行什么的。

而郗敏从来不向严默炫耀什么往事的苍茫。郗敏甚至没有高粱地。于是严默便认为郗敏的履历是一页白纸。郗敏心中非常蔑视严默。尤其是严默在外面遇到挫折，回家必然拼命喝那种冒牌洋酒威士忌，然后就号啕大哭。郗敏就用手抚着他的头发，心里说天底下怎么有这么软弱的男人呢？

郗敏必须跟自己所蔑视的男人在一起生活。离开这种男人，郗敏是活不下去的。她必须每天晚上都看到那一种可笑可怜的演出。心如小雀的严默却硬要做出大熊的样子，说着这样或那样的事情。自己认为自己

46

是非常出色的人物。

这时候郗敏满足极了，觉得丈夫生活在自己设置的圈套中。严默面对贤妻必须认为自己是个大丈夫。而郗敏则每天都得看到一个小男人在圈套中活得自以为是。

她对严默持欣赏态度。譬如说那一次出城踏青，她就是要欣赏田野中的严默的。严默说他如果不学物理而学中文，肯定已经是个作家了。然后就吟了一首《红楼梦》里的诗。

郗敏就尽情欣赏。她心里说，我离不开严默。我必须同我所蔑视的男人在一起生活。

郗敏怀孕三个月时给妁阿姨写了一封信。妁阿姨住在南方。妁阿姨没有回信。

那时候严默在汽车制造厂制冷工段担任工程师。严默死的时候已不在制冷工段而是调到工厂实验中心的机械性能检测室了。每天上班严默埋头工作进行各种性能检测。一直到他死。

妁阿姨是在小小降生后三天赶到的。妁阿姨大个子，依然挺着那高高的胸脯。郗敏看得呆了。将近二十年没有见到妁阿姨了，妁阿姨居然不见衰老——像是从时代冷藏箱里走出来。

郗敏用产妇的眼光看着这个永恒之物。

妁阿姨千里迢迢提一篮子鸡蛋来。她说，郗敏我来晚了。你妈妈死的时候我就来晚了。这辈子呀我是注定要永远迟到啦。

郗敏指了指严默说，这是我丈夫。

妁阿姨女刑警似的看看严默。

郗敏你结婚怎么也不给我写信呢？难道你妈妈死了你就可以万事做主随便嫁人啊。

严默的脸变成一只紫茄子。这个毫无度量的男子面对咄咄逼人的妁阿姨，面孔便与蔬菜为伍了。

郤敏只得朝严默淡淡一笑说，妁阿姨是我妈妈生前的密友，好得近乎暧昧的密友。从此严默便将妁阿姨当成敌人。

家庭中突然多了个妁阿姨，严默几乎活不下去了。妁阿姨却很坦然——好像这里本来就是她的家而严默则是个雇来的伙计。

妁阿姨抱起小小大声说，你认识我吗小宝宝，我也是你的外祖母。

之后妁阿姨眨着那双当年曾十分迷人的丹凤眼对郤敏说，我是专门赶来服侍你的。你好好坐月子吧。为了服侍你我等了多少年啦。

严默根本无法适应这种环境——身边又多出妁阿姨这样一个身材高大的女人——仿佛身边突然建造起一尊令他仰望的纪念碑。

严默索性不抬头。

妁阿姨小声问郤敏。你怎么找了这么个小男人呢？你妈若黄泉有知非气疯了不可。

郤敏认为妁阿姨已将自己识破，就笑了笑。

妁阿姨陷入沉思。

黄昏时妁阿姨说，懂啦懂啦，你赶快制造乳汁吧。你已经是母亲了，不要失职。

郤敏十分平静地说，我放弃哺乳。

妁阿姨有些吃惊。

妁阿姨喃喃自语。郤敏呀你也是这种性格。

严默凑上来说，放弃哺乳是一种新观念，我认为这种新观念还是很好的。

后来郤敏一直认为生活处处布满圈套。

严默偷偷问郤敏。妁阿姨到底还走不走哇？像一株移栽到咱家的老树。之后严默居然能吟出一两句古文。橘生淮南则为橘，生于淮北则为枳。这意思是讽刺妁阿姨该回南方去了。

产假期间郗敏没有发胖。依然一株豆芽菜。

姁阿姨其实已经老了。

郗敏啊你跟我一样，都属于产后不发胖的那种女人。郗敏听了很惊异。

姁阿姨您也生过孩子啊？

姁阿姨哈哈大笑。我当然生过孩子。

严默终于忍挨不住了。姁阿姨您是个独身女人啊怎么能生孩子呢？

姁阿姨不理睬严默。严默的脸又成了茄色。他愤怒地走到院子里去了。

郗敏觉得心儿在怦怦乱跳。她不知道该不该向姁阿姨发问。

姁阿姨，您真的生过孩子吗？

姁阿姨低头洗着小小的尿布。

姁阿姨您真的生过孩子吗？郗敏又问。

姁阿姨知道郗敏会问下去的。

她抬头看着郗敏，郑重地点了点头。

郗敏身子一歪倒在床上。

明白了。这些年姁阿姨也设置了一个圈套。这些年郗敏就生活在这个圈套里。

姁阿姨走到床前问，你怎么啦孩子？

郗敏眼中充满了泪水。

小小过百岁儿的时候由严默主持家政。他抱着小小去拍彩照。郗敏躲在家中偷偷找出母亲于自杀之前寄给她的绝命书。

郗敏曾认为这是一封永远无法破译的密码。但现在郗敏渐渐有些明白了。

　　时间到了。小敏啊我的任务完成了。这十二年真是太漫长了。总算是到站了。我去了。

49

面对这封遗书，郗敏浑身发抖泣不成声。

她知道这遗书向她诉说了什么。

都是圈套。她自言自语。

那天是火烧云。严默下班很晚才回来。

郗敏一眼就看出严默有异常情况。严默的心胸小得像一只鸟窝。当你把一只很大的面包放进去的时候，这鸟窝就坍塌了。

严默不言不语。郗敏给丈夫端上一杯啤酒。他一扬脖就喝了。很像慷慨服毒舍生取义的壮士。严默立即呈醉态。这时的他显得更加软弱。

郗敏这时候就尽情欣赏这个小男人。

小男人终于说话了。

我爸爸来信啦。

孤儿居然也有了能写信的爸爸。郗敏怀疑阴间也开办了邮局。

你有几个爸爸？

我只有一个爸爸。因为我妈妈不可能同时嫁给两个男人。我确实收到一封信。这个人号称是我爸爸。落款的名字也对头，叫严而信。我爸爸的名字真的就叫严而信，但是我没有见过他。

郗敏说，你没有见过你爸爸，怎么知道你爸爸已经死了呢？

是我妈妈告诉我的。可我妈妈也已经死了。

郗敏笑了。

严默显得束手无策，小声叨念着。

本来是没有爸爸的。孤儿怎么会有爸爸呢？可在南美洲的巴西，你知道这个国家吗？足球王国。在巴西的里约热内卢有一个名叫严而信的人给我来信，说他有四十万元财产，要交给儿子。他的儿子就是我呀。他还在信中要我尽快去巴西接收这笔财产。他说他很老了，都走不动路了。

她知道这是一笔意外收获。这足以令人欣喜若狂。郗敏望着丈夫，觉得挺失落的。

唉，如果当初你是个冒牌孤儿，我决不会跟你结婚的。有假烟假酒假药假首饰，现在你又成了假孤儿。

严默深沉地说，是啊这样一来咱们就很难自力更生艰苦奋斗了。

郗敏蓦然感到一种恐惧。严默有了亲爸这预示着什么呢？

一连几天严默都在念念叨叨中度过。

突然冒出来一个亲爸。这太让人无法接受了。我是无辜的。这事情不能怪我。从小我妈就告诉我说爸爸早就死了。

严默给巴西写了回信。

严默想去巴西接受那四十万元财产。

他说，面对突然出现的父亲，我最大的困难是我根本不知道该怎样做一个儿子。

姁阿姨大汗淋漓拎着一只皮箱走进门来。

这时候小小已经六岁了。

姁阿姨说，我得立即洗个澡。买不到卧铺票我整整站了四个省——江苏、安徽、山东、河北，跟当年北上的大兵一样。

郗敏说，姁阿姨呀每当我们遇到困难的时候，您准会出现在我们身边。

姁阿姨正在卫生间里大声喊道，郗敏你把小小送进来吧我给她也洗一洗。

郗敏说，不。

姁阿姨又重复了一遍。

郗敏大声说，不！

小小生得很像郗敏。尤其是那双眼睛。

小小也是个女孩儿。

严默到院子里吹箫去了。

郗敏告诉姁阿姨，严默找到了亲爸。

这么说他不是孤儿啦？

姁阿姨又问郗敏。他爸给他多少钱？

四十万。

姁阿姨连连摇头说，不值不值。

郗敏不懂姁阿姨的值与不值是什么意思。

严默从来没在工厂门外那家名叫十年香的饭馆里吃过饭。

他知道这是个体户开的饭馆。有时候个体户的生意不能让人放心。尤其是吃的东西。

严默有了喜事。他小声说，我能去巴西了，我能接收到爸爸的财产了。

他没去工厂食堂。我要好好庆贺庆贺。我也有了爸爸。他心里念叨着，走向十年香。

这时候严默不知道自己正走向坟场。

十年香饭馆店堂不小，但处处透着一股地主老财的味道。这令严默不悦。

严默要了一个菜一个汤一碗饭。跑堂伙计问，您要酒吗？现在老爷儿们没有不喝酒的。

严默想了想，说要一两白酒。

另一张桌子上已有五六个小伙子在吃喝。

妈妈临去世前为什么对我说爸爸早就死了呢？她给我留下一个谜语自己先走了。爸爸却成了这个谜底。严默喝着白酒，觉得味道很差。

这时候饭馆跑堂的伙计跟那几个小伙子发生了口角，严默不声不响喝下最后一口白酒。

跑出来一位三十来岁的男子，像是老板。

伙计已经被打坏了，倒在地上。

饭馆里的人一下子多了起来。

那三十多岁的男子说，这饭馆是我家开的，有什么事情朝我说，动文动武都不在乎。

严默听出这男子操着外省口音。

两边再度交手便不用拳头了。顾客用椅子，店主指挥兵马挥起木棒。

严默是个丁点儿江湖习气也没有的男人。他知道自己没有义务劝架，必须马上离开这里。

严默站起身朝门口跑去。

那位饭馆老板手持木棒大声喊道，打死他们，我出钱偿命！

严默恰恰朝他跑去。他认定严默是奔上来袭击自己的，就抡起木棒朝严默的脑袋打击。

十年香饭馆在流血。

严默两次被木棒击倒，他心里说，为什么打我啊！我很快就去巴西了。

严默跑出饭馆十几步就跌倒不起了。

一个年近七旬的老汉从厨间走出来。

他大喝一声：别打啦！你趁多少钱呀？

半小时后来了一大群警察。

严默已躺在汽车上送往脑科医院了。

打人凶手都逃散了。

郗敏听到严默被打致伤的消息时，她正在给孩子们讲课。郗敏如今是一个小学校里的卫生老师。她离开课堂直接去往脑科医院。

姁阿姨面无表情站在手术室门外。

郗敏在家属一栏里签上了自己的名字。

姁阿姨小声说，你要做好最坏的准备。

郗敏脑海一片空白。她对姁阿姨说，严默太可怜了。他很快就要去巴西见到亲生父亲了，可他却无辜地来到这里。

姁阿姨说，人生其实就是这样。

哪样？郗敏问。

郗敏啊你让我怎么回答你呢？

手术进行了六个小时。这时郗敏才无比强烈地感到自己是多么离不开严默啊。

严默呀严默你不能死。她心中祈祷着。

郗敏到严默被打现场去了一次。

以前她知道这里有个饭馆，但从未走近一步。郗敏看见"十年香"三个字，就产生了一种异样感觉。

只觉得此地似曾相识。

一个老汉迎上来说，吃饭啊？过些天再来吧，饭馆正歇业呢。

这人操着一种郗敏似曾熟悉的口音。

郗敏一下子便认出这人名叫秦有符。

只不过比当年衰老了许多。他两眼依然炯炯有神。郗敏看到秦有符的左耳少了半只。右耳是完整的。

郗敏猛然想起妈妈那把剪刀。

显然，秦有符已经认不出郗敏了。

这饭馆是你开的吧？听说有一个人在这儿吃饭被木棒打了脑袋。凶手跑哪儿去啦？

秦有符脸色一暗说，饭馆现在的老板是我儿子。这小子是个愣头青。

郗敏依稀记起秦有符有个儿子。光着屁股在池塘里洗澡比郗敏小四五岁的样子。

她明白了。两次抡起木棒打倒严默的人，正是秦有符的儿子。

郗敏默默看着秦有符。你好像是外省农村的吧？跑这么远来开店，还用木棒子打人。这一次你可逃不过去了。人活着就是在圈套里边。你千万不要忘了这一点。

秦有符好像听不懂她的话。

你儿子要去坐牢的。郗敏说完转身走了。

世界太小了。她心里想。

严默做了开颅手术之后昏睡不醒。

郗敏日夜陪伴在他的身边。昏睡中的严默面无表情躺在床上，显得那样无助。郗敏已经意识到严默有多么可怜。一个男人婚后多年居然一直在妻子的蔑视下生活而全然不知。

她每天都给严默擦脸、擦手和洗脚。严默闭着双眼如同酣睡。她轻声唤着他。他全无反应。

他或许永远这样成了一个植物人？

到了严默昏迷的第十天，病房门外来了几个人，说是找严默的家属。

郗敏走出去，看见秦有符领着几个人手里提着许多水果、食品，都是很谦恭的表情。

你找我有事？郗敏问。

秦有符说，来看一看病人，表示一下我们的心情。

郗敏说，你认识我吗？

认识，你是病人的家属。真是对不住啊。

郗敏转身走进病房。

晚上姁阿姨来病房。郗敏正给丈夫擦脸。姁阿姨小声说，小小这孩子真是很像你，听说爸爸病危住院，学习上就更自觉了。这一次考试又是全年级第一。

严默脸上淌下两行热泪。

郗敏惊呆了。姁阿姨您看他哭了。他听得懂咱们说的话。他听得懂啊。

姁阿姨叫郗敏到病房外边去。姁阿姨说，郗敏今儿夜里我陪你在这儿。我看严默不行了。

果然严默夜间便死去了。

公安局要求尽快料理丧事。郗敏问公安局，凶手是姓秦吗？抓到他是不是立即枪毙？

公安局说，以事实为根据，以法律为准绳。

郗敏将严默的骨灰盒抱回家中安放。姁阿姨说，该给他在巴西的亲爹写封信报个丧吧？

郗敏说，找遍了也找不到他爸爸的通信地址，见鬼了。严默好像生前搞了一次坚壁清野。

姁阿姨又一次陷入沉思。

会不会是他从来也没收到过什么巴西来信，而是凭空杜撰出一个亲爹来？姁阿姨说。

郗敏说，严默为什么要设置这样一个圈套呢？最终不是自欺欺人呀！

或许严默需要有这么一个杜撰才能活下去。严默真是一个可怜的人啊。郗敏哭了起来。

秦有符又到家中来过一次，说要"私了"。

郗敏是在夜间跟姁阿姨开始那次谈话的。

郗敏说，白天来的那个老头子是秦有符。

姁阿姨忽地从床上坐起，浑身发抖。

之后姁阿姨点燃一支烟。

太巧了太巧了，这是天意这是报应。这一夜姁阿姨不停念叨。天亮时郗敏发现姁阿姨的头发全白了，一下子老了十岁。

姁阿姨两眼阴森森放光。她问郗敏，秦有符的儿子叫什么名字？

叫秦小虎，比我小四五岁吧。

秦有符知道你是谁吗？

郗敏摇摇头。女大十八变，他认不出我了。

秦家要求私了，给你多少钱？

十万。郗敏说。

听我的话孩子，跟秦家私了吧，要这十万块钱。带着小小好好过日子。

呸！郗敏朝姁阿姨脸上啐了一口唾沫。

你真是个烈性女人。姁阿姨平静地说。

许多天过去了，公安局也没抓到逃犯。

姁阿姨说，我猜秦小虎根本没有外逃。

晚饭后姁阿姨领着小小外出散步。天气渐渐变暖了，走在路上觉得很舒服。姁阿姨对小小说咱们去买饮料喝。

一老一小走进十年香饭馆。

依然歇业。饭馆里只坐着秦有符一人。

秦有符起身迎接说，您按时来啦太好了。

姁阿姨说，两个条件都得做到才成。

秦有符从后边拎出一个包袱说，这是十万块钱，可你得到公安局去翻供说人不是秦小虎打死的。姁阿姨掏出一只信封，从中抽出两页纸。都在这上边写好了，有签字还按了手印。今天上午我也去了公安局，撤回了我们的材料。

秦有符问，你到底是事主什么人？

姁阿姨指了指小小说，我是这孩子亲姥姥。之后姁阿姨将那只包袱系紧，挎在小小身上说，你先回家去小小，姥姥一会儿就回去。

小小吃着冰激凌背着包袱跑出去了。

你让小孩子背这么多钱？秦有符惊异地问。

你是个土包子，以为这十万块钱就是巨款啦？我爸当年在上海是花旗银行董事长。快一点叫你儿子出来，我看一看。

秦有符说，这儿不行，你得跟我到厨房后边放大白菜的屋里去。

姁阿姨说，行啊。之后她又拿起那只雪碧瓶子说，小小这孩子把饮料扔在这儿啦。

后边屋里有个放菜的小地窖。

郗敏从小小身上解下这个包袱打开一看就明白了。小小说道，路上姥姥一直让我叫她亲姥姥。她说你妈妈是我的亲女儿，你是你妈妈的亲女儿，所以我是你亲姥姥。

郗敏拉起小小就朝十年香饭馆跑去。

已经起了大火。饭馆上空黑烟滚滚。

人们都拎着水桶前来救火。

郗敏站在火场边缘，淌下热泪。

小小，快叫姥姥，叫亲姥姥！冲火堆里喊你姥姥！郗敏拉紧女儿的手，泣不成声。

小小朝火光大声喊道，姥——姥！

身后传来姁阿姨的声音。郗敏，小小，咱们回家吧。咱们回家去庆贺庆贺。

郗敏一阵眩晕。姁阿姨活着呢！

消防车来了，支起巨大的水龙头灭火。

三个年龄不一的女性，离开火场走回家去。

您……没事呀？郗敏问。

给你留了一封信压在枕头下边。没承想活着回来了。那是小地窖。

58

秦小虎在里边猫着。秦有符下去，叫我也下去。我随手就把那瓶子汽油点着了，还往地窖里添了不少柴火。我原打算跟他俩一块儿烧死呢。没想到这样。

你是我跟一个级别很高的干部的私生女，生下来由你妈妈抚养。我仍一本正经装成一个独身女子好像什么事也没发生。这都是那位大干部安排的。那位大干部前年才去世的。

郗敏问，你们是不是讲妥由我妈抚养我到十二岁？这一点我从遗书上猜到了。

三个年龄不一的女性回到家，上床睡觉。

姁阿姨说，要不是突然发生严默被打死这一事件，这辈子我是没勇气向你承认我是你生母的。我知道你会非常蔑视我的。

郗敏笑了。身边必须有一个我所蔑视的人，否则我活下不去。这些年就是这样。

小小枕着那只装有十万元人民币的包袱，香甜地进入了梦乡。

您去投案自首？郗敏在黑暗中突然问。

姁阿姨笑了。这笑容使郗敏觉出姁阿姨已经是一个老太太了。一个机警一生的老太太。

原打算去投案。现在改主意啦，等他们来抓我。要是不来抓我呢，就算我逃过一关了。

姁阿姨说罢问郗敏。你听，这外边是消防车还是刑警车？郗敏你不会去告发我吧？

郗敏摇摇头说，这是个谜语，我不知道。

有人自左入画

　　贾文进调入电视台的那一天，全市鸡蛋统一调价——涨到两块七。之后鸡蛋价格迅速下挫，这时贾文进接了一部戏。单本，上下集。

　　都说贾文进运气不错。刚进电视台没多久，就当导演了。像施了肥的小苗，猛长。其实贾文进在工厂工作的时候，只是个宣传干事罢了，有时也扛一扛机器给领导们录录像。再寻本溯源，贾文进就是一个干活儿的工人。那时他尚未拥有姐夫——广播电视局的人事处长。

　　贾文进当工人的时候喝下敌敌畏自杀，险些成功。他因此壮举而一跃成为工厂里响当当的工人。绝大多数人都是害怕自杀的。贾文进于是一枝独秀。

　　导演贾文进接的这个剧本是工业题材的，多少还含有一些爱情。关于拍摄资金，台里只出三万，其余自筹。贾文进知道该找刘国振了。

　　刘国振半大老头子了，号称拉赞助大王。

　　他和刘国振在河边一家小饭馆里坐了。刘国振说，爷儿们，你有什么难处就直说吧，我知道你在工厂里喝过敌敌畏。

　　刘国振说着就端起一盅白酒，扬脖干了。

　　贾文进傻眼了。他心头一热，想哭。

　　他问刘国振，您怎么知道我喝过敌敌畏呢？

　　我在电视台干了二十年了。全市的大小新闻，一般都往我这耳朵里灌。你好像是让人家给挤对得才寻了短见。刘国振快人快语，喝得红头涨脑的，贾文进特感动。

刘国振大声说，差六万块钱？得了，我去找何四宝吧，让他独家赞助。

贾文进知道何四宝是一家公司的总经理。

三天之后，刘国振骑着一辆大红摩托车来找贾文进。贾文进听着刘国振的话，觉得自己永远也走不出过去的那一片沼泽了。

刘国振说："何四宝听说你以前也自杀过，当场就拍板决定赞助八万！"

贾文进苦笑："这跟我自杀有什么关系？"

刘国振乐了："何四宝也喝过敌敌畏。"

又一个自杀未遂。贾文进心想。

资金到位，贾文进在家里憋了三天，分了镜头。之后又建了剧组：编导演、摄录美、服化道……由刘国振出任制片主任。

开机了。

贾文进的工作难度很大。摄像师在本市影视界算个人物。他不把贾导演放在眼里，总是不言不语却十分张狂的样子。贾文进撑不住了，就请他喝了一顿工作酒。摄像师喝罢四两酒只说了一句话。

"我知道你以前自杀过！"

这时候贾文进的大脑有些错乱。他甚至觉得多年以前的那次未遂行为，不属于自杀而属于他杀。于是贾文进说："所以咱们俩应当好好合作嘛。"

外景地挪到水上公园后门外的一片树林子里。男女主角在这里有一场重头戏，包括接吻。

贾文进有些心不在焉。

摄像师冷着脸望向贾文进，之后朝他干巴巴一笑，贾文进觉得自己被摄像师看穿了。

许多年前，贾文进正是在这片树林子里喝下了一瓶子敌敌畏。之后被一个拾粪的老汉救起——送往八一医院洗肠子。贾文进打了一个冷战。

这时拍摄的是第一百六十二镜。

他并不晓得镜头"穿帮了"——远处有人自左入画。贾文进脑海一片空白。

那个人又从右出画，出了镜头往市委党校方向走去——树林掩没了他的身影。

摄像师看见此人入画。然而他是一个沉默寡言的人——沉默到了近乎阴险的程度。

摄像师还认为：这个人由大远景入画，无伤大雅。就像画面里飞过一只蚊子一样，可忽略不计。

第七十八镜。

刘国振骑着摩托车匆匆赶来，说晚上何四宝要请大家在可爱酒楼吃饭。

摄像师突然说："何四宝有病！"

刘国振颇知内情地答道："对，痔疮。"

贾文进说了声："拍戏吧拍戏吧。"

录像机黑了电池没电了。

剧务王涛说："今天很不顺利。"

看到那棵大槐树了。贾文进知道，当年自己就是坐在这棵树底下喝了敌敌畏的，当时穿了一身挺脏的工作服。

他大声对摄像师说："推那棵、那棵大树的近景！快推上去。"

摄像师说："剧本里没有啊。"

贾文进说："剧本里有什么你知道吗？"

何四宝是一个高高大大的汉子，刚见发福的势头。他在可爱酒楼摆了一桌子有山有水的酒席，跟剧组同人们见面。

贾文进心里觉出几分自卑，就硬撑着。

何四宝说："贾导辛苦啦？"

贾文进将剧组人员一一介绍给何四宝。

小角色们趁机大吃。

何四宝说："你们不知道我喜欢相声？我能说许多传统段子，还会唱发四喜……"

贾文进听得恍恍惚惚的。

何四宝要跟摄像师干杯。摄像师说："你跟贾导干杯吧，孟郊死了。"

何四宝惊讶道："孟郊死啦？那我送一个花圈随一千块钱份子！"

刘国振嚷嚷："别提唐朝的事啦！咱们喝酒。"

何四宝说："我今年四十一，贾导您呢？"

贾文进说："我今年也四十一，属大龙的。"

何四宝说："我看你面熟呢，以前在哪个地方见过？"

贾文进说："我是个大众脸儿，看着容易面熟。"说罢他心中想，这何四宝看着也面熟呢。

刘国振自言自语："就是那么回事儿呗。吃完饭，四宝别走，跟贾导一块儿看看回放。"

何四宝哈哈大笑："人吧，要想重新看见过去的事儿，就得闭上眼睛去回想。电视剧这玩意儿好，想怎么看就怎么看，人在里面好像死不了呀。"

之后何四宝举起杯中酒，凑近贾文进小声说："只剩下咱俩这一点儿酒了，咱们干了吧？"

还没等到贾文进表态，何四宝又说了，声音压得极低。

"听说你也死过一次，嘿嘿，没死成。我也一样，没死成。咱俩算是一路人吧？来，干杯！"

贾文进心头一颤，干了杯。

何四宝又说："嘿嘿，死这玩意儿，还他娘的挺难，不能一次成功。活着呗，嘿嘿。"

贾文进说："死，也是一门技术。"

他们乘车去驻地看当天的"回放"，摄像师阴着脸打开了监视器。

大家看画面。终于放到树林里的那场戏了。贾文进定定地看着。

何四宝兴致勃勃看着，不停地嘟哝着。

如果沉默寡言的摄像师依然沉默寡言，那么一切都将过去。然而他开口了。

"有人，从左边入画了。"

贾文进似乎在想着别的事情，没听见。

何四宝呆呆望着画面。

摄像师重复了一遍，镜头似乎朝前推了推，那个意外入画者看得清楚多了——是个男人。

何四宝呼地站起来，大声说："这个人是谁？这个是谁呀！"这喊声惊动了贾文进。

贾文进死死盯着画面，表情有些茫然。

他问："入画的这个人……谁呀？"

何四宝："我觉着眼熟。妈的，挺像多国瑞的，老多。"

贾文进连声说："再放一遍，再放一遍。"

"你怎么认识多国瑞？"他问何四宝。

何四宝说："你也认识老多？老多这个杂种真他娘的不是个东西。"

贾文进的脸色渐渐泛白。

何四宝又说："我找了多国瑞好几年了，没想到在这儿碰见了。"

64

刘国振率领众人哈哈大笑起来，为何四宝助兴。

贾文进突然说："你怎么能保证这个人就是多国瑞呢？瞎猜吧？"

何四宝乐了。

"把多国瑞烧成炭灰，我也一眼就认出来。"何四宝一激动就能讲出地道的国语。

贾文进专心致志又看了一遍回放。

刘国振一旁小声问："多国瑞，谁呀？"

贾文进不言不语，咬紧了牙关。

晚间，贾文进失眠了。

第二天上午刘国振骑着摩托车来到剧组驻地。他将贾文进拽入卫生间。

"何四宝对你印象挺好的。"

刘国振见贾文进无动于衷，又说："何四宝对剧本有意见……"

"他对剧本有意见？他算干什么的！"贾文进急了。

刘国振说："嗐，何四宝不是赞助八万块吗，他已经拨过来三万，还有五万没拨过来呢。"

刘国振讲，贾文进听。贾文进渐渐明白了——这部戏兴许拍不下去了。

刘国振找何四宝拉赞助的时候，何四宝正摆了一桌酒菜欢宴几个铁哥儿们，同时也庆祝自己自杀未遂十五周年。大难不死，必有后福。刘国振也积极参与，大谈加入 WTO 的大好形势。最后刘国振谈起贾文进执导的一部电视剧，何四宝越听越有兴趣。

贾文进责问刘国振："你当时跟他说以他为原型塑造一个男主人公形象？你为什么不跟我讲呢？"

刘国振满脸窘色："当时我只是随着一说。谁承想他何四宝听了就当真了。"

贾文进："那现在该怎么办呢？"

刘国振："反正他说那五万块钱……不给咱们了。除非你修改剧本。"

"这戏我已经拍了四分之一啦！修改剧本，就意味着落地重起呀。"贾文进急得呼呼喘气。

"何四宝说他负责一切经济损失。"

贾文进垂头丧气像是死了亲爹。

他大声说："剧组放假三天。"

何四宝开了一家公司——四宝实业有限公司。公司下属三个工厂：服装厂、电器厂和十全大补制药厂。

贾文进去见何四宝，地点在十全大补制药厂。小车儿开进厂门，贾文进那双导演的鼻孔便立即嗅到一股子动物下水的味道。开小车儿的司机毕竟见多识广，十分镇定地说："是驴鞭。"

何四宝正手持"大哥大"跟山西方面联系购买一种长在狗身上的东西。

贾文进坐在会议室里耐心等待着。

会议室里挂满了字画。贾文进注意到这些作品多出自本市名家之手。

他有些惊讶，何四宝竟然占有了这么多文化人。

何四宝脚步咚咚走了进来。

贾文进说："我来找你，谈一谈剧本的事情。"

"剧本剧本，一剧之本嘛。"何四宝说。

贾文进深信自己是个文化人。文化人应当不卑不亢。于是他问："你要求剧中男主人公以你为原型，今天我来就想看看你的原型是什么？"

"原形？你拿我当白骨精呀？"何四宝哈哈大笑，"咱们去餐厅吧，边吃边谈嘛。"

十全大补制药厂的小餐厅，专供来厂洽谈生意的客商就餐。豪华的装修赛过酒楼。

何四宝落座打开一瓶啤酒："我已经十年没喝水了，离不开啤酒了。"

贾文进说："这是个缺水的城市……"

何四宝表情显得很诚恳："这抽烟吧，我也只认一种牌子——中华。"

贾文进十分同情地说："要严防假冒伪劣商品啊。"

何四宝激动起来："你说得太对了！来，干了这杯。"

贾文进觉得何四宝这个人大大咧咧的，并不十分可憎。这时候何四宝只字不提男主人公的事，却一口气吞下一瓶啤酒。

"跟你讲一讲我吧，只讲一件事。早先，我在工厂里干活儿，生活在水深火热之中……"

贾文进心中有事，就心不在焉地听着。

何四宝见贾文进没有兴趣听，就一拍大腿换了一个话题："忘了问你，你怎么也认识多国瑞呢？"

贾文进说："我去工厂当工人时，他是车间的头儿……"

何四宝惊异："我也是当年在他手下当工人呀！怎么……"

经过一番研讨，贾文进和何四宝都闹明白了。敢情那个多国瑞在好几个工厂里当过头头儿，如今已光荣退休。

何四宝领着贾文进去参观他的工厂。

"共产党好！共产党就是好！谁要是说共产党不好，我就跟他翻脸。我是说政策好。要不是政策好，我能从一个臭苦力变成如今的总经理？"

何四宝谈兴大发，领着贾文进迈入车间。

全是女工。一长溜儿坐着，手工密集型劳动。车间里空气不好，有一种进了地窖的味道。

女工们表情呆板，飞快地包装着药丸。

何四宝呵斥了一个男工之后转脸对贾文进说："我很苦恼，在管理工作上总是找不到好的办法。这几年我一直在寻找……"

贾文进说："应加强科学管理。比方说，可引进一些微机，实现网络管理……"

何四宝撇了撇嘴："我是说这儿！"说着他指了指心口，又指了指脑袋。

贾文进一脸茫然。

又进了一个车间。何四宝突然问："当年你自杀，是让多国瑞挤对的吧？"

贾文进听罢一怔，没言语。

何四宝又说："咱们明人不说暗话。你的剧本呀别写我。你就写我去寻找老多，让退了休的老多来我这个厂子里散发余热，继续发挥他的特长，为四化建设和改革开放做出了新贡献。你看怎么样呀？"

贾文进冷着脸子问："多国瑞有什么特长？"

何四宝怔了怔，之后哈哈大笑："这还用问吗，这还用问吗？"

何四宝告诉贾文进，他已经根据拍片外景地的线索去寻找多国瑞了。

多国瑞在市委党校的传达室看大门。

何四宝很是惋惜："一个人才呀，去看大门。太奢侈浪费了。"

贾文进说："当年你自杀，也是被多国瑞挤对的吧？"

何四宝："爱国不分先后，朝前看嘛。"

贾文进骑自行车来到市委党校门前。

在此之前，他搞清楚了当年何四宝自杀的背景和起因。他觉得何四宝的自杀方式很新颖——烧一大锅开水然后跳下去。但这种方法成功率太低。往往在水温到达沸点之前，人已获救。

何四宝就是在劈柴烧火时被大家拦住的。

市委党校的门楼很高大。贾文进走近传达室。他一眼就看见坐在屋里的那个瘦老头子。是多国瑞——穿着一身灰色毛料制服。

贾文进觉得血往上涌，浑身发涨。

当年，他真想杀了多国瑞。

他认为多国瑞是一只毫无人性的冷血动物。多国瑞的当道，使多少人丧失了生活信心。

贾文进戴上墨镜——他坚信多国瑞认不出来。他问："老大爷，这是市委党校吗？"

"你是来报到的，哪个单位的呀？"

贾文进说："请问……"

多国瑞头也不抬："告诉你，这一期处级干部短训班一共二十天。这儿住这儿吃。可是，每个周末，这些个新上任的处长们就不回家了。在宿舍里学跳舞，咱这儿成了百老汇啦。"

贾文进听着，觉得在此看门的多国瑞依然是多年前的样子，只是年岁大了一些。

贾文进心中起火："你一个看大门的，管这么多事情干吗？再说人家又都是些个处长。"

多国瑞抬起头："我退休时也是处级……"

之后多国瑞又埋头写着什么："哼，告诉你吧，我抄写的名单，都是上一期短训班那些个在这儿跳舞的处长，有经委系统的，也有建委系统和交委系统的，我要给他们奏一本！"

贾文进听着这冷森森的口气，心底一颤。

多国瑞起了疑心，站起身问："你，戴着个黑眼镜，到底是干什么的?"

贾文进故意说:"我来找人。"

"找谁?说,找谁?"

"我找何四宝。"

多国瑞显出几分惊慌,但立刻镇定下来。

"哪一个何四宝?是私人公司的暴发户吧。"多国瑞很像一只疑虑不定的老山羊,眨动着一双迷茫的眼睛。

贾文进转身就走。多国瑞企图追上来,但只是哎哎叫了两声,站在传达室门外。

贾文进回头大声说:"何四宝大难不死,他会来找你的。"

多国瑞居然猖狂起来,大声说:"这年头有钱可以走后门上大学,可你无论多么有钱的个体户,都没法子跟进党校学习。懂吗党校你是进不来的。白搭!"

贾文进走得远远的,才停下来点燃了一支香烟。何四宝会怎样报复多国瑞呢?动明的还是动暗的?贾文进寻思着。

何四宝这家伙是不会放过多国瑞的。

贾文进又在琢磨剧本如何修改了。

贾文进接连几天都心绪不整。剧本扔在桌上一个字也没动。

电视台已经传开了,说贾文进中途停机改剧本——人吃马喂浪费人民币,有史以来没见过这样拍片子的。

贾文进似乎已经丧失了所有的锐气。

脑海里只有那一个场面:他坐在那棵树下,一口气喝下一瓶子敌敌畏。

当时他认为自己落入绝境而无法逃避。

多国瑞——一座横在他面前令他无法跨越的大山,断绝了他的一切

70

出路和希望。

他要求去上学，不行。他要求调动工作离开工厂，也不行。他谈了恋爱，女方家长来厂里了解情况，多国瑞回答说："尚在观察之中说不准是好人还是坏人。"

于是贾文进认为活着没有什么前途了。

他心中承认被多国瑞这个车间党总支书记打败了。一年之后他才熬了出来——多国瑞调到另一个工厂当副厂长去了。

他曾经考虑报复，但他渐渐放弃了。于是他当了电视台的导演。

何四宝打来电话了。从听筒里贾文进听到了对方嘴中的五粮液味儿。

何四宝打听什么时候接着拍片子。

贾文进说，我看见多国瑞那老东西了。

何四宝听罢，哈哈大笑。

贾文进听出这笑声里有些内容。

他问："你不也是受害者吗?"

何四宝说："要顾全大局向前看，为改革开放团结起来嘛。"

贾文进觉得何四宝言不由衷。

何四宝前嫌尽释，以十分开心的口吻给贾文进说起了自己的自杀经过。

贾文进心跳加快："不爱听不爱听……"

"我这又不是敌台广播，你怕什么呀?"

何四宝就把酒香四溢的声音灌进贾文进的耳朵里。

贾文进听着。他突然感到：自己以及何四宝，这一辈子也无法甩掉多国瑞的阴影。他随时都有可能杀心涌动，除掉多国瑞。

何四宝大概醉了，居然将自己的自杀经过讲得声情并茂妙趣横生。

何四宝在工厂里当壮工。他想整治一下多国瑞，就溜进他的办公室往暖瓶里撒了一泡尿。第二天临下班全厂职工紧急开会，六百多号人站满了院子。多国瑞讲话。

多国瑞很生气的样子。废话我不讲了，我要告诉那个人，你听着，你千千万万不要走神儿，也不要聊天，你要认真听我讲。

人们就都认真听着，齐刷刷望着多国瑞。

平日冷酷无情专横跋扈的多国瑞一下子激动起来。人们闹不明白太阳从哪边出来了。

"那一壶尿我拿到公安局化验了。为什么要去化验呢？你们当然知道，我是想找着那个人。可化验结果让我大吃一惊。别的先别提，就说这第二项吧，上面写着这个人得了尿毒症！这公安局的化验设备是特殊的，一般医院呀根本就化验不出来。"

会场上静得就跟没人一样。

多国瑞说："公安局的人说，老多呀你用不着找那个人了。得这种病，也就半年活头了。让他死了算了。我寻思了半天，不忍心，还是召开了这个全厂大会。我想万一这病要是抓紧吃药兴许还能多活几年呢。我在这儿告诉往我暖瓶里撒尿的那个人，趁早去看病，抓紧吃药兴许还行……"

何四宝在台下问："公安局的化验科在哪儿呀？"多国瑞平时在台上讲话是不回答台下群众提问的，此时却一反常态："太湖路西头儿。"

第二天何四宝去太湖路西头儿。多国瑞手下的一名政工组干部正站在电线杆子旁边抽烟。

政工组干部说："这儿没公安局，你回去吧。我在这儿等了好几天啦。"

何四宝说："我姥爷尿尿费劲。我想找公安局给化验化验……"

政工组干部乐了："你快回厂吧，多国瑞等着你呢。"

何四宝回厂就落了网——被认定为往领导暖瓶里撒尿的坏分子。

多国瑞阴着脸说："一个尿毒症你就上钩了，也没多大出息。你应当视死如归呀。"

何四宝不服，大声喊冤。

被单位保送——劳教两年。何四宝去劳改农场前开水浇身自杀未遂。

当时大锅里的水温刚刚达到三十度，洗澡正好。

电话里何四宝给贾文进讲完了这个曲折复杂的故事。之后哈哈大笑。

"是你撒的尿吗?"贾文进问。

何四宝："不是。一劳教，我妈着急上火，死了。我那个对象也吹了。我姥爷知道我是为了孝敬他才倒了霉，得，上吊死了。"

贾文进说："你应当杀了多国瑞。"

"这几天，我天天派人去找多国瑞。"

贾文进知道何四宝目前的财力，莫说雇职业打手，就是雇职业杀手也不在话下。

何四宝说了声脏话，就撂了电话。

贾文进心中一喜，知道多国瑞麻烦了。

他抓起电话通知制片主任："明天集合开进何四宝的电器厂拍戏。"

制片主任刘国振在电话里问："剧本改出来啦?"

贾文进说："人家大导演谢晋拍戏根本就不用分镜头。"

何四宝的电器厂让贾文进大吃一惊。

这就是工厂? 三排破旧的厂房里，一条长而又长的工作台两边坐着密密麻麻的女工，埋头装配着一种电热驱蚊器。空气浑浊而难闻，人们脸上缺乏表情。

一个小伙子因犯了什么错儿，正在院子角落里罚站。牌子上一行歪扭的大字，像是标语：偷一个驱蚊器罚款一万人民币。

贾文进去了车间后边的厕所。撒尿时他无意之中看到墙上一条标语：谁往池子外边尿我×你祖宗并开除厂籍。

贾文进见傻。

出了厕所，院子里他看见何四宝的黑色别克轿车开进厂来。何四宝猫腰从车内钻出来：手里正举着"大哥大"说话。

"什么？还是没有见效！好，我立即再派一个人去。你留在原地给我盯住了。别犯粗。"何四宝涨红脖子很着急地说着。

贾文进知道这是一件重大事情，就转身往远处走。他想回避，然后静候佳音。

何四宝却在身后喊住了他。

何四宝满脸失望的神色。

贾文进心里说，何四宝你不要着急嘛，整治一个人也不是那么容易的。

他估计这一次多国瑞至少被打致残。

何四宝寻找了仇家这么多年呀！

贾文进颇有含义地说："你总经理，无论办什么事情都不能马马虎虎呀。"

何四宝大嘴一撇："比请诸葛亮还难呀。"

"请谁?"贾文进问。

何四宝说："这年头有钱能使鬼出国。我花大价钱什么人请不到？哼。"

贾文进心里说，请打手易，请杀手难。

何四宝说："我出月薪一千五，请多国瑞那老小子来厂里工作，他还不来。这不是嘛，派出第五个说客又碰钉子回来了。"

贾文进蒙了："请多国瑞?"

何四宝苦笑："我这厂子，得有个人来管呀。这么多人，没一个专门管人事儿的，哪行啊。"

　　贾文进说："你甘心请多国瑞？"

　　"职位我都想好啦，叫训导员。专门给我管着这些临时工。你不知道我有多难。这种活儿，非多国瑞不可。"

　　贾文进问："为、为什么……"

　　何四宝很认真："多国瑞能把你这样的我这样的挤对得自杀寻短见，你说他是不是个管人事儿的专家？"

　　"可那是特殊时期……"贾文进嗫嚅。

　　何四宝说："我现在办工厂正急需呀。他多国瑞如今在我眼里，就是一个专业人才。"

　　何四宝手里的"大哥大"又响了。

　　贾文进看着他，没词儿。

我把青春献给你

A1

　　方青从来不喝外边的水，所谓外边是以自家门槛为界线的，当然也包括她供职的 T 市广播电台了。她在 T 市广播电台文艺频道上班，那幢灰色小楼里去年就改喝桶装水了。

　　桶装水方青也不喝。只要上班她便从家里带水。那是一只容积六百毫升的玻璃瓶子，圆锥形体，压花磨口，冷眼看去很像一件近代器皿，透出几分古典韵味。它外貌高贵，这在流行可口可乐的时代显得稀有，诠释着主人公的身份。身份归身份。它的最大缺点就是瓶口不严，赶巧了有点漏水。因此必须直立在挎包里，不可倾倒。一旦倾倒就洒了。这只瓶子似乎象征着方青的生存现状——必须挺立，不可倾倒。

　　真的不可倾倒，一旦倾倒，四十八岁的方青就垮了。不能垮。渐入更年期的方青坚决不能垮。尽管她几次在洗手间里听到小妖精们背地里叫她"老女人"，还是坚决不能垮的。前几天方青又在洗手间里听到有人偷偷议论"老女人"，就起身看了看，那是几个年轻而陌生的面孔，只有一个名叫王如霞的姑娘她认识，好像是从社会上招来的客座主持人。王如霞从早晨六点钟到夜里十二点，一天分别在好几个频道主持节目，据说一个月能拿到万把块钱。这就是年龄优势啊。方青认为一个月给两万块钱自己也顶不住，年岁不行了。

年岁不行了，只能垮掉。交通台的佟晓华垮了，生活台的郑金金也垮了。还有好几位被年轻人称为"老女人"的姐妹，五十岁不到纷纷垮了，一个个被新聘来的节目主持人逼得退出直播间。方青认为坚持下去就是胜利。佟晓华播音名晓华，当年大红大紫，郑金金播音名金金，当年也大红大紫，她们即使提前退出直播间也退而无憾。我方青跟她们不同，我不曾大红大紫，充当播音员只播了半个月的"每日要闻"就离岗当了节目编辑。青春岁月就这样蹉跎了，一去不返。方青只有争取二度春夕阳红的份了。

走近广播电视局大门，方青向值勤武警出示了紫色通行证。看到紫色武警点了点头。方青款款而行，走进简称"广电大院"的地方。说到通行证那是很有讲究的。紫色通行证说明你是正式员工，而且资深。蓝色通行证和绿色通行证则是这几年从社会上招聘的新人，蓝色表示"局聘"，绿色表示"台聘"和"频道聘"，档次各不相同，俗称临时工。还有一种白色临时通行证，有时发给送盒饭的，有时发给特邀嘉宾。无论怎么说，紫色代表一种最高身份，手持紫色通行证的人一致这样认为。

方青径直走向电台直播间小楼。她几经努力谋得一份差事，就是为生活频道主持一档《青春采风》节目，很青春。然而她人老声音不老，声音清纯甜美，小姑娘似的。打进热线电话的听众越来越多。于是听众打进热线电话叫她"青姐"。"青姐"很快拥有了一定知名度。生活频道主任郑宏宾认为这样很好。方青也认为这样很好。《青春采风》渐渐成了名牌栏目。

走进电台直播间小楼。方青在楼道里遇到音乐频道主任吴子申。他压低声音向她说，你去主持《子夜名曲》节目吧，我车接车送呢。

方青感到意外。人老珠黄，怎么一下成了香饽饽啦？凭借跟生活频道主任郑宏宾的老交情好不容易上了《青春采风》节目，如今音乐频道主任吴子申又邀请自己主持《子夜名曲》，莫非太阳真的从西边出来啦？

音乐频道主任吴子申郑重其事地说，当然，主持《子夜名曲》你可以另起一个播音名嘛。

B1

蔡小光收听广播电台音乐频道王晓晓主持的《子夜名曲》，入了迷。十九岁的蔡小光性格内向不擅言谈，尤其对视觉形象不感兴趣。他认为画面的直观造成了人类想象力的退化，只有听觉能够调动人类的想象力，使人聪明起来。比如听见海浪声声便闭目想象——那大海的雄阔往往超过真实的波涛。比如听见鸟雀啾啾便静坐想象，那森林的深远往往胜似真实的林海。这种审美观念也影响了蔡小光的人生哲学，那就是注重含蓄，反感直白。视觉画面就是最大直白。无论多么复杂的东西一望即明。这还有什么意思呢？不但没有意思而且无聊。

高中毕业了，蔡小光没有顺利考上大学。人一下萎了，整天无精打采，好像对生活失去信心。其实他正在构思人生路线图，下一步是复读呢还是就业呢。驻足人生十字路口的蔡小光犹豫不定。于是他彻夜失眠，躺在床上充当思考世界末日的大预言家。他认为自己肯定无缘目睹世界末日了，即使活到九十九岁也赶不上了。

子夜时分，他偶然打开收音机，随便调了几个台，无意之间听到本市广播电台文艺频道的《午夜热线》节目，主持人刘芳。这名字不错，通俗易懂，具有为人民服务的光荣传统。

以前蔡小光认为午夜时分人们都睡了。这一次偶然收听《午夜热线》才知道，原来夜里不睡觉的人，太多了。那一个接一个热线电话打进来，从无间断。刘芳姐姐成了漫漫长夜里的大救星，一个接一个交谈着，或者答疑，或者安慰，或者建议，或者批评，总而言之这位节目主持人不急不躁不温不火，声音更是亲切温暖真诚自然。蔡小光听了一会儿，不知不觉流下眼泪。

这一夜，十九岁的蔡小光一下喜欢上了这位充满青春气息又善解人意的"知心姐姐"，暗暗成了刘芳追星族的一员。

一连几个夜晚，蔡小光存心不睡，躺在床上等待着《午夜热线》的到来。时间尚早，他就随意调台，竟然听到一个熟悉的女声，明明就是刘芳。可这是音乐频道的《子夜名曲》节目啊，主持人王晓晓。蔡小光惊诧地坐起，手捧收音机仔细听着，恨不得一头钻进去看个究竟。

小小收音机是钻不进去的，除非你是孙悟空。蔡小光当然不是孙悟空，只得手捧收音机思忖着。

这《子夜名曲》的节目主持人王晓晓肯定就是那《午夜热线》的主持人刘芳，我的视力不敢自夸，可我的听力不会错。咦，刘芳为什么变成王晓晓啦？

音乐频道的《子夜名曲》节目没有结束，文艺频道的《午夜热线》节目已经开始，刘芳的声音出现了，蔡小光激动不已。激动归激动，他开始怀疑自己的耳朵。我听错了吧？那边节目没有结束，这边节目就开始了，她分身无术啊。由此看来刘芳就是刘芳，王晓晓就是王晓晓，根本不是同一个人。

心里还是不服气。蔡小光越听越觉得这个刘芳跟那个王晓晓就是同一个人。

这个重大疑难问题蔡小光思考了一夜。天色大亮了。爸爸起床上班，悄悄推开儿子房间一道门缝，看到蔡小光站在窗前注视着窗外晨曦，不禁问了一句，你一夜没睡啊？

蔡小光转身对爸爸说了谎，我觉得自己英语基础太差，那单词只能依靠死记硬背了。父亲受到儿子感动说，什么事情都不可操之过急，你这样用功弄垮了身体，明年怎么参加高考呢？留得青山在，不怕没柴烧。你一定要记牢这句话啊。

爸爸走了。蔡小光开始反思。我为什么对爸爸说谎呢？这说明我心里有了秘密。这个秘密就是收音机里的那个声音。

太阳升起来了。蔡小光满脸倦容爬到床上，眉头紧皱继续思考这道数学难题：刘芳＝王晓晓？王晓晓＝刘芳？

阳光扑上窗台的时候，蔡小光将信将疑地睡去了。

C1

蔡大春以五十二岁的年龄求职成功从而受聘于万象推销公司担任推销员，不能不说是奇迹。著名万象推销公司是合法注册的专业推销公司，无论天上飞的地上跑的水里浮的空气里飘的，吃的穿的戴的用的，尽在推销之列。它的宗旨是生产厂家委托什么产品他们推销什么产品，全能全天候服务。

如今进入老龄社会，却是时尚王国。因此万象推销公司的推销员百分之九十是年轻人，靓女俊男，一般不超过二十七八岁。不论男女一过三十便没价钱了。身材粗壮面孔黢黑的蔡大春年过半百，五旬老汉基本属于打折处理品，却成功受聘成为万象公司推销员，实属例外。

他的工作有时面对企业，进进出出写字楼，比如推销"奥飞斯"系列用品。有时面对家庭，就要走家串户了，比如推销净水器或者洁厕灵。蔡大春有着比较丰富的人生阅历，从事推销工作得心应手。尤其推销民用产品接触普通老百姓，蔡大春如鱼得水。因为他本人就是老百姓一员。老百姓面对老百姓，这跟一条鱼儿面对另一条鱼儿没有什么两样。对于鱼儿们来说水是生存的共同需要。这样蔡大春的推销工作形成双赢局面，一买一卖，利益同享。万象推销公司多次表扬蔡大春，说他是推销员的楷模。

走出家门，推销员的楷模蔡大春心里惦念着儿子。蔡小光声称一夜没睡背诵英语单词，父亲深受感动的同时也对儿子怀有几分疑心。蔡小光什么时候变得如此热爱英语呢。

今天蔡大春入户推销的产品是新型节能灯。一般来说这种家庭节能灯比家庭不节能灯省电百分之四十。这是说明书里印着的。说明书里这么印着，蔡大春不能这么推销。他必须站在老百姓立场上给产品说明书打折扣，这样买方卖方便成为一家人了。

骑着自行车驶进春光住宅小区他首先选择了 13 号楼。别的推销员是不会首先选择 13 的，因为这数字不吉利。人弃我取，蔡大春偏偏不躲避。别人蜂拥而至的地方那是没有商机的。只有别人不愿意进入的地方，那才商机无限呢。比如 13 号楼 13 号路什么的，正是这样。蔡大春的独特人生哲学来源于他的独特人生经历——这是他的独特人生财富。比如三十年前的那次终生难忘的恋爱失败。无疑，失败是成功的外祖母。五十二岁的蔡大春以当年失恋为沉重代价积累的丰富人生阅历，使他走进 13 号楼而不是 18 号楼。

走进 13 号楼 4 门，伸手叩响 101 室的防盗门。他入户推销一般不按门铃。一层住户老年人居多。门铃的声音过于尖锐，容易给老年人带来紧张心理和不安全预测。手工敲门则显得柔和，往往容易被老年人接受。

101 开门了，果然是一位老太婆。蔡大春对自己的预见能力感到满意，暗暗笑了。他估计这位老太婆七十五岁上下，便叫了一声老奶奶，说今天给您带来一种节省电费的灯请试用一下。隔着防盗门老太婆表情疑惑，一时难以决定开门还是不开门。这时老爷爷出现了，跟老奶奶年纪相仿。蔡大春当即认定这对老夫妇不跟子女一起生活。如果与子女一起生活，那么一般要将房间装饰得新颖漂亮一些，至少不能如此落伍。

老爷爷戴上老花镜接过从防盗门网格里塞进来的产品说明书，一眼看见说明书里的黑体大字"节电百分之四十"就连连说骗人，准备关门谢客了。蔡大春不紧不慢地说，老爷爷您说得对，别看我是推销员，我也认为节电百分之四十根本做不到。如今生产厂家十有八九夸大其词，水分很大。

老爷爷愣了愣，目光越过防盗门惊奇地注视着这位与众不同的推销员。蔡大春继续说，我认为这种家庭节能灯最多节电百分之二十，可说明书里偏偏说百分之四十，我们推销员也没有办法。

你请进来吧。老爷爷下令，老奶奶给他开了门。蔡大春旗开得胜，掏出两只塑料鞋套套在自己脚上，走进这对老夫妇的家门。

两室一厅的老式单元。蔡大春以侦察兵的敏锐迅速掌握了这个家庭的基本格局，但不急于推销。老爷爷认真阅读家庭节能灯的产品说明书。老奶奶给推销员斟了一杯茶，说你很辛苦吧。蔡大春笑了笑，说如今大家都很辛苦啊。

说着，蔡大春一眼看见客厅里挂着的一张年轻姑娘的大照片。黑白照片里女主人公梳着两条大辫子，穿着碎花布衫。老奶奶，这是您年轻时的照片吧？为了了解客户心理，蔡大春主动问道。

我年轻的时候长得可没有这么好看，这是我女儿年轻时候的照片。老奶奶自豪地说着。蔡大春听说是老奶奶女儿年轻时候的照片，心里估算照片里的这位千金如今应当五十岁上下，投出目光看了看，觉得有几分眼熟。

咦，这不是当年的房玉玲吗？蔡大春心里一惊。不由起身走近照片，盯视着。没错，这就是当年的房玉玲。他转身看了看还在阅读家庭节能灯说明书的老爷爷，又看了看正往杯里续水的老奶奶，心里暗暗认定这是房玉玲的父母。三十年过去了，房父房母老了，老得难以辨认了。

房玉玲就是导致蔡大春首次恋爱即告惨重失败的那位女主角。火火热热真真切切实实在在谈了两年恋爱，房玉玲毅然抛弃"大春哥"，振翅高飞了。

老爷爷看罢产品说明书抬头说，即使能够节能百分之十五也是好产品，我买一台吧。

蔡大春心头一热。光阴似箭催人老。可房父善良依旧，即使节能率只有百分之十五他也接受。人老了，对生活的要求不高了。记得当年房玉玲提出与他分手，房父不表态，房母犹犹豫豫，只有房玉玲态度坚决，完全一副铁石心肠。

蔡大春还是念旧的，满怀感情地说老爷爷您要是愿意购买这台家庭节能灯我就给您打五折吧。

老爷爷的目光越过老花镜，满含狐疑地看着这位年纪不轻的入户推销员。

A2

方青十六岁进机械厂在工具库当保管员，嗓音甜美相貌端正作风正派。当然，那时候她名字不叫方青。工具库保管员的工作特点是接触很多工人，今天填单子发放工具，明天送还工具撤单子，来来往往，乱乱哄哄。然而她做得有条有理，一年之后竟然把一间混乱不堪的工具库打理得清清楚楚利利落落，随即被评为先进生产者。

这时候，方青认识了一个经常前来借还工具的青年工人。他大她四岁，是维修工段的保全工，因此使用各种异型工具的机会就多。一来二去就熟了。记得那年冬天取暖，家里火炉燃烧不畅，方青请他去家里修理炉子。他真是心灵手巧，小铁片做了一个风门炉火立即烧旺了。

就是这么一个小铁片，恋爱开始了。这恋爱好似火红炉火，一下子烧旺了——冬天温暖如春。

恋爱也给方青带来好运。受到爱情激发的她工作越发积极肯干。先进生产者的光荣称号从工段到工厂，从工厂到公司。那年五一国际劳动节表彰大会上，方青代表全厂先进生产者发言，表示不吃老本要立新功。发言之后一位身穿白衬衣蓝裤子的中年男子找到她，拿出一份《人民日报》让她读一篇文章。她读了。

一个月之后，方青离开那间曾经产生爱情的工具库，一纸调令前往本市广播电台报到了。这时候她将近十八岁，终于知道自己天生一副好嗓子，非常适合担任广播电台播音员。

报到之后，方青被编入青年播音员培训班，总共八名学员。五女三男。青年播音员培训班的主讲老师就是那位身穿白衬衣蓝裤子的中年男子，人称熊欣老师。

星期六放假回家，方青告诉父亲母亲青年播音员培训班的主讲老师是熊欣，父亲激动得双手颤抖。当时收音机里的"长篇小说连续播讲节目"正是熊欣播讲浩然长篇小说《金光大道》。父亲知道浩然更知道熊欣，说那是大名人啊，以前还播讲《烈火金刚》和《铁道游击队》，家喻户晓。母亲激动得泪花不断，悄悄下厨房做饭去了。母亲炒了两道好菜，还破例允许父亲喝酒。两盅白酒下肚，父亲叮嘱女儿一定跟人家熊欣老师好好学艺，争取早日成为正式播音员。

这是一个城市平民家庭，祖宗三代都是体力劳动者，没有文化人。方青进入本市广播电台，不但争了气而且争了光，好比一步迈进天堂的仙女。全家沉浸在绵绵不尽的喜气里。

那是计划经济时代，社会安定生活单调思想单纯，工作岗位终身制，一旦成为广播电台播音员，意味着一辈子的美好前途。方青盼望自己能够在青年播音员培训班里顺利毕业，成为一名光荣的广播电台播音员。

一天晚上方青正在宿舍看书，熊欣老师来了。方青面对恩师表情紧张，一时不知如何是好。熊欣告诉她，青年播音员培训班两年举办一届，淘汰率极高。有的顺利毕业当了试用播音员，仍然面临淘汰危险，因为广播事业对播音员的要求太高了。播音员几乎就是完人。

方青愈听愈紧张，紧张得说不出话来。熊欣老师伸手拍着她的肩膀说，世上无难事，只要肯登攀。只要你认真学习戒骄戒躁，一定能够达到光辉顶点的。

方青哇的一声哭了起来。

半年之后青年播音员培训班结业。正如熊欣老师所说，淘汰率极高。五男三女之中，有三男扛起行李回家，两女被送回原来单位。只留下二男一女。这一女，便是方青。

接到录取通知，方青激动得浑身颤抖，那感觉就跟赤裸着站在冬天雪地里一样。傍晚时分她跑到熊欣老师办公室，一进门就给恩师深深鞠了一躬，大声说我一定把青春献给我市广播事业。

那时候熊欣老师的职务是广播电台播音指导。他满怀希望注视着自己培养的这棵小苗儿说，你被分配到文艺部播音了，试用期里先播十五天新闻，这非常关键，一定不要出错。你既然播音了就必须有播音名，我看你就叫方青吧。方呢有开始的意思，青呢代表青春。方青——你看好吗？

方青跑回家向父母报告，说不但分配到文艺部而且熊欣老师还亲自给自己取了播音名——方青。

方青？父亲赞成，母亲拥护，说这播音名取得太好啦。尤其人家熊欣老师那么有名，他取名等于是赐福啊。

一个名叫方青的广播新人就这样诞生了。当晚父亲语重心长对女儿说，你前途无量啊。凡是前途无量的人，无论男女都应该晚恋晚婚晚育。你要是早早就订了终身，将来恐怕会有后悔的一天。

母亲非常赞同父亲的观点。你看看解放后进城干部们纷纷离婚换老婆是为什么呀？正是后悔当初结婚太早哇。俗话说，婚姻晚了是是非，婚姻早了是累赘。我看你还是放弃累赘吧。

父亲说，对！放弃累赘放弃累赘。可放弃累赘必须避免是非。大姑娘家一旦有了是非，还不如累赘呢。

父母一番话，说得方青连连点头。是啊，人往高里走，水往低里流。既然我开始登山了，就不能在山脚下安家落户啊。

第二天她给工厂的男朋友写了一封信，告诉他年轻人理应将精力放在学习和工作上。她决定投身伟大的人民广播事业，个人感情只能放在第二位。男朋友回信说交朋友谈恋爱并不影响工作和事业。方青不予理睬。为了光明前途她毅然放弃有生以来结交的第一个男朋友，也关闭了自己情感的大门。

土窝儿里飞出金凤凰。方青下定决心把握命运，一门心思刻苦钻研业务。她住在广播电台单身宿舍里，起早贪黑学习工作，很少回家。试用期里，《本市新闻》清晨六点播出，她四点钟起床准备稿子，五点多钟进入预备室，镇定情绪保证六点钟的准时播出。她的认真与勤奋，受到老一辈播音员们的认可。尤其熊欣老师对她更是青睐有加。

B2

妻子早逝，蔡大春与儿子蔡小光共同生活，可谓父子相依为命。蔡小光高考落榜，他知道这对父亲打击很大。如今全社会望子成龙，可龙又能有几条呢？没龙，水产品市场只有龙虾。

蔡小光经过反思决定复读，明年再考。复读是有成本的。于是提前退休的父亲必须外出工作,挣钱供儿子复读。其实蔡小光懂得父亲的艰辛,起初他发奋读书,大量演算数学习题,钻研作文什么的。自从那一夜难以入睡打开收音机收听了本市广播电台音乐频道王晓晓主持的《子夜名曲》,便走火入魔了。

走火入魔的生活就这样开始了。每星期蔡小光必然去买本市《广播电视报》,从中寻找有关刘芳和王晓晓的信息。然而没有。除了广播节目表里介绍《子夜名曲》每天零点播出,根本没有刘芳和王晓晓的报道。无论刘芳与王晓晓是否就是同一个人,蔡小光知道她们可能都不是什么大腕,尤其电视对广播的冲击,十个著名主持人里有九点九个是出头露面的电视节目主持人。广播明显不如电视炽热。正是由于只闻其声不见其人造成缺失,蔡小光越发渴望了解刘芳和王晓晓,比如她(们)长得是高是矮是胖是瘦是黑是白,只要有关刘芳和王晓晓的信息,他均有兴趣。

他偷偷买了一只袖珍收音机,一有空闲就戴着袖珍耳机收听广播节目,美其名曰"学英语"。看到儿子如此用功,终日奔波在推销途中的蔡大春,备感欣慰。

心里有了王晓晓,无产阶级革命事业接班人蔡小光的学业明显受到不良影响。这道数学题明明课堂上会做,回家就忘了。一篇古文明明背诵几遍没问题,一到晚上变得结结巴巴。听收音机成了癖,他从子夜收听发展到随时收听。其实随时收听就是为了在永不消逝的电波里寻找刘芳或者王晓晓的声音。果然,有一天中午他在收音机里与那个熟悉的声音邂逅,这好像是一档介绍美食的节目,生活频道。这档生活频道介绍美食的节目《大众美食》,主持人名叫甜云。蔡小光一听就急了,这声音明明就是刘芳嘛。已经出来一个王晓晓了,弄得人心烦意乱寝食难安不辨真假,现在又出来一个介绍美食的甜云跟着添乱,这到底怎么一回事儿呢。这个世界到底有几个刘芳几个王晓晓几个甜云啊,COPY 啦?

这时候他想起《西游记》里真假如来佛、真假美猴王、真假芭蕉扇的故事。看来这个世界真真假假虚虚实实明明灭灭影影绰绰，一时说不明白。我是喜欢刘芳的，后来出来王晓晓，如今又出来甜云，我真不知道喜欢谁了。

数学课难题，蔡小光不怕，因为怕也没用。政治课难题，蔡小光也不怕，死记硬背就是了。如今面临刘芳、王晓晓、甜云这一道难题，可怜的蔡小光怕了，因为没有办法解决。这个世界上凡是没有办法解决的难题，人就怕了。比如死亡。

终于按捺不住了，复读高三的学生蔡小光给广播电台写信，主要询问一件事情：刘芳、王晓晓、甜云，这三位节目主持人是同一个人吗？信是写好了，他不知寄给谁。想了想无论什么单位都是当头的说了算，于是在信封上写了本市广播电台领导收。

这封信寄出之后，蔡小光有一天突然从收音机里收听到广播电台生活频道《青春采风》节目主持人的声音，这是刘芳。他认真收听着。节目结束的时候，蔡小光听到主持人自称"方青"说下次节目再见。蔡小光听罢目瞪口呆，天啊，收音机里又冒出一个跟刘芳或者王晓晓或者甜云一模一样的声音：方青？

十八岁的高三复读生蔡小光的心理几乎崩溃了。我喜欢刘芳就是了，就这么一个简简单单的单相思也不被允许，一下冒出这么几位足以乱真的声音，什么王晓晓啊甜云啊方青啊跟着搅和，这太没有道理了。除非刘芳还以王晓晓啊甜云啊方青啊的名字播音，否则不可思议。

光阴如金。只有一年时光的复读生涯就这样被几个似是而非的声音给打乱了。

蔡小光愤怒地说，你让我相信谁呢？我连单相思的目标都被你们搞乱了，这太不讲道理了。

C2

推销员蔡大春给这对老夫妇打了五折，深深体会到什么叫作道德完善感。他给人家打五折，那亏空的钱要自己付的。尽管如此道德还是换来老爷爷的不信任目光，真正应验了"便宜没好货"的俗语。蔡大春不管这些，他打五折是为了给自己留一个纪念，同时也是对这对老夫妇的一点点回报。因为这对老夫妇三十年前毕竟差一点成了他的岳父岳母，他还吃过人家一顿炸酱面呢。岁月不饶人。如今这对老夫妇已经辨认不出这位入户推销员是谁了。最终还是打了五折，走出这对老夫妇家门。这一桩生意真有意思，没有赚钱反而搭了钱，但是蔡大春感觉非常舒服。这就叫精神生活吧？是的，我无愧于当年的那场恋爱以及那顿炸酱面了。

骑着自行车继续行驶在推销路上，蔡大春还是想起当年的女朋友。假若她嫁给我，如今会是什么样子呢？可能为了保持身材拒绝怀孕生育，也可能红杏出墙赠给我一顶冬暖夏凉的绿帽子，更可能第二年就离了婚。人生就是这样难以预计而且不可重复。高考多难啊还可以连续参加呢，复读呗。婚姻则不同，一锤子买卖。

中途休息，蔡大春停下自行车站在路旁一株大树下，掏出瓶子喝水。他从来不喝外边的水，因为买水太贵。他自带一只可口可乐的大瓶子，能喝一天。有时提前喝光了，他就忍着干渴也不买外边的水。儿子高三复读一年，他必须节衣缩食渡过困难阶段。其实考上大学花销更大。人生就是由一个个困难阶段组成的。走一步说一步吧。

似乎"打五折"的开场戏给蔡大春带来好运，他一连几天的入户推销比较顺利。当然这与他的营销策略有关，首先实行"自贬"战术，主动告诉用户说明书的节电百分之四十有水分，充其量节电百分之二十。人们反而对他增强了信赖感。有一天他竟然卖了二十六台节能灯。这打破了万象公司入户推销该产品的历史纪录。

五十二岁生日那天，他没有休息。一大早出了家门，骑着自行车继续推销去了。只有他自己知道今天是什么日子，就连儿子蔡小光也不会记得今天是老爸生日。这叫什么？这就叫孤独。

中午，蔡大春在推销途中找了一家面馆，走进去坐了，说吃面。中国人过生日是吃长寿面的。服务员问他吃什么面，他毫不犹豫说炸酱面。服务员问他还要什么，他想了想觉得五十二岁生日不能过于委屈自己，又要了一小盘水煮花生米。服务员问他喝不喝酒，他想了想认为五十二岁生日还是应当喝一点酒的，就要了二两白酒。

喝了二两白酒，吃了一碗长寿面，还有花生米佐餐，他对自己五十二岁的生日感到满意。当年在工厂节假日加班不休息那是很光荣的，总有领导前来慰问，一个接一个握手。如今五十二岁生日他奔波在推销员的路上，没有光荣感心里还是踏实的，这说明自己还有劳动能力。一旦丧失劳动能力，恐怕就连炸酱面也吃不上了，光剩下吃药了。

走出面馆，他腰间的 BP 机响了。这可能是全市残存的最后一家传呼台了，专门供给类似万象公司这样的推销机构使用。蔡大春不愿意自费购置手机，只能使用公司配给的老式汉显 BP 机了。

他眯缝着眼睛读着 BP 机屏幕上的五个汉字：请速回公司。

从来没有出现过这种事情。以往屏幕显示汉字往往是请速给某某某送货。中途召回推销员，蔡大春认为这是第一次。

面馆距离公司很远。五十二岁生日的蔡大春骑着自行车一路狂奔，终于在下午五点钟之前赶到公司。推销部主管告诉他，公司副总经理正在二楼办公室里等你呢。蔡大春从来没有见过副总经理，上了楼梯还不知出了什么事情。走进办公室站在副总经理面前，他觉得问题严重了。副总经理板着面孔说，春光住宅小区 13 号楼 4 门 101 住着一对老年夫妇，他们买了你一台节能灯对吧？蔡大春想都没想就点头承认，是啊我卖给他们一台节能灯。

那台节能灯没用两天就坏了。现在人家投诉了，而且广播电台来了记者，说要给曝光。

蔡大春笑了，说产品出了问题保换，明天我去给人家换一台就是了，这事儿不值得曝光吧。

这事情恐怕不这么简单吧。广播电台记者采访了用户，人家说你给打了五折。现在节能灯出现问题我不奇怪，你给人家换了一台就解决了。我要问你为什么给用户打五折？

我……蔡大春被副总经理问住了，一时难以回答。

你不是慈善家吧？副总经理拿出计算器说，打五折你自己要搭进去十六块八，你这样做到底什么意思呢？

我也不知道这到底什么意思。蔡大春负隅顽抗说，副总经理请您听我解释，我虽然打了五折可并没有给公司造成任何经济损失啊。我应该上交多少钱就上交了多少钱，财物两清。我真的没给公司造成任何损失啊。

副总经理啪地一拍桌子说，你没有给公司造成任何经济损失？我看你是浑蛋透顶了。你他妈的愿意自己往里搭钱给人家打五折，你把售价压下来了别的推销员怎么办呢？你这是扰乱万象公司的销售市场你懂吗？再者我请广播电台记者吃饭花了八百多块，这不是公司损失呀？蔡大春你五十多岁的人怎么越活越糊涂呢，现在你被辞退了，去人事科办手续走人吧。

正值五十二岁生日的蔡大春不言不语，转身走出副总经理办公室，前往人事科办手续去了。

一台节能灯有毛病换一台就是了，怎么还惊动了广播电台的记者呢？蔡大春一边走一边叹气，哎呀饭碗丢啦。

A3

自从女儿试用期播报《本市新闻》，方青的父亲母亲一大早就起床，等待着。早晨六点钟《本市新闻》开始，女儿的声音一出现爸爸妈妈便激动不已，热泪盈眶。

亲戚们知道，纷纷跑来祝贺，说这是祖宗有德荫及子孙啊。试用期里方青播报了十五天的《本市新闻》，这半个月就成了父亲母亲的节日，天天乐得合不拢嘴。住在工人宿舍区里，方青的父母一下成为名人，走在路上就有人投来羡慕的眼光。有时买菜买米，居然得到特殊关照，售货员小声说你女儿真有出息啊。

后来，方青进入文艺部播音，终于走上了平坦的光辉大道。

然而命运多舛。几个月之后方青的声音突然从收音机里消失了。这到底出了什么事情啊？一连十几天不见声音不见人，方青的爸爸妈妈心急火燎找到广播电台，却被把守大门的解放军战士给拦住了。

传达室打电话叫出方青。母亲一眼看出女儿瘦了。父亲叫了一声方青。女儿表情镇定地说，爸爸妈妈我不播音了，不播音了就没有播音名了，以后你们不要叫我方青了。

父亲母亲无法接受这样残酷的现实，催问女儿到底出了什么事情。方青告诉父母自己犯了错误被剥夺播音资格，所以方青这个播音员不存在了。

父亲很不甘心地说，就去找熊欣老师求助吧。女儿苦笑着说，正是熊欣宣布取消她播音资格的。

哦，要是这样就没办法啦。父亲想起解放前夕自己突然被取消护厂队员的资格，彻底明白了此时女儿的处境。

方青离开播音岗位，担任广播电台文艺部文书。她文化不高，担任文书工作存在一定难度。她发挥穷人家孩子志气高的特点，勤学苦练钻研业务，终于在文书岗位上站住脚跟。可精神还是非常苦闷的，她多年住在广播电台单身宿舍里，绝少回家。她担心回家被邻居们耻笑，那样对父亲母亲的伤害就太大了。她住在单身宿舍里坚决不谈恋爱，向外界关闭了心灵大门。

多少年之后，方青终于将事情真相告诉了父亲母亲。那时候熊欣已经病逝，方青的心理趋于放松了。

原来方青担任播音员之后，被她抛弃的工厂男朋友并没有忘记她。他心地善良刻苦好学，跟方青父母一样每天清晨起床认真收听方青的播音，而且每每做下记录。半个月的《本市新闻》播过了，他仍然坚持收听她的其他节目，而且每星期都给方青写一封信，指出她播音的不足之处。然而这种善意的指正并不正确。比如他听到方青将"召开"念作"赵开"就认为这是错读，其实方青是正音。他写给方青的信，一封封全都落到熊欣手里，总共积攒了十几封，其中不乏"我很想念你"之类的情话。

这便激怒了熊欣。熊欣年长方青二十岁并且丧偶多年。他心中非常喜欢方青这种思想单纯品质朴素的姑娘，很想将她续弦，生儿育女。因此他大量扣压方青工厂男朋友的来信。一个夜晚他前往方青宿舍向她表示爱意。在这位工厂出身的播音员心目里，熊欣永远是师长根本不可能出现婚配关系，于是她被吓坏了，冲出宿舍跑到院子里大哭不止。

保卫科长及时赶来询问方青大哭缘由。诚实的方青张口就要说出事情真相。经验丰富的鳏夫熊欣拉走保卫科长说，总有听众来信反映方青不称职，我批评几句她就受不住了。

方青惊讶极了，然而她哪里知道熊欣不但说谎还是伪君子。她停止哭泣走到熊欣面前说，熊欣老师我播音有错误请您指出，我改正就是啦。

恼羞成怒的熊欣没有给方青改正的机会，因为方青播音本来没有什么大问题。方青就这样不明不白离开播音岗位，默默无闻了。

　　后来，方青从文艺部文书转为节目编辑，重新成为专业人员。她一度下定决心返回播音岗位，不知为什么不能成功。熊欣终于病逝了。可方青也老了。

　　改革开放实行聘任制，方青重返播音岗位的难度更大了。如今是年轻人的天下。流行时尚一天一变，人到中年恐怕难以紧跟节拍了。

　　俗话说，机遇与挑战并存。电台实行聘任制。节目总监说聘谁就聘谁，一大批没有经过播音训练手中没有普通话上岗证的年轻人纷纷离岗接受培训。山重水复，柳暗花明。方青命运出现转机。交通频道主任找到方青，说人员吃紧请她救场，只顶两天就有新人到来了。这档节目名叫《的士之家》，多年之后她以方青的播音名重出江湖，没想到大受追捧，听众打进热线电话说，新来的这位年轻主持人既热情又稳重真是太棒啦。

　　我是年轻主持人？她回到宿舍里躺在床上回味着，觉得很有意思。是啊，我的声音非常年轻。只要声音年轻，我就有机会主持广播专栏节目。熊欣老师你在天之灵听见了吗？时隔多年我方青复出了。

　　生活频道主任郑宏宾听说她在交通频道主持《的士之家》大受好评，随即邀请她担当文艺频道《青春采风》节目主持人。她心里知道郑宏宾多年以来就想找一单身女子做情人，这只是开始而已。情人可以不当，《青春采风》节目还是要主持的。她走马上任了。

　　头一天出现在《青春采风》节目，她清新甜美的声音一下吸引了一大批听众。有人打进热线叫她"青姐"。她坐在播音间里满面绯红，真正体验到了人生价值的超级实现。

B3

蔡小光写给广播电台领导的信，石沉大海了。他不气馁，继续写信。从此写信他不寄给领导了，直接写给主持人，比如刘芳，比如王晓晓，比如甜云，比如方青。这一封封写给主持人的信寄出去了，主要内容只有一项，那就是弄清楚刘芳＝王晓晓？刘芳＝甜云？还有刘芳＝方青？

过了一段时间，蔡小光也记不清究竟发出了多少封信，总而言之没有一个主持人给他回信，好像她们都死了。可每天收听广播节目，她们一个个还都活着。蔡小光终于明白，她们跟他心里想象的大不一样。她们大概根本不愿意阅读听众来信，就像自己根本不愿意阅读物理课本一样。

不写信了，蔡小光开始写日记。他专门买了两册绿色硬壳平绒封面的日记本，一天天郑重其事写了起来。

"刘芳刘芳我爱你，就像老鼠爱大米，就像猫儿爱吃鱼，就像肥猪爱淤泥，就像猴子爱吃梨，就像阿凡提爱骑驴。"

"刘芳，你在哪里？你就是住在收音机里我也要钻进去找你。"

"我曾经那么喜欢刘芳，可以说是爱，我爱上了她。可生活如此混乱不堪，让我无法认定究竟谁是刘芳谁不是刘芳，竟然冒出来王晓晓和甜云还有方青，这真跟《西游记》一样了。我很失望，如果生活居然将我心中偶像的面目弄得似是而非，那么我只能说生活太滥了。我讨厌你们——滥竽充数的人们。你们能不能马上滚开啊？你们能不能让我爱的人——刘芳的面容清晰起来啊？否则，有朝一日我一定会杀了你们这些多余的人。只剩下一个真正的刘芳就是了。"

父亲知道儿子写日记的事情，那是在被学校传唤之后。这时候蔡大

95

春已经被万象推销公司除名，班主任紧急召他到学校，进行了一次严肃的谈话。班主任告诉蔡大春，您的孩子整天魂不守舍心猿意马，学习成绩排在全年级最后十几名。如果这样下去恐怕不止复读一年，就是复读八年也没有用的。蔡大春急忙向班主任询问造成蔡小光如此状况的原因是什么，班主任笑着说这正是我要问您的。

蔡大春回家立即做了一件卑鄙的事情，就是偷看儿子日记。他从日记里得知蔡小光痴迷收听广播节目是因为痴迷以刘芳为首的几个节目主持人，比如王晓晓、甜云还有方青。这方青的名字蔡大春是熟悉的，只是不知此方青是否彼方青。年代久远，同名同姓者居多，何况方青这样的名字太普通了，必须验明真身才是。

蔡小光不知道父亲偷看了自己的日记，乐此不疲往日记本里记载着自己的心路历程。他一次次收听广播一次次推断刘芳，企图走近心中偶像。他这样写道："我觉得可以排除王晓晓和甜云了，她们不是刘芳。或者说她们不配冒充刘芳。只有方青与刘芳难分难解，我以为是同一个人。我想象她的身材高挑，头发乌黑，目光清澈充满温情，举止高雅，很有爱心，二十三四岁大学毕业不久的样子吧。"

一个刘芳＝方青的逻辑在蔡小光心中成立了。他要做的就是争取早早见到刘芳或者方青，如果她们是同一个人的话。

与此同时，蔡大春买了一只袖珍收音机，也开始收听本市广播电台的节目了。

他首先在生活频道里找到了方青，她主持《青春采风》节目，热线不断。多少年了，蔡大春还是能够听出这位方青何许人也。白天蔡小光上学去了，他坐在家里耐心等待上午十一点三十分播出十二点三十分结束的《青春采风》，随时准备拨打热线电话与主持人方青对话。

我跟方青说什么呢，说当年我在工厂一连写了十二封信寄到广播电台，你为什么不回信呢？不妥当不妥当，往事如烟不宜重提啦。这不能提那不能提，我能跟方青提什么呢？不知道。真的不知道。我只知道我儿子蔡小光陷入单相思，思恋《午夜热线》的节目主持人刘芳，还认定《青春采风》节目主持人方青就是刘芳。刘芳就是方青。

既然刘芳就是方青，我跟方青说蔡小光天天痴迷收听你主持的节目不能自拔，这更不妥当啦，哪有父亲和儿子在不同时期不同年代不同地点不同方式却爱上同一女人的道理，这明显违背中国传统道德，实在难以启齿。

十一点三十分了。蔡大春不等方青声音出现便开始拨打《青春采风》的热线电话，但是屡屡占线。他不停拨打着，不停面临占线窘境。这时他觉得自己对面竖着一张铁板，完全无法钻透。

从十一点三十分拨打到十二点三十分，热线电话一个接一个。蔡大春就是打不进去。看来这位节目主持人方青果然大受欢迎，热线电话热得烫手。

一个中午就这样失败了。蔡大春茶不思饭不想，极其苦闷地思索着拯救儿子的方案。我怎样才能让蔡小光跳出苦海呢？转念一想当年自己被女朋友抛弃，也是很久难以复原啊。

解铃还须系铃人。我还是要找到方青本人，请她看在当年情分上让蔡小光明白真相，放弃对她的单相思。

当天晚上，蔡小光放学回来。蔡大春给他烧了四个菜，还预备了啤酒。蔡小光感到意外，时时投来疑问目光。蔡大春绕着弯子说，我今天非常高兴，就烧了四个菜。为什么今天我高兴呢，因为我无意之间听到收音机里有个主持人是我当年的女朋友。

蔡小光显然不明白这番话的含义，就问这有什么值得高兴的。蔡大春说，当年我被她抛弃，痛不欲生啊。如今听到她的声音我一点都不激动，往事如烟啊。

这能说明什么问题呢？蔡小光更加不解，问道。

说明你对一个人无论痴迷到什么程度，都会随着时间推移而过去的。时间能够改变一切，时间是人间最厉害的东西啊。

蔡小光寻思着，您说的都属于多年之后的感慨。人人活的是现在进行时。你懂吗现在进行时。比如说为什么有人殉情跳楼自杀呢？就是他根本不愿意等到往事如烟的时候，索性一死了之。从这个意义上讲往事如烟也好不如烟也好，统统没有意义。

蔡大春无话可说。面对崭新一代的爱情观念，他觉得自己笨嘴拙腮没舌头，难以辩论的。

蔡小光喝了一口啤酒说，我认为人世间最为牢固的爱情就是一见钟情。比一见钟情更为牢固的爱情是一听钟情。

认真倾听着儿子的言论，蔡大春小心翼翼问道，那我跟你妈妈一谈就是三年五载的恋爱呢？

一谈就是三年五载的恋爱？蔡小光撇了撇嘴说，最为稀松。

蔡大春心里说，那也不能父子先后爱上同一个女人吧。

C3

蔡大春毕竟是蔡大春。为了找到方青他还是去了春光住宅小区 13 号楼 4 门 101 室。他认为通过方青的父母必然能够得到方青的电话号码。一旦得到方青的电话号码便可以约见这位节目主持人，儿子蔡小光的单相思也就迎刃而解了。

蔡大春叩门。这次还是老奶奶前来开门。他隔着防盗门对老奶奶说，上次是我卖给您节能灯的，您还记得吗？

老爷爷出现了，说记得，你们公司已经派人更换了，没事儿了。蔡大春说，节能灯有毛病给您换一台就是了，您为什么还要找广播电台记者曝光呢？再说我还给您打了五折。

老爷爷说，其实我不愿意给你曝光。我女儿在广播电台工作，她一听打五折就知道是伪劣产品。没用几天就灭了，她更急了，就请来记者曝了光。

老爷爷，给您打五折那是我自愿，这跟伪劣不伪劣没有关系。我就是因为给您打五折才被公司开除的，没了饭碗啊。

老奶奶听罢凑近防盗门，同情地看着蔡大春说，你们公司的人说了，根本没有打五折这种优惠。他们都说你脑子有毛病，你要不是打五折公司根本不会开除你的。你为什么给我们打五折呢？

老爷爷一旁说，是啊你为什么给我们打五折呢？

其实我跟你们二老无亲无故，犯不上在你们身上少赚钱。可一看你们这么大年岁我就心软了，不想在你们身上赚钱了，就打了五折。

听说打五折之后你还得往里搭钱呢？老奶奶说。

对，后来一算账我是得往里搭钱。蔡大春继续说，既然你们二老相信我了，干脆就把你们女儿工作单位的电话号码告诉我吧，我想请广播电台的记者跟万象公司副经理说情，争取让我回去继续工作。

隔着防盗门，老奶奶看了看老爷爷。老爷爷寻思了一下，说好吧我现在就把我女儿工作单位的电话号码告诉你。不过你不要随便告诉别人，我女儿现在重新当了节目主持人，出名了。这三十年啦她总算有了出头之日啊。

拿笔记下方青的电话号码，蔡大春不由感慨地说，是啊，房玉玲这三十年也挺不容易的。

老奶奶惊诧地说，你怎么知道我女儿的本名啊？她主持广播节目可叫方青啊。

离开房玉玲的父母家，蔡大春在大街上找了一间 IC 卡电话亭给方青打电话，竟然一打就通了，而且接电话的恰恰是方青本人。蔡大春说房玉玲啊我是蔡大春咱们三十年没通话了。电话里方青沉默了一下，然后说是啊已经三十年没通电话了。蔡大春在电话里告诉方青，自己的儿子蔡小光学习任务紧张思想压力很大，他是你的崇拜者。你主持的节目他非常喜欢。为了鼓励蔡小光努力学习你能不能百忙之中见他一面，当面说几句鼓劲的话，这样他高三复读就有动力了。

方青毫不犹豫地答应了，而且主动约定了时间。地点就在广播电视局大院门口。蔡大春受到感动，立即给学校打电话通知蔡小光，即使请假也要傍晚五点钟赶到会面地点，著名节目主播人方青接见。

蔡小光应了一声，挂断了电话。

下午四点四十蔡大春就到达了。他知道儿子单相思的问题一会儿就解决了。只要蔡小光见到方青，一看年龄自然就打了退堂鼓，绝对不会继续思恋下去了。他请求方青趁机鼓励几句，就结了。这样想着，蔡大春心态放松，朝着广播电视大院里望去。当年房玉玲进了广播电台之后写信跟他终止恋爱关系。他到这里找过房玉玲，站岗的解放军不让进，他只得返回了。失去的永远失去了。企图找回当年的人，一定是傻子。

一辆出租车里下来了蔡小光。他大步走到父亲面前，满脸喜气。爸爸我总算找到那个人啦！说着儿子掏出一张名片大声向父亲报告说，王如霞，女，二十岁，幼儿师范学校毕业，现在是广播电台客座主持人，主持七档节目。由于广播电台规定客座主持人主持节目不得超过三档，王如霞一共用七个播音名：王晓晓、秋子、马沙、孙菲、甜云、林佳和刘芳。这刘芳的本名就是王如霞。今天下午我跟她一起喝的咖啡，她同意让我加入她的崇拜者俱乐部，每月只交二百元会费呢。

蔡大春被儿子打了一个猝不及防。这时一位中年女士出现在广播电视大院里，朝着大门口走来。三十年过去了，蔡大春还能认出她就是房玉玲。于是他远远地朝她挥了挥手，然后转身对儿子说，小光啊这位就是著名主持人方青。

蔡小光漫不经心望着远远走来的著名节目主持人小声说，哇塞！她就是方青啊，老女人啦。怪不得王如霞跟我说她们那里尽是老女人呢，果然如此。说着，蔡小光扭脸去看一辆驶出广播电视大院的高级进口轿车。

　　蔡大春慌了，一时不知如何是好……

我和沙巴的最后晚餐

1

如果我没有记错，我认识沙巴是在一次足有四百多人就餐的大型宴会上。那好像是一次医疗器械订货会，会议的主办单位提前三天就摆开阵式，地点当然是华联大酒店。我参加这种会议一般是不带名片的。名片没用，还不如女人的卫生巾。

会议期间用餐，我往往采取"打一枪换一个地方"的战术，午餐在这一桌吃，晚餐就换到那一桌，因此饭桌上永远是一群陌生的面孔。我喜欢陌生的环境并且愿意跟陌生人一起吃饭，这是混饭儿者的天性。

不要跟陌生人说话，但完全可以跟陌生人一起吃饭。

我认识沙巴是在这次医疗器械订货会的首日午餐上。实话实说，我跟这次劳什子会议毫无关系。我是闻讯专程赶来吃饭的。你说得没错，终日奔走于各种各样的会议之间并且以来宾的身份大吃大喝，这就是我的本质工作。如果你必须尖锐指出我们混饭儿者的本质工作是骗吃骗喝，那么我只能认为你用词不当。为什么偏偏采用如此尖刻而偏激的词汇呢？我认为混饭儿吃首先应当做到温良恭俭让。孟子曰："牙好，胃口就好，吃吗吗香，身体倍儿棒。"这是至理名言。

还是让我们回到那次医疗器械订货会议代表们就餐的二楼大餐厅吧。那是在二〇〇〇年的华联大酒店。说起会议饭，一般都是十人一桌。那是午餐，我不慎迟到了，于是丧失了选择座位的机会，只得坐在沙巴对面的位置，尽管我并不认识他。自从我混饭儿吃以来，积累了不少经验，譬如说"目光三忌"，首先就是轻易不与别人对视。可那天不知道为什么，我不但与沙巴频频对视，而且颔首微笑，仿佛颇有进一步深交的迫切愿望。那时候，我并不知道沙巴是同类，只觉得他属于"防守反击"打法，就餐风格比较稳健，给人以不大动筷子的印象，甚至显得食欲很差。其实他一旦出击，那必然是"临门一脚"了。

　　我在此之前已经得到"内部机密消息"，这顿午餐最有价值的一道大菜是"清蒸娃娃鱼"。出于动物保护的禁忌，会议主办者对这道大菜采取不事声张的态度，口风很紧，不到时候不揭锅。当然，会议主办者安排"清蒸娃娃鱼"这一道大菜的目的非常简单，那就是引诱会议代表热爱这次会议并且在会议结束之前便签订购买医疗器械的意向合同书。

　　娃娃鱼学名大鲵。毋庸讳言，我这个混饭儿吃的就是冲着国家二级保护动物这道大菜，屈尊光临华联大酒店的。否则，我宁肯坐在家里吃"康师傅"老人家的一碗方便面。

　　"清蒸娃娃鱼"几乎是最后出场的。当餐厅服务员将这道大菜摆上桌子，我看到坐在对面的沙巴的眼睛蓦地一亮——尤其是在中国北方的餐桌上，这是一道并不常见的大菜。我暗暗笑了，沙巴蓦然一亮的目光，说明他在饭桌上属于经验尚浅的新手。是的，吃"清蒸娃娃鱼"这道名菜是犯法的。

　　沙巴十分敏捷地伸出筷子，箸尖儿直指"清蒸娃娃鱼"的敏感部位。我十分清楚地看到，他夹起大鲵尾部的一只小爪儿，上面连带着寸方大小的"鲵肉"——这正是清蒸娃娃鱼最为鲜美的部位。此君的

"捷足先登"说明他虽然属于饭局新手，但大体上还是掌握了吃饭这门专业的基础知识。譬如说"清蒸娃娃鱼"就是明证。

最为无知的就是同桌的人们，他们争先恐后伸出筷子却纷纷朝着厚大部位的鲵肉下手，颇有梁山好汉"大块儿吃肉"的感觉。这时候，已然品罢"清蒸娃娃鱼"美味部位的沙巴轻轻放下筷子，朝着同桌饭友们微微一笑，然后起身离席而去。我望着他快步走出餐厅大门的背影，对他的速战速决的打法，肃然起敬。

当时我真的不知道沙巴乃我同行——竟然也是一位终日奔走于各种宴席之间混饭儿吃的。坐在我身旁的大胖男士指着沙巴远去的背影向我询问沙巴的身份，我恶作剧地回答说此公是本市中心妇产科医院的医疗设备处处长。

大胖男士急于推销他的"洗肠机"，立即起身朝着沙巴离去的方向快步追去。

沙巴已经没了踪影。

这是缘分。我在第二天的晚餐桌上再度遇到沙巴。这是另外一个被称为"新世纪科学技术成果交流会"的晚宴，地点在武警三一二招待所的大餐厅里，总共摆了四十二桌，场面颇为热闹。我于晚间六点钟在编号"18"的餐桌前选了一个有利位置落座。所谓有利位置就是"进可攻、退可守"，任何一个久经沙场的混饭儿者都会选择这样的位置。我敢断定，这里没人知道我的真实身份，因此我可以尽情咀嚼着，享受免费的美味佳肴。

实话实说，我知道今天的晚宴有好酒，因此前来赴宴。当然，我的请柬是假的，足以乱真。

比五粮液更为高级的六粮液上桌的时候，我决定喝上两杯。这样我回到家里就能美美睡上一觉，养精蓄锐，以利再战。我不会忘记明天在富蓝特饭店还有一个中国北方机电产品流通会议，本人必须前去参加，因为据说午餐是泰国大菜。因此我必须像中国足球队参加日韩世界杯赛一样，保持旺盛的战斗力，尤其是肠胃消化功能。

混饭儿吃的人必须有一个好胃口，而我们这种人的职业病恰恰是萎缩性胃炎。这就构成了人生的永恒矛盾。

六粮液斟到玻璃酒杯里，通体透明。我情不自禁端起酒杯，尝了尝。嗯，满口酒香，味道果然不错，不是假酒。我认为，一个真正的混饭儿者，应当是当代酒席上的默默无闻者。由于我出席饭局的主要任务是无偿享受美味，因此为了达到这个目的我必须跟这样一群平庸的食客为伍，这是毫无办法的事情。为了洁身自好以及自我保护，无论置身于何等规模的宴会，我从来不向别人敬酒，也不过分热情地接受别人敬酒。我认为真正的食客就其精神而言必须是酒席上最大的孤独者。拒绝与平庸之辈沟通，这也是我置身物质时代的最终操守。

我永远也不会忘记，当我第三次独自端起酒杯品尝六粮液时，无意之间朝邻桌投去一瞥。我看到了一个熟悉的身影。

是沙巴。他坐在我的邻桌，此时正伸出筷子夹起一块"裙边儿"，慢慢悠悠放进嘴里。据说这次晚宴的甲鱼是野生的。人工饲养的甲鱼我是绝不动筷子的。当然，那时候我并不知道他叫沙巴。我只知道我与他两天之内居然在两家不同的饭店的两个毫不相干的会议饭桌上相遇，这无疑是缘分，同时也说明我俩肯定是活跃于这座城市里的各种各样会议上的同类动物——混饭儿吃的。

我站起身来，端着一杯令人陶醉的六粮液朝着沙巴的饭桌走去。

我向沙巴敬酒。沙巴连忙站起，装出一副傻乎乎的样子，朝我笑着。我压低声音对他说出一句热乎乎的话，兄弟，认识你我感到很高兴。让我们携手并肩一起向前进吧。

沙巴笑了。他低声告诉我他叫沙巴。然后，我与沙巴一饮而尽。沙巴伸出嘴巴凑到我耳边说，千万不要吃得太饱，今天晚餐我们的主攻方向是最后一道大菜，海龟烩蛇蛋。

海龟烩蛇蛋。我知道这道大菜的分量。是啊，我终于体验到同类之间的情谊。一种久违的情感从我内心升腾而起，激动不已。我们行走在城市的边缘，我们被别人称为混饭儿吃的，我们为自己的胃口而忙碌。然而，我们屡屡光临别人的宴席，咀嚼着——真的并不仅仅为了吃饭。

沙巴笑着低声问我，你为什么说我是本市中心妇产科医院的医疗设备处处长。

我回答说，因为那个大胖子急于向全世界推销"洗肠机"，我只得选中了你。

沙巴与我紧紧握手，说这真是太有意思了。

从此，我与沙巴结成了牢不可破的战斗友谊，尽管他的名字听着很像一只宠物狗。

吃饭，确实只是存在的一种形式而已。我们虽然混饭儿吃，但我们阅读的"圣经"绝对不是《中国菜谱》。

我与沙巴的"圣经"到底是什么呢？不知道。

2

秋去冬来，时光流逝。入冬之后我蓦然感到孤独，原来我已经很久没有见到沙巴了。

难道沙巴已经不混饭儿吃啦？倘若如此，我只能认为沙巴辟谷了。沙巴那种大俗之人倘若辟谷，那真是不可思议的事情。

我开始回忆。我开始在记忆的森林里寻找沙巴的踪迹。沙巴——毕竟是我多年以来结识的饭友啊。失去沙巴，我将成为这座城市里最为孤独的动物。我必须找到我的同类——沙巴。

记得我最后一次见到沙巴，应当是在"二十一世纪之夜"盛大的宴会上。那次宴会仍然是在华联大酒店的大餐厅里举行，宾客爆满。我记得宴会的主持人是"金都发展股份集团"的总经理，好像姓陈。陈总经理致辞的时候，澳洲龙虾已经上桌。身高体壮的陈总经理指着远道而来的美味向广大来宾介绍说，这批澳洲龙虾是他太太的妹妹专程从墨尔本空运而来，就是为了抢在新世纪的钟声敲响之前，献给出席"二十一世纪之夜"宴会的新老朋友们。陈总经理的致辞赢得一阵阵热烈掌声。可是不知为什么，我对澳洲龙虾毫无兴趣。我只得借用一句唐诗形容我的心态，"曾经沧海难为水"。

我记得那天与沙巴同桌，他坐在我的左边。我将自己对澳洲龙虾毫无兴趣的心理感受低声告诉了沙巴。沙巴深有同感，告诉我他对周边的一切事物统统不感兴趣。我认为他有悲观厌世心理，这很危险。沙巴突然坏坏地一笑，说他只对陈总经理太太的妹妹怀有兴趣——那位远在墨尔本从事水产生意的中国女人，真的使他产生了深深的怀念。

我说，中国人在海外定居，绝大多数人还是从事与"吃"有关的生意，包括那位远在墨尔本从事水产生意的女人。

沙巴终于按捺不住，压低声音十分得意地告诉我，那个远在墨尔本的女人出国之前曾经是他的情妇。

混饭儿吃的竟然拥有跨国情妇，我感到意外。沙巴越发得意，说身为超级混饭儿者，那女人其实只是他的一盘凉菜而已。

妈的，沙巴说得真好。

澳洲龙虾摆在桌上，人们似乎还在等待着什么。这时候，宴会主人陈总经理大声宣布，我们即将进入的二十一世纪，是伟大的充满幻想的世纪，因此，今天的"二十一世纪之夜"盛大宴会决定一改旧制，除了每桌配备的这只澳洲龙虾，这次晚宴并不规定统一菜谱，龙虾之后立即实行"各桌点菜制"。也就是说，您今天想吃什么，您就尽情地点菜吧，这是告别二十世纪进入二十一世纪之际，我们金都发展股份集团奉献给各界朋友的一次彻底体现人类自由意志和人类文明精神的盛大宴会。

我与沙巴听罢陈总经理的这一番致辞，面面相觑。

天啊，今天的酒席由我们自己点菜？

一位服务员恭敬地将一份印制精美的"二十一世纪之夜"菜谱递给沙巴，躬身说先生请您点菜吧。

沙巴表情慌张起来，立即将这份菜谱推到我的面前。我知道沙巴在这种场合是必然要推诿的。我只得接过菜谱，内心却犯了嘀咕。

满桌的宾客虽然互不相识，此时突然团结起来，一起伸手指着我异口同声说，这位先生，咱们这桌菜就由您点吧。

我一下子被众人推到前沿位置。天降大任于斯人。沙巴偷偷朝我笑着，颇有幸灾乐祸的感觉。我假冒，但不伪劣，身为久经宴席的专业混饭儿吃的，我拿起印制精美的菜谱，心情渐渐镇定下来。

看着菜谱，我的心儿倏地一缩，心情再度紧张起来。天啊，此时我蓦然明白了——我虽然久经饭局，但多年以来吃的都是"供给制"，从来没有经过"点菜"这道程序的锻炼，因此根本就不会点菜。我只懂得"吃"。此时面对丰富的菜谱，我没了主意。

我偷偷瞥了瞥沙巴。这家伙东顾西盼，故意不理睬我。这时候，金都发展股份集团的陈总经理引着一位西服革履满面红光的老先生，快步来到我们桌前。

陈总经理说，我给大家介绍一下，这位老先生是本市著名的点菜大师蔡广德教授，今天我将他请来，就是为了让大家一睹蔡老先生的点菜风采的。

人们热烈鼓掌。

蔡广德教授站在桌前做出演讲姿态，大声说，出席宴会的各界朋友们，今天我要告诉大家，宴会上的"点菜"是一门学问，同时也是一门新兴学科。"点菜学"这个概念虽然刚刚出现，但几成显学之势。这门学问内涵丰富，包含心理学、生物学、地理学、经济学、社会学、中医药学、营养学、男科学、妇科学以及厚黑学……属于现代综合学科范畴。众所周知，中国历史上的烹饪大师很多，就连春秋战国时代奉命刺杀吴王僚的莽汉专诸，居然也会烧制西湖醋鱼。但是，关于点菜大师的事迹，历史上的记载却十分罕见，可以说寥若晨星。因此我必须指出，烹饪学校可以大批培养厨师，可是点菜大师则是任何学校也无法培养的，就好比大学中文系培养不出作家一样……

人们认真听着蔡广德教授的演讲，然后热烈鼓掌。

蔡广德教授更加兴奋，大声问道，你们知道中国的第五大菜系是什么吗？

人们再度热烈鼓掌，对蔡广德教授的演讲，表示进一步的欢迎。

这时我看到沙巴起身离席，悄然朝着餐厅大门走去。我认为他这样做很对，也起身跟随着沙巴走出餐厅大门。

餐厅大门外，沙巴递给我一支烟，是来自餐桌的大中华。他叹了一口气，情绪非常低落。我受到他的情绪感染，就默默地吸烟。

沙巴说，怎么如今居然出了一门"点菜学"，没劲！我决定退出混饭儿的行列啦。

我说是啊是啊，今天还出现了什么"点菜大师"，中国人吃饭真的进入日新月异的大时代啦。

沙巴痛心疾首地说，我们落伍了，我们必须退出吃饭队伍。我们如果不退出吃饭队伍，不久的将来我们必然遭受更大的打击。沙巴说着，朝我伸出右手。我会意，紧紧与他相握，表示依依惜别之意。

你好自为之吧。沙巴拍了拍我的肩头，转身大步走了。

可爱的沙巴走远了。

流水一般的时光就这样过去了，我再没有在饭局上见到沙巴的身影。

3

秋去冬来。冬季其实不是会议的高峰期，然而临近年底的时候，会议也会渐渐多起来的，譬如总结会啊表彰会啊，挺忙乱的。每逢年底岁末，我很少出席这类会议的饭局。这类饭局太糙。自从成为超级饭虫儿以来，我对饭局渐渐挑剔起来，并非全都参加——那样是对自己消化功能的严重摧残。我必须保护自己的胃口能够正常工作到八十八岁。

我终于得到消息，临近年底的十二月二十一日，本市第八届房地产交易大会隆重闭幕。届时，大会组委会将在华联大酒店的大餐厅举行规模宏大的招待会，以示庆祝本届房地产交易会的功德圆满。

招待会就是吃饭。

我决定参加，尽管我跟这届房地产交易会毫无关系。作为超级混饭儿专家，我深深懂得"重要的是参与"这句奥运名言的含义——虽然说参与的目的对我来说就是吃饭。

那天阳光很好，明明是隆冬季节却给人以初春天气的感觉，这种暖冬对人们的胃口来说无疑是好兆头。温饱温饱，又温又饱。午睡之后，我去健身房完成了当天的运动量，自我感觉良好。我回到家里，洗澡更衣，决定五点半钟走出家门。经过二十分钟的"打的"路程，我在五点五十分走进华联大酒店的二楼餐厅大门。

几个西服革履的工作人员站在门口，表情显出几分狗仗人势的冷漠。我走进餐厅大门，一个尖嘴猴腮的工作人员居然高声要求我出示宴会请柬。我勃然作色，狠狠告诉他我没有请柬，然后径直走向我的吉祥数字——第18号餐桌。

没有请柬而且勃然作色，这是我的混饭儿生涯的基本打法。事实证明，我的这种打法往往使工作人员对我敬畏有加，暗暗认为我是具有特殊身份的贵宾。

我落座。此时我并没有意识到这是我混饭儿生涯的最后晚餐。在此之前我只知道耶稣的最后晚餐，那是达·芬奇的传世之作，本市武警三一二招待所二楼的贵宾餐厅墙上就挂着这样一幅复制品——十几个学生围坐在老师耶稣面前，一起吃饭。

我落座之后发现，我的18号餐桌紧紧挨着12号餐桌。12号餐桌是今晚宴会的主宾席。这时候我看到一位妙龄女郎挽着一位白发苍苍的老先生朝着12号餐桌走来。出席宴会的人们立即起立，鼓掌欢迎。我听到有人小声说老牛吃嫩草，便明白了这老夫少妻的身份。据我目测，两者年龄相差至少三十几岁。

我心里笑了，什么老牛嫩草啊，这跟吃饭毫无关系。这时候，一位满脸堆笑的工作人员走到我的面前，说是请我坐到12号餐桌。我不明白他的意思，摇头表示谢绝。

这位工作人员告诉我，特地安排我坐到12号餐桌是本届房地产交易大会秘书长的意思，希望我能够赏光。

你们有没有搞错啊？我投出目光在大餐厅里搜寻着，满怀狐疑寻找着那位本届房地产交易大会秘书长的身影。

工作人员再次敦请我坐到12号餐桌去。我的多年经验告诉我，越是主宾席越安全。这就好比大会主席台，绝对不会有人登台前来检查你的证件。

好吧，我起身前往12号餐桌，毫不犹豫地坐在那位妙龄女郎的对面。我朝她颔首致意，她也点头微笑。我发现她只不过二十几岁的样子，只是浑身的珠光宝气使她朝着贵妇的方向迈进了一大步。

这时候，我朝着那位满头白发的老先生说了声"您好"。这位老先生表情矜持。我听到有人叫他毕主任。我开始在内心检索"毕主任"

这个词组。渐渐我明白了，此公乃是本市建设委员会的主任毕有五。关于毕有五，我们这座城市里的房地产开发商，几乎无人不晓他的大名。

12号餐桌是主宾席，我落座之后立即感觉味道异常。真正的食客吃饭是讲究气味的。这就叫氛围。哦，我发现原来正是那位妙龄女郎身上散发出来香水味道，使人蓦然想起巴黎。他妈的，这种法国香水的气味对今天的清蒸鲥鱼来说绝对属于莫大伤害，后果不堪设想。一道真正的大菜往往毁灭在一种不伦不类的气味之中。这就是社会现实。面对这种难以扭转的就餐环境，我的心情渐渐愤怒起来。

本市著名"点菜大师"蔡广德突然出现，一身华服打扮，快步走到12号餐桌前，朝着满头白发的毕有五主任打招呼。

毕有五主任笑了，指着身旁的妙龄女郎说，蔡大教授您来得正好，请你为程艳点两个菜吧。

坐在我对面的妙龄女郎敢情叫程艳。这时点菜大师蔡广德说，程艳这名字不错，通俗易懂。

程艳拿出一只小药瓶，随手放在餐桌上。我看得清清楚楚，这就是如今最为时髦药物"保尔乐"。这种专门用于豪华宴会的无痛苦呕吐药的售价极其昂贵，甚至远远超过海洛因。因此"保尔乐"无疑说明了程艳小姐的高贵身份。

程艳小姐笑眯眯注视着"点菜大师"说，久闻大名，今天就请您为我点一个凉菜吧。

我看到蔡广德先生的脸上挂着几分诌笑，这跟他大学中文系教授的身份极不相称。这位创造"爱情是味精"名言的学者，为什么偏偏沦为"点菜大师"这种角色呢？尽管我只是一个混饭儿吃的人，内心还是为蔡广德教授感到几分悲哀。

蔡广德略加思索，随即为程艳小姐推荐著名冷盘"西湖鹅掌"，然后大声讲解起这道著名冷盘的来历。我敢说这是我成为专业饭虫儿以来听到的最为残酷的故事。蔡广德不愧是大学中文系教授，他将这个"西湖鹅掌"的故事讲得绘声绘色。

"一只肥鹅长成，取沸油一盅，乘其不备突然泼在鹅掌上。鹅疼痛欲绝，纵身跃入池水，跳跃不停，于是脚劲大增。十日，鹅掌烫伤痊愈，再将沸油泼其掌上，令其入水跳跃，如此重复四次，鹅掌成矣。"厨师正是用这种厚达寸许的鹅掌制成的著名杭州凉菜"西湖鹅掌"，丰美甘甜，乃食中佳品！

冬季里的晚宴上，程艳小姐笑了，说"西湖鹅掌"真是一道名副其实的美味佳肴。然后她娇声娇语对蔡广德说，蔡大教授我请您为毕主任点一道热菜吧。

蔡广德似乎胸有成竹，张口道出"烂蒸老雄鸭，功效比参芪"这个典故。真不愧是"点菜大师"，他面对老夫少妻的组合，恰到好处地将"清蒸老雄鸭"这道颇具滋阴助阳功能的大菜推荐给城市建设委员会主任毕有五同志，为他老夫少妻的生活加油。

老官僚毕有五呵呵了两声，皮笑肉不笑的表情，这似乎是对蔡广德教授的"清蒸老雄鸭"表示由衷的赞赏。

人们纷纷鼓掌，对"点菜大师"良好的临场发挥表示祝贺。

晚宴开始了。一位西服革履的男子手持讲稿向大餐厅里的三百余位来宾致辞，感谢社会各界对本市第八届房地产交易大会的巨大支持，并且提议举杯，共同祝愿合作成功。

我端着酒杯站起来，同桌的饭友小声告诉我，致辞祝酒的那位先生就是本届房地产交易大会组委会秘书长。

我远远望着那位秘书长，不由得笑了。

他竟然是沙巴。哇塞！士别三日，真他妈的刮目相看啦。

我端起酒杯朝着沙巴走去。这时候我远远看到，沙巴俨然社会名流的派头，端着酒杯，一桌接一桌敬酒，样子活脱脱一个外交官。我看到他忙于向别人敬酒，就站在一旁等候着。

沙巴终于看见了我，端着酒杯朝我走来。我笑了。沙巴也笑了。我和沙巴同时笑了。

我跟他碰杯。他压低声音说，你小子怎么敢跑到我主持的宴会上来骗吃骗喝啊？

我说，沙巴，我真没想到你已经修成正果啦，阿弥陀佛。

沙巴说，同样是吃饭，我只是从混饭儿吃转变成混房子住而已。

我一饮而尽，然后朝沙巴挤了挤眼睛，说了声后会有期，转身离开人声鼎沸的大餐厅。这时候，清蒸鲥鱼已经上桌。我快步走出餐厅大门。清蒸鲥鱼——这是我成为专业骗吃骗喝人士以来主动放弃的最后一道豪华大菜。

是啊，那清蒸鲥鱼的味道真是鲜美无比。然而，这种无与伦比的美味还是被程艳那小妖精身上散发出来的法国香水味道给毁了。

我站在餐厅大门外，痛苦地点燃一支香烟，大口吸着。

吃饭只是吃饭而已。这时候我终于明白了，其实我是一个内心极其清高的人，尽管今晚我仍然是来混饭儿吃的。

再见了，我可爱的沙巴。

我爱蝌蚪

柯扬与李桐自幼一起成长，基本属于无话不谈的朋友，当然有时也包含几分酒肉。他们之间谈论的内容比较广泛，有时还要涉及本埠著名画家李西楼。李西楼不是外人，他是李桐的父亲。儿子议论父亲，依照中国古训这是犯忌的，理应"避尊者讳"，可如今二十一世纪了，还有什么禁忌可言。

柯扬与李桐往往共同回忆着三十多年前的人和事。三十多年前正值二十世纪六十年代吧。柯扬记得二十世纪六十年代的李桐沉默不语，好像一年也说不了几句话。柯扬呢好像也不善言辞。总之，两人的友谊很牢固，使人想起高层建筑的基础。

其实那时候李桐还是说话的。那时候李桐说话操着一口流利的"京片子"，这使人觉得他是旗人的后代。事实上李桐的父亲李西楼不是"老北京"而是本埠画家。因此李桐的"京片子"实在没有来历，很可能是自学成才。

关于李西楼先生的事迹，柯扬还是有所了解的。小学时代李桐与柯扬同班并且同桌，如影随形。那时候学校实行二部制，每天放学之后柯扬都要来到李桐家里写作业，就是所谓的家庭学习小组。通常情况下两人互相抄袭，临近考试往往共同商议如何考场作弊，心往一处想，劲往一处使。那时候李西楼呢是本埠一所中学的美术教员，东涂西抹的一点儿名气也没有。

柯扬记得，李桐十岁李西楼已知天命。也就是说李西楼属于中年得子，挺宝贵的。当时中国处于计划经济时代，同时处于生育高峰期。每个城市家庭几乎都有一群孩子，小动物似的。因此，当时身为李家独子的李桐便很显眼，似乎成了珍稀物种。同时李桐也显得比较孤单。那时候苦心钻研中国绘画艺术的李西楼并未成名，总是显得落落寡欢。他与李桐虽为父子，彼此之间却很少言语。在少年柯扬的印象中，李西楼的寡言与李桐的无语，使得李氏父子之间缺乏起码的情感沟通。然而父与子的清贫生活，也确实引起了人们的同情。

少年柯扬正是在这种情形之下，渐渐与李西楼先生有所接触的。他记得当时李西楼虽然孤独却经常写信，而且总是写给一个名叫白漱玉的人。那时候本埠寄信只贴四分钱邮票，很便宜的。李西楼写完信函装入信封，一丝不苟贴好邮票，请柯扬跑路投入大街上的邮筒。不知为什么这种跑路的事情李西楼从来不指派李桐去做。仿佛他没有这个儿子似的。久而久之，柯扬也就记住了李西楼写在信封上的白漱玉的地址：本市和平区甘肃路三十五号。至于柯扬有缘走进那座灰色小洋楼，已是多年之后的事情了。

那时候柯扬认为白漱玉是一位女士而且是一位高雅女士。同时柯扬在没有任何根据的情况下，认定白漱玉女士每天傍晚都会坐在窗前弹奏钢琴，而且是苏联钢琴。高雅的中国女士弹奏苏联钢琴，这幅画面来自少年柯扬的幻想。关于白漱玉的真实情况，柯扬并不知晓。

需要交代的一件事情似乎无关紧要，那就是当柯扬认识李西楼的时候，此公已是鳏夫。柯扬不晓得李桐母亲是什么时候去世的，他只知道李西楼调入本市美术学院担任教师之前已经醉心于蝌蚪题材的绘画——这是他独辟蹊径的艺术选择。这如同齐白石擅虾，黄胄擅驴，慕凌飞擅虎，还有王雪涛擅鸡，李西楼至今仍然被人们誉为擅画蝌蚪的丹青高手。

柯扬一生都不会忘记李西楼摆在院子里的那几口荷花大缸，并且联想到远在宋朝的司马光。每逢初春季节，李西楼早早便跑到郊外湖畔河边，伸出抄网捞得一群群出世不久的"蛤蟆秧子"，装进小桶带回家去，投入那一只只荷花大缸里，饲养起来。在少年柯扬的印象里，李西楼先生总是搬来一张椅子定定坐在荷花缸前，目光凝凝注视着水中不停游动的小蝌蚪们。这种情形使人想起画家张善子观虎。只是老虎与蝌蚪，一大一小，天渊之别。

根据中医理论，蝌蚪属于大凉之物。中国北方春季风干气燥，小孩子们容易上火，于是总有小贩挑着两盆"蛤蟆秧子"沿街叫卖。老太太们闻声前来购买，然后逼着自家小孩儿当场喝下，以借助蝌蚪的大凉药性驱除内热。当时的物价，二分钱可以购得七只。于是七只蝌蚪就成为童年时代的偏方。有一次为了败火，柯扬写罢作业趁人不备悄悄从李西楼的荷花大缸里捞得七只蝌蚪，小心翼翼盛在一只小碗里，然后扬起脖子一口气喝下肚去，双手抚胸想象着小蝌蚪们在自己肚子里游动的情形。

身材瘦高的李西楼先生大步走出屋子，满脸惊诧表情。柯扬啊柯扬啊，你怎么可以这样做呢？你怎么可以这样做呢？

柯扬抹了抹嘴巴，连忙向李西楼做出解释，说空腹喝下蝌蚪是为了驱热败火。小孩子一次喝下七只蝌蚪这是流行多年的偏方了。

中学美术教员李西楼似乎从来没有听过这个民间广为流传的偏方，表情激动起来。他右手握着画笔走上前来，伸出左手夺过柯扬的空碗然后大声说，生吞活剥，枉害生灵，这真是岂有此理！说罢李西楼愤怒地走进屋里，用力将手中那支饱蘸墨汁的画笔朝着条案狠狠摔去。

李西楼怒而摔笔，无意之间竟然甩出一串儿墨汁儿。是啊，就连李西楼自己也没有想到，这一串串的墨汁儿点点滴滴甩在条案的宣纸上——分明就是一只只水中嬉戏的小蝌蚪，栩栩如生。

柯扬站在窗外，跳着双脚伸手指着条案上的宣纸大声喊着：蝌蚪！蝌蚪啊！

李西楼听到柯扬的喊叫，似乎受到强烈震撼。他一个箭步冲到条案前，目光似刀注视着那张意义重大的宣纸。天啊，这无意之间点染了一串串墨汁儿的宣纸，一瞬之间已经变为一幅表现春日蝌蚪戏水的杰作。

他激动得满面潮红，那脸色使人想起结核病患者。他手持画笔喃喃自语，然后挥动画笔勾勒着，飞快地完善着这幅上天赐予的"蝌蚪戏水图"。看吧，池塘里游动着一只只黑色的圆身细尾的小精灵，太生动了。这时候站在窗外的柯扬瞪大眼睛，看到李西楼先生不停地挥笔点染着，竟然弄皱了一池春水。

那时候柯扬当然不知道这个意外收获足以改变李西楼的命运。两个月之后，这幅从天而降的《蝌蚪戏水图》作为李西楼的得意之作送往全国美术博览会，一时好评如潮，最终获得金奖。

身为中学美术教员的李西楼，一夜成名了。他从此作画署名"荷花缸主"。虽然这落款看上去怪怪的，但求画者甚众，于是荷花缸主的画室真的门庭若市了。

就这样，李西楼大量作画。他的名声也随着那一群活泼的小蝌蚪而游向远方，成为本埠著名画家。柯扬呢，则成为李西楼名画《蝌蚪戏水图》出笼过程的唯一目击者。

李桐呢？李桐还是李桐。父亲李西楼的成名并没有使儿子欣喜若狂。李桐依然少言寡语，努力节省着祖国语言。人跟人相比，就是不一样。李桐对生活的淡漠态度给少年时代的柯扬留下终生难忘的印象。多年之后柯扬顺应时代潮流而下海经商，成为小有名气的生意人，他对李氏父子之间的形同路人的冷淡关系，仍然感到难以理解。

柯扬不会忘记，李西楼一举成名之后，不久便调入本埠美术学院任教，从中学进入大学，可谓青云直上。就连日本的画商也开始关注李西楼。与此同时，这位名声初显的画家写给白漱玉的信件明显减少。柯扬因此而冷落了大街上的绿色邮筒。随着信函的减少以至于终绝，白漱玉这个人仿佛从这个世界消失了。真的没人知道白漱玉，这个人似乎只留存在柯扬的记忆世界中。

有了蝌蚪，却没了白漱玉。真可谓此消彼长，一得一去也。后来柯扬上山下乡在内蒙古插队落户，耕作于田间地头还是经常能够想起城市大街上的那只绿色邮筒的。是啊，当年李西楼给白漱玉写了那么多信，因此白漱玉留给柯扬的印象太深了。柯扬无意之间已经在内心认定白漱玉是一个女人。这似乎难以更改了。

李桐也上山下乡了。

李西楼在美术学院则被打成"反动学术权威"，他的一幅幅蝌蚪图自然成为资产阶级艺术作品。据说身处逆境的李西楼生活窘迫，曾经多次偷偷送出"荷花缸主"的作品换回几元钱以活命。他的蝌蚪就这样悄然散落民间，游向四方。

一九七七年中国恢复"高考"，李桐竟然报考了本埠医学院，并且顺利录取。这就是说如果不出现意外情况李桐大学毕业之后必将成为一名医生。李桐报考医学院，令柯扬万分惊讶。中国素有子承父业的传统。著名画家李西楼的儿子理所应当报考本埠美术学院才是。生活就是这样令人感到意外。李西楼听到儿子考入医学院的消息，只是一声叹息而已。此时的李西楼，落实政策之后重返画坛，已然是美术学院的教授了。

柯扬却报考了本埠美术学院。当然他报考美术学院与自幼受到李西楼的影响不无关系。但令人啼笑皆非的是在此之前柯扬并不知道自己是色盲症患者。考场上他将一只石榴画成蓝色，居然被录取了。柯扬在美术学院学习四年，仍然没有弄清事情的真相。我这种色盲症患者为什么被美术学院录取了呢？难道这个世界上的石榴真的就是蓝色的吗？

大学四年间，这个问题久久缠绕着柯扬，无法破解。多少次他在校园里见到著名画家李西楼，总是欲言又止。有一天终于鼓足勇气他提出了这个令人痛苦不堪的问题。

德高望重的李西楼教授，年逾花甲。他老人家听罢柯扬的问题，然后凝视着美术学院的教学大楼思索片刻说，石榴这宗东西的颜色其实很难说啊。

石榴这宗东西的颜色其实很难说？柯扬听罢此言感到莫测高深，百思不得其解。

只能认为这是禅语。

一个是怒而摔笔无意之间绘出《蝌蚪戏水图》而成为落款"荷花缸主"的大画家，一个是将石榴涂成一派蓝色而居然被美术学院录取的色盲症考生。李西楼与柯扬就这样成为高等学府里的一对特殊师生。

光阴似箭。四年之后柯扬大学毕业，分配到本埠工艺美术公司工作。那时候中国改革开放形势大好，李西楼也开始筹办声势浩大的个人画展。

关于李西楼的画展，应当说是由本埠几个文化掮客联手操办的。随着中国全面走向市场经济，中国画首先走向了市场，交易也比较火爆。几位精明透顶的文化掮客一眼相中了李西楼教授的卖点，开始了大张旗鼓的宣传攻势。一时间，大报小报争相报道李西楼的蝌蚪，远游日本韩国什么的，于是全市几乎同时响起一片蛙鸣声。李西楼的一幅落款"荷花缸主"的《蝌海图》，竟然被画商标出天价。据说，第二天就被一位不愿透露姓名的收藏家重金购得，引起轰动效应。于是，李西楼再度成为万众瞩目的人物。

李西楼不卑不亢，他老人家在接受电视台记者采访时表示，无论市场反响如何自己都要坚持既定的艺术方向，并表示自己的一只只蝌蚪将永远畅游在祖国艺术的湖泊里，奋勇向前。

这时候，出了一件事情。

一天，柯扬无意之间在一家挂着"丹青阁"牌匾的画店里看到一堆未经装裱的"蝌蚪图"片子，可怜兮兮的样子，摆在柜台上无人问津。这时候柯扬已经离开工艺美术公司而下海经商，主要业务是倒腾俄罗斯油画，有时也做一做中国货。他看到摆在柜台上的一幅幅并无题款的"蝌蚪"十分眼熟，就仔细看了起来。画店老板是个大胖子，唯恐丢了生意便极力向柯扬推销，说是六十块钱一幅，倘若肯将十幅蝌蚪图全部买走，五百块钱即可成交。柯扬极其惊诧，连忙询问这一批蝌蚪图的来历。

大胖子店主闪烁其词，不肯说出货源。柯扬转身走出画店立即给李桐打电话，大声说令尊大人的早期作品已然流落民间了。

李桐似乎并不感到惊讶。这时候的李桐已经是本市一家医院小有名气的肛肠科医生了。柯扬认为情况紧急，要求李桐立即赶来，处理善后事宜。电话里李桐极不情愿地嗯了一声。

李桐果然姗姗来迟。当柯扬领着浑身散发来苏水味道的李桐医生走进丹青阁画店的时候，大胖子店主笑着告诉他们，十分钟之前那十幅蝌蚪图已经被别人花五百元抢先购去。柯扬大惊失色，连声询问购画者何许人也。大胖子店主说是两个中年男子，并且还开具了发票。

柯扬认为问题严重了，焦急不安。李桐不以为然，说了声医院还有手术，便匆匆走了。

柯扬感慨李氏父子关系如此冷漠，于是"舍我其谁"的责任感油然而生。他马不停蹄赶往李西楼的画室，前去报信。

说是李西楼的画室，其实他老人家已经三年不作画了。不作画就没有作品，没有作品却仍然是画家。李西楼天天坐在自己的画室里，那样子仿佛是在认真思考人生哲理。

柯扬匆匆走进画室，当头就报告了这个具有爆炸效应的消息。李西楼先生还是比较镇定的，起身站在画案前凝神思索着。

那是我的早期作品吗？李西楼自言自语，轻轻摇了摇头。

我认为那是您署名"荷花缸主"之前的早期作品。那时候您还在中学里当美术教员呢。柯扬说。

李西楼先生转身看了柯扬一眼，苦笑了。是啊，当年我是一所中学里的美术教员。

这时候，柯扬想起了当年酷爱写信的李西楼以及大街上的那只绿色邮筒。

李西楼好像也有些伤感，默默无语在画室里不停地踱步。柯扬认为应当尽快查找出处，立即动手整理李西楼储存的旧时画作，这样就会捋出一个线索的。如果真是一桩大师作品失窃案，那么必须报告公安机关备案。

好吧。李西楼思考片刻，似乎出于无奈终于同意柯扬去做这件事情，并且叮嘱他千万不要将此事张扬出去。柯扬认为此事不会出现闪失，信心很足。

但还是遇到了大麻烦。第二天的《每日早报》便刊出一则消息，说民间发现本埠国画大师李西楼先生的早期作品，堂堂十幅大作竟然以人民币五百元售出。这位画家早期作品令人咋舌的超低价格与日前以天价售出的后期作品《蝌海图》相比，真是差之千里。发稿记者声称，五百块钱这一奇怪现象确实引人深思——一个画家成名之前与成名之后的作品，我们究竟如何评判它的价值呢？

全市哗然。真可谓货卖一张皮。有人开始怀疑李西楼只是徒有虚名而已，还有人说李西楼是假画家。有关画界人士则撰文反击，认为那十幅低价售出的蝌蚪绝对不会是李西楼先生的真迹。因为，一个优秀画家的作品是不会由于其名气大小而改变艺术价值的，譬如荷兰的凡·高就是明证。

本埠读者纷纷给《每日早报》编辑部打来电话，说丹青阁以五百元低价售出的那十幅蝌蚪图究竟是不是李西楼作品，其实根本不用争论，只要请李氏本人站出来说一句实话，真相便大白了。

看来，广大读者还是很聪明的，一句话便说到要害之处。

可是，李西楼突然住院，独自躺在高干病房里谢绝所有媒体采访。

真相一时难以揭晓。此时国画市场上李西楼的作品一下变得无人问津，有几家画店里甚至认为这位画家以虚名行市，艺术含量不高。然而业内人士普遍认为这是丹青阁画店的超低售价惹出祸端，五百块钱十幅画儿——这确实起到了山体滑坡作用。你让我们今后还怎么做生意？

与此同时，色盲症患者柯扬的工作也有了重大进展。经过几天紧张繁忙的整理，他终于发现李西楼先生多年存放在美术学院二号仓库里的一只樟木箱子失窃。而这只樟木箱子里确实存有多幅未经装裱的李氏旧作。

如今，这只樟木箱子空空荡荡。如此看来确实失窃了。事情一定是这样的：李西楼先生的旧作失窃之后几经倒手，那十幅蝌蚪图终于流进民间市场，在丹青阁画店以超低价格售出。于是一石激起千层浪。

五百块钱十幅。原来这就是李西楼先生的市场价格啊。柯扬真的不知如何是好了。

李桐倒没有什么变化。这位肛肠科大夫于百忙之中来到病房探视住院的父亲，只说了声祝您早日康复，然后给花瓶里插上一束鲜花。李西楼闭目养神，轻声问儿子《每日早报》是不是又发表了关于贱卖蝌蚪图的消息。李桐摇头回答，说不知道。

李西楼缓缓睁开眼睛，注视着站在床前的儿子，似乎有话要说。李桐表情淡漠，并不与父亲对视。这时候大画家叹了一口气，还是欲言又止。肛肠科医生说，您的意思是不是说丹青阁画店低价出售的那十幅蝌蚪图属于赝品，这种低价赝品其实跟您毫无关系。

你说得很对。你说得很对。李西楼躺在病床上朝着儿子连连点头，苍老的脸庞上浮现出一丝欣慰的笑意。

我知道您不能容忍那十幅售价低廉的赝品坏了您半世英名。

李西楼听到儿子说出如此知心的话语，眼睛里闪烁着泪光。

李桐还是面无表情，离开病房走出医院大门。这时候两个埋伏在此的记者立即迎上前来，恳请他接受采访。这时候柯扬气喘吁吁赶来，当即奉劝李桐千万不要接受不良媒体的采访。李桐不以为然，说他们又不是老虎，然后拉着柯扬的手跟随那两位记者上了一辆白色面包车。白色面包车朝着电视台疾驶而去。

坐在摄像机前，肛肠科医生李桐坦然接受电视台采访。记者拿出一卷儿泛黄的宣纸，展开之后柯扬远远看到那是一幅幅蝌蚪图，数了数总共十幅。李桐接在手里仔细观看着，表情很平静。

记者问，李桐先生请您看一看这是不是令尊大人的作品？

柯扬站在一旁，心儿咚咚跳着。柯扬的心跳是有道理的。因为此时李桐的一言一行无疑将对著名画家李西楼的半世名声产生极大影响。

李桐不慌不忙，极其专注地欣赏着那一幅幅蝌蚪图。记者反而显得有些着急，连声询问着。

摄像记者缓缓将镜头推成李桐的面部特写，期待这位肛肠科医生脱口说出惊世骇俗的结论。新闻界就是喜欢惊世骇俗。

李桐抬起头来注视着摄像机。柯扬似乎意识到什么危机，连连朝着李桐摆手，表情非常焦急。李桐不予理睬，张口说话了。

有人希望我保持沉默。有人希望我开口说话。我知道我面临重大选择。要么闭口无言保持缄默，要么口若悬河滔滔不绝。然而，我不愿意做出这样或那样的选择。面对电视台的摄像机我只想说出我对著名画家李西楼先生的作品印象。在这里我郑重告诉广大观众，我认为李西楼先生早期作品的艺术价值远远高于他后来署名"荷花缸主"作品的艺术价值。一个画家的成名往往是他艺术创造力枯萎的开始，也就是俗话说的越画越差劲。可令人感到遗憾的是李西楼先生的早期的无名作品居然遭受冷遇，成名之后的作品却被吹捧上天。我不知道这是艺术的尴尬还是市场的错乱。总而言之，这场由于丹青阁画店低价售画而引发的风波使我感到非常悲哀。我庆幸自己没有子承父业而成为一名画家。我目前唯一能做的事情就是尽自己最大的力量解除痔疮患者的痛苦。我非常喜欢自己这个职业。谢谢。

李桐说罢站起身来，迈着大步离开摄像机。柯扬知道问题严重了，立即起身跟随李桐跑出电视台的录像室。

录像室里，电视台的记者们面面相觑，仿佛一群弱智。其中一位文字记者突然大声说，同志们刚才李桐医生的这番话已经说明那十幅低价出售的蝌蚪图就是李西楼的真迹，他这是大义灭亲啊。

电视台记者们如梦方醒，顿时发出一阵欢呼。他们欢呼之后连夜制作节目，准备在明天的《新闻早班车》栏目播出。

电视台附近的一间街头酒吧里，柯扬一杯威士忌下肚，激烈地指责李桐的行为不啻谋杀。他认为只要电视台明天播出这条新闻，那么对李西楼先生的刺激将是无比巨大的。一个古稀老画家肯定无法承受这种沉重打击。难道这不是一次谋杀吗？

李桐喝了一口啤酒然后说，我父亲不怕，几十年风风雨雨他老人家已经百炼成钢啦。

看来危机已经无法挽回了。

令人感到意外的是第二天的《新闻早班车》并没有播出关于画家李西楼的消息。第三天第四天第五天第六天……一天天就这样无声无息过去了，一直没有播出关于李西楼的消息。柯扬主动给电视台记者打电话询问缘由。对方只说了一句"无可奉告"便挂断了电话。

后来柯扬终于听到传闻，说是有关方面的领导同志亲自给电视台台长打电话，阻止了这个节目播出。是的，无论什么时候都必须强调安定团结，包括一个老画家的声誉。

入冬之后终于见到第一场小雪。小雪之后李西楼先生病愈，出院回家了。生活，重新归于宁静，仿佛什么事情也没有发生。这时候柯扬突然接到李桐的电话，约他去一个陌生的地方看一看。天冷，柯扬还是如约去了。

这是坐落在老城区的一幢灰色小洋楼，已经很陈旧了。李桐似乎对这里比较熟悉，一路径直走到这里，满脸严肃的表情。他指着这幢灰色小洋楼问柯扬，你知道是谁住在这里吗？

柯扬摇了摇头，说这地方我没有来过。

柯扬跟随着李桐走进小院儿，然后沿着楼梯进入二楼的一间大厅。这里很静，使人觉得无人居住。

李桐指着大厅的四壁说，柯扬你好好看一看吧。这里挂满了我父亲的早期作品。那时候我父亲还在中学里当美术教员呢。

啊，柯扬环视着这间不足三十平方米的大厅，果然看到一幅幅蝌蚪图挂满四壁。柯扬一幅幅地仔细看着，认定这全是李西楼先生的早期作品。很显然，这幢灰色小洋楼的主人乃是李西楼先生作品的收藏者。当年的李西楼在画店里挂出一幅，这位小洋楼主人就买入一幅。从年复一年到日复一日，从不间断。因此，随着时光推移这里已然成为一座李西楼早期作品的编年艺术长廊，令人叹为观止。

李桐领着柯扬走进三楼的一间居室。这里的陈设简朴，一张木床一张木桌还有一只木椅。明亮的阳光照耀着主人公清洁的生活。空气一下清新起来，如入幽兰之室。柯扬觉得自己受到强烈感召。

一幅中年女士的照片挂在洁白的墙上。那镜框古色古香，仿佛诉说着一段鲜为人知的历史。

李桐指着中年女士的照片说，这是她年轻时候的照片。她逝世的时候六十九岁，已经一贫如洗了。

柯扬注视着中年女士的照片，颇有似曾相识的感觉。尽管这种感觉愈来愈强烈，但柯扬深知自己从未见过这位高雅的女士。

是啊，柯扬知道自己只见过绿色邮筒而已。

李桐继续说，与其说这位独身女士是我父亲作品的收藏者，不如说她是我们生活的接济者。我父亲尚未成名之时家里经济窘迫，他在画店里挂出一幅画儿，她就买走一幅画儿，真的，这种情形其实持续了很长时间。

柯扬立即接过李桐的话题说，是啊，她买走一幅画，你父亲就写一封表示感谢的信。她再买走一幅画，你父亲又写一封表示感谢的信。可是你父亲从来也没有收到她的回信。她认为她能够做的事情就是买画儿而已。后来，你父亲就成了大画家。

李桐站在白漱玉的照片前面，沉默良久说，是啊，她爱蝌蚪。

西去无戈壁

1

古新华穿着那件款式庄重的列宁服，踩在一条木凳上。这件列宁服与他同庚，都属于公元一九五四年的产物。母亲在女性世界里算得上身材高挑，于是她的遗物——譬如说这件列宁服，古新华穿在身上就显得比较合体。

在男性世界里古新华属中等偏低身材。

古新华踩着那条木凳，从高处取下那只紫檀木小匣子。他认为这只小匣子是紫檀木的。从高处取下这只小匣子之前，古新华必然要找出那件列宁服穿上。这么多年了，这件列宁服居然完整无缺，根本不像一件失去主人的遗物。

古新华手捧这只小匣子，小心翼翼放到书桌上。此时他那古典的神情，使人想起圣徒。

书桌上扔着一本《大众菜谱》，散发着人类那永无满足的食欲。古新华冷冷地将这本菜谱插进书架——紧挨着那本《少年维特之烦恼》，郭沫若翻译的老版本。这样红衣绿裤的维特便闻着中国佳肴的味道举枪自杀了。

古新华走到窗前拉严了窗帘。屋中的正午一下子变成黄昏抑或晨曦将至的样子。

古新华认为一切都不能草率。

缓缓打开那只据说是紫檀木制成的匣子，四十岁的单身男子古新华又看到匣里睡着的那一枚沉甸甸的硬币。他心情宁静如水。

一切都必须是郑重的。他说。

古新华仇视那些整天嬉皮笑脸的人。譬如说姚国。姚国进庙不是为了上香而是为了欣赏那些信女拜佛时的体态。古新华知道姚国是个色鬼——多年驰骋情场而号称男人不败。姚国情场上的主要核武器是嬉皮笑脸加出手迅捷。

古新华将那枚硬币握在掌心。他闭上双眼撒手一投——落在水泥地上的硬币立即成了活物，小精灵似的跳动着。使人想起欢乐的小女人。他蹲在地上欣赏着这个由生到死的过程。他喜欢过程。生到死其实就是一个过程罢了。生，就是那硬币的跳动。死，就是那硬币的静止。

古新华等待死亡——那硬币的静止。

硬币果然静止了。古新华起身去拉开窗帘。

屋中大亮。

古新华看清楚了。静止的硬币躺在地上，亮出的图案是国徽。是的，国徽。

这就是古新华的一个约定。硬币有两面，如果是国徽这面，古新华就上路远行。

当然他还要回到这座滨海城市的。

这座城市产盐。

古新华脱下母亲的遗物列宁服，挂到那充满樟脑味道的衣柜里。每次投下硬币时，他都要用力吸着身上的樟脑味道，似乎以此能健身强体。脱去列宁服的古新华看上去像个孩子。

他就去找姚国。姚国正在自己的店里盘点货物。他说，姚国我又要到西部去了。

姚国说，你这是第六次去西部吧？我敢说那里有个你所不忍割舍的女人。要么你能跑去六次？那女人能使你长期激动不已。那女人肯定是个妖精！跟女妖精性交会损害你的寿命的。

古新华定定望着姚国。你去过西部吗？

姚国摇摇头说，这些年我做生意主要跑深圳呀海南呀什么的。西部，西部什么样子？

古新华淡淡一笑。姚国呀请你每星期给我那盆郁金香浇一次水。我大约要去两个月才会回来的。

姚国说，西部的女人是不是很会叫床？

请你住口。古新华转身走了。

2

古新华上小学的时候，名字叫孟维克。

孟维克爱看地图。爱看地图的孟维克知道中国西部有天山和准噶尔盆地，还有葡萄干和胡桃。小学时代的孟维克依然顽症不治——尿床。那时候他与姚国同班同桌。他是好生，姚国是差生。差生姚国给好生孟维克起了一个人人皆知的绰号。

孟什维克。添一个字，孟维克的外号就成了孟什维克。俄文孟什维克是指少数派。

于是孟维克小小年纪就成了少数派。

孟维克竟三天没来上课。罗芬告诉姚国说，孟维克的爸爸死了。

姚国听了发怔。这么说孟维克他从此没有爸爸啦？人一辈子可只有一个爸爸呀。

失去父亲的孟维克又背着书包来上课了。

为了安慰他，罗芬送给他三支带橡皮头的铅笔。孟维克红着脸说，我远远不如你们了。我远远不如你们了。

罗芬眨着一双大眼睛看着孟维克。从此孟维克一生都不敢与罗芬对视了。

你爸爸是怎么死的？罗芬问他。

孟维克立即紧张起来。孟维克紧张的时候，左脚跟不停地去磕右脚跟。然后右脚跟又不停地去磕左脚跟。多年之后成了贵妇的罗芬终于明白了，孟维克的这种紧张情绪，使他每年都要比别的男孩子多费两双鞋。

罗芬又问道，孟维克你爸爸是怎么死的？

反正我爸爸肯定死啦！孟维克低着头大声说。之后他抬头瞥了瞥罗芬，罗芬你知道伊犁这个地方吗？就是林则徐充军去的那个地方。

那时候罗芬不知道有伊犁这个地方。

你们不要叫我孟维克了。我可能要换一个名字。我极有可能要换一个名字啦。

多年之后，罗芬仍然清清楚楚地记得孟维克说这些话的时候的表情。

那是一种羞辱之后的极其无奈的表情。

罗芬肯定不会知道，这种表情的背后已经布满杀机。

但这杀机却是一个漫长的过程。

等到姚国成了一个小老板，罗芬成了贵妇之后，这个杀机仍在过程之中。

3

古新华与温克寒几乎成了无话不谈的朋友。温克寒去德国留学三年，在斯图加特。回国之后温克寒开了这间私人诊所。这先生在德国得到的学位是心理医学硕士，捎带着还研究一些弗洛伊德什么的。

温硕士也是个单身男子。他与古新华的对话有时是问答式的。

你最喜欢的人是谁？

力士参孙。

你最喜欢的女人是谁？

孕妇罗芬。

你最怀疑的事情是什么？

父亲到底死在什么地方？不是伊犁。

你最为痛心的事情是什么？

由孟维克改名古新华之后丧失了理想。

你最想去的地方是哪里？

西部。中国西部。中国西部那大戈壁滩。

你到西部多少次了？你真的去了西部吗？

问到这里，古新华眨着眼睛望着温硕士。

西部有很大很大的戈壁滩，一望无边啊。

这一次古新华叩响温硕士诊所大门的时候，看见门上贴了一张字条。

　　　　我到西部（当然是中国西部）度假去了。温克寒敬启。

看着这张纸条，古新华很受打击的表情。

你为什么也到西部去呢？你跟西部一点儿瓜葛都没有！你去西部是毫无意义的。西部有你的理想吗？你能与西部同归于尽吗？

古新华在心中连续质问着温克寒。他觉得进入西部的温克寒活像是个前去以物易物的小商贩。古新华心中又充满了那种盈盈于胸的杀机。

132

他不允许任何人染指西部。

4

孟维克望着母亲那张熟睡的面孔。

他觉得母亲是个铁石心肠的女人。

母亲在给他讲了那些父亲的故事之后，很快就睡着了。孟维克认为，关于父亲的那些故事都是非常英雄的。无论是讲故事的人还是听故事的人，都不应当也不可能那么快就轻松入睡了。但母亲恰恰话音一落便轻松睡去了。

孟维克久久站在床前，打量着母亲的面孔。他觉得母亲是个与众不同的怪人——譬如说母亲除了将雪花膏搽在脸上，还将这种东西涂在自己脚上。母亲是个很漂亮又很冰冷的女人。

我爸爸真的是独自将那只大黄羊拖了回来？孟维克轻声问着。

母亲居然醒了。她睁开眼睛的那个瞬间，吓了孟维克一跳。

母亲说，就是黄羊嘛，一种戈壁滩上的比绵羊山羊个子大许多的野生黄羊嘛。

孟维克对母亲这种轻描淡写的态度非常不满。他说，那只大黄羊，您能拖得动吗？

母亲没想到儿子会突然发问。她怔了怔，显然是被问住了。这是一位从不词穷的女性。

孟维克心理获得了极大的满足。

睡吧，妈妈。我知道您拖不动那只大黄羊。

孟维克不允许任何人对英雄和英雄行为持轻视不恭的态度。尽管他根本不记得父亲究竟长的是个什么样子。父亲离家时孟维克一岁。

他听见母亲翻了个身。之后他又听见母亲轻声说，这孩子，跟他爹

133

一个德行。

黑暗中的孟维克听见这话，心中非常激动。

5

温克寒硕士远远看见古新华彳亍而来，就立即将那张早已写成的启事贴在门上。之后温克寒硕士蹿入一侧咖啡屋，隔窗观察着古新华看罢那纸启事的反应。

温克寒知道西部是古新华心中的圣地。

因此温克寒硕士张出佯赴西部的启事。

隔窗温克寒看见古新华掩面哭泣。

留学德国的温硕士冲出咖啡屋。

早已空空荡荡没了古新华的踪影。

咖啡屋里追出一位小姐。

先生，您还没买单呢。

温克寒一下子便现出失魂落魄的原形。

在斯图加特他曾被雅利安女子打得一败涂地。因此温克寒怀念祖国。

回国之后温克寒获救。他称之为向现实投降。而古新华则离不开中国西部，那理想的圣地。

硕士温克寒也说不清究竟谁是病人。

温克寒不可预见的故事正在发生。

6

孟维克考试作弊被教师当场捉住。

老师觉得孟维克的行为不可思议，就将他带到办公室谈话。

孟维克显得有些慌张。每逢他慌张的时候，便去想象父亲在西部的情景。父亲一个人拖回一只巨大的黄羊。父亲骑马去追击那两个偷了工地东西的闲汉。父亲高大魁伟，双眼炯炯有神。

之后孟维克渐渐镇定下来。

老师拿出孟维克的卷子说，你的题都答满了而且都答对了，为什么还要偷着看书呢？

其实是罗芬小声问他第六道题怎么做。

孟维克起初是想将自己所解的第六题告诉罗芬。随即他就陷入对自己的巨大怀疑之中。

他只能偷着去翻看书中的例题。书无疑是正确的，而自己往往出错。

老师说，这么看来你是为了罗芬才偷偷去看书的？

孟维克十分坚决地摇了摇头说，为了我自己。真的，为了我自己。

老师宣布这门功课孟维克考试成绩零分。

孟维克心里想，零就是什么都没有了。

之后孟维克又在心里想，我将自己出卖了。

回到教室的时候，罗芬一直在偷偷注视着孟维克。但孟维克心无旁骛目不斜视像一个听经的小和尚。

姚国小声说，孟什维克，到底怎么样啦？

孟维克觉得姚国起的这个外号真是非常贴切。孟什维克——少数派。他会心地笑了。

他目光注视前方却哽嗫着。姚国……谢谢你呀。谢谢。

7

孟维克回到家天已经大黑了。他在楼下看到二楼的窗户全是黑洞洞的。

他走上楼梯，到了二楼。家中灯光已然明亮。孟维克甚至觉得这灯光有些刺眼。

家中坐着一位身材魁梧浓眉大眼的男子。

孟维克微微一怔。平时他想象中的父亲，正是这个样子啊。可惜父亲已经死了。

这是古叔叔。母亲十分超然地对他说。

他朝这位身材魁梧浓眉大眼的古叔叔点了点头，就走到另外一间屋子中去了。

母亲到这间屋子里来找她那双皮鞋。

她说，我要结婚了。

他说，妈妈，您不是结过婚了吗？

她说，可是你爸爸他死了呀。

他笑了，您应当说再婚才对。

妈妈穿上那双皮鞋。我……我们要出去旅行。大概要半个月时间吧。

他有些不放心，说您去什么地方旅行呀。这时他心中非常害怕妈妈会说出那两个字：西部。

妈妈说，去南方，苏杭一带吧。

他立即说，祝您和那位古叔叔旅途愉快。

从此孟维克认为苏杭一带是最为缠绵的地方。人们旅行结婚统统都应当到苏杭一带去。

妈妈说，古叔叔希望你能改个名字。这样咱们这个家庭就显得非常一致了。

孟维克又一次笑了。让我想一想吧。

当妈妈走到那间屋子与古叔叔在一起的时候，孟维克蓦然想到一个十分严重的问题。

爸爸死了。爸爸什么都没有留在这个世界上。留下了妈妈，而妈妈已经成了别人的妻子。留下我这个儿子，而我很快又要改名换姓成了别人的儿子。爸爸太可怜了。爸爸唯一留给人们的就是那西部的大戈壁。

于是孟维克郑重其事地向妈妈索要爸爸的遗物。妈妈想了想，就打开柜门拿给他一只紫檀木的小匣子。

孟维克还看见柜子里挂着一件黑色列宁服，那时候那件列宁服就已经赋闲了。

孟维克接过这只匣子的时候，十岁。

8

古新华去西部的行李很是简单：一只手提箱。他关闭窗子，然后拉严窗帘。他站在暗夜之中。他对这间屋子说，我到西部去了。

他走出房间锁紧房门。他在门上贴了一张字条：我到西部去了，两个月之后回来。

古新华拎着皮箱走在大街上。

他扬手叫住一辆出租车。司机问他去什么地方。他说，朝前开。

司机停下车说，我不载精神不正常的人。

古新华下车，步行而去。

这时，迎面走来了姚国。

姚国大声说，我刚从西部回来！这一次真是大有收获呀。

古新华呆呆望着色鬼姚国。

古新华心中绝望地叨念着。就连色鬼姚国也到西部去了。就连色鬼姚国也到西部去了。

姚国说，我做生意常跑深圳呀海南呀什么的，没想到这一次突然从天上掉下一个大馅饼，新疆那边冒出一笔好生意。嘻！枸杞子。我先是飞到乌鲁木齐，又从乌鲁木齐飞到伊犁。往返才用了四天时间生意就做成了。怪不得你这小子总往新疆跑呢，伊犁那条果子沟，景色真是北国小江南啊。

古新华呆呆望着远去的姚国。

在西部，这个色鬼肯定睡了很多女人，西部的女人是你这个色鬼能睡的吗？无耻！

西部，是英雄去的地方。西部的女人，个个都不是荡妇。西部是不允许污染的。一次次核试验早就给西部杀了菌消了毒。心中一番呐喊，古新华向市场大街走去。

之后他吃惊地看到，市场大街已经有些陌生了。他将手提箱放在边道上大声说道，这样也未免太残忍了吧？这样也未免太残忍了吧？不把这个世界弄得面目全非，你们是不会甘心的！

一位行人说，你怎么啦先生？

他冲这位行人笑着说，这趟车什么时候到达乌鲁木齐？

9

孟维克翻弄着一本《新华字典》。

妈妈在织着一件大红色的毛衣。

我必须改名字呀？孟维克问。

妈妈飞快地织着。改吧，什么事情都得有个一致性吧？还是改吧。你叫古什么呢？当初我给你起名字的时候，正在中学当教员。我读了维克多·雨果的小说，很受感动。就给你起了个名字叫孟维克。大家听了都说好。

这么好听的名字，为什么还要改呢？

妈妈说，这个问题你问了许多次了。

孟维克拿起《新华字典》说，我就叫古新华吧。

妈妈有些犹豫地看着孟维克。

孟维克说，我就叫古新华了。

那你比你爸爸来得爽快利落，这一点你有些像我。妈妈轻声轻语地说。

三年之后妈妈死了。妈妈身上穿着的正是这件大红毛衣。妈妈临死之前异常清醒。

古新华即孟维克站在病床前，显得有些刀枪不入的样子。他没哭。

妈妈说，真对不起，让你改了名字。

他说，孟维克是您给起的。古新华是我自己起的。

妈妈说，我死了，你就没有亲人了。

他说，是啊。妈妈您告诉我吧，我爸爸是怎样死的。

妈妈说，没有目击者。

他说，我长得像我爸爸吗？

妈妈说，像，又不像。记住我的话吧孩子，有些事情不要弄得太明白了。

他说，那样，人不就没有理想了吗？

妈妈说，你的理想是什么？

他说，到西部去看看大戈壁滩。

妈妈说，傻孩子……

之后妈妈咽气了。那位古叔叔送妈妈去火葬场。他拿了那件列宁服，跟古叔叔道别。古叔叔说，真对不起，让你改名换姓了。

他从此再没见到那个古叔叔。但他仍然名叫古新华。因为这个名字是他自己取的。

古新华记住了妈妈的那句话：有些事情不要弄得太明白了。

古新华还渐渐悟出一个道理：有些事情若是弄得太明白了，反而容易丧失理想。

妈妈毕竟是个与众不同的女人。

在他的印象中，妈妈一生中至少先后被八个男人热烈追求过。因此妈妈落了一身哲理。

10

古新华在自己名叫孟维克的时候，偷偷爱上了罗芬。关于这一场艰苦卓绝的单恋，古新华在私人诊所向温克寒讲起过。

温克寒也是个单身男子。硕士温克寒知道古新华这一生不会结婚了，但不知道古新华是否有着性生活。

这很重要。

温克寒开始跟踪古新华。

我这样做，是不是超出了心理医生的治疗范围？我是不是也成了病人？温克寒开始怀疑自己。他知道古新华就患有一种病态的自我怀疑症。古新华的人生目的就是不停地怀疑自己，一直怀疑下去并完成这个过程。

但古新华需要理想。我呢？我从德国归来就已然没了理想。我去德国的时候似乎也没有什么理想。争取跟一位日耳曼女性结婚？这根本算不上理想，这只是一种欲念。

温克寒知道古新华走进了市场大街。

市场大街上昼夜都在贸易着。

市场大街上有一家小旅店。小旅店的左侧是一个维吾尔族小伙子的小饭馆。小旅店的右侧是一个卖葡萄干的摊位，摊主是个姑娘。

温克寒走进这家小旅店。旅店老板是本地人。温克寒见旅店老板的门牙上生着一层黄垢，就知道他是子牙镇人。子牙镇的水含氟量很高。

生意很好吧？温克寒递给老板一支烟。

老板说，我能猜出你是干什么的。你是个律师。又到我这取证来啦。

心理学硕士温克寒立即成为律师。

老板摸了摸大鼻子说，这年头啊人们都有病。您就说住在二楼六号这位吧。这是他第六次来住店了。每次来手里都拎着一只手提箱，老式牛皮的。他整天待在那间小屋子里。吃饭呢就到门口那个维吾尔族小饭馆。今儿吃拉面，明儿吃羊骨头和馕。其实呀他不是外地人。

温克寒说，他有没有其他行为？

老板笑了。你这个律师呀真是鬼精灵。来我这住店的，咱一眼就能看出他的职业和身份。唯独二楼六号这位先生，咱看不透。

温克寒说，他是住你这里养病的。

老板说，别是性病吧，传这个染那个的。

硕士温克寒说，他跟女人有没有往来？

老板说，我不能谈论别人的私生活。

温克寒走出这家小旅店，去那个姑娘摊位上买了五百克葡萄干。这姑娘的脸有些脏，头发似乎也有三天没梳理了，乱蓬蓬的。

温克寒凭直觉认定这姑娘与古新华有故事。

你是从新疆来的吗？

姑娘看了温克寒一眼，十分冷漠地点了点头。这葡萄干也是从新疆来的。

姑娘突然说，你们这条小街很像我们新疆的巴扎。

11

一辆林肯牌大轿车驶进市场大街。罗芬坐在车里，并不觉得这条大

141

街的地理位置有多么好——让她丈夫花去那么多美元购买地皮。

林肯轿车驶近那家小旅馆。罗芬不知道小旅馆里住着古新华。古新华也不知道豪华轿车里坐着贵妇罗芬。

古新华打开二楼房间的那扇小窗，朝下看着。他这样看，一看就是大半天，一动不动。古新华的视野之内，是那个维吾尔人的小饭馆和那位姑娘的葡萄干摊位。羊肉汤的膻味四处飘散，空气一下子就变得西部了。

古新华嘴里嚼着葡萄干，看着他的西部。

母亲在世的时候说过，有些事情不要弄得太明白了。如今古新华渐渐悟出母亲这句话的深意。母亲是不是暗示我，你认为那只木匣子是紫檀木的，它就是紫檀木的，你认为父亲是西部戈壁滩上的英雄，父亲就是西部戈壁滩上的英雄。否则，你就走投无路了。

对古新华生命攸关的是他必须拥有一块圣地，供他的灵魂歇息。于是古新华凭窗望着仅仅属于他的这块西部领地。他嚼着从姑娘手里买来的葡萄干。这很有快感。

古新华看到一个贵妇从轿车里走出，站在这条近乎中世纪的小街上。他渐渐认出这个贵妇是罗芬。

古新华停止咀嚼，呆呆望着罗芬闯入他的西部。你为什么到这里来啊。难道你们连一点点属于我自己的领地都不放过吗？

古新华流下无言的泪水。

旅店老板走进房间。先生，您是不是该换个地方啦？别在这儿住了，您该换个地方啦。

古新华摸了摸那只手提箱。

以后您也不要来住了。咱这地方，没啦！刚才来的那位太太，是太平洋房地产开发公司的老板娘。这条街半年之后就变成由五座高层建筑组成的什么檀香山娱乐城。

古新华说，从什么时候开始清理拆迁？

旅店老板说，从后天开始吧。

古新华说，那家维吾尔族人开的小饭馆和那个卖葡萄干的姑娘，也走吗？

旅店老板说，这里将夷为平地。

古新华说，懂了懂了。罗芬又一次让我走投无路了。她什么都不知道。她只知道尽情地幸福。她肯定忘了当年送给我的三支铅笔……

之后古新华对旅店老板说，在这里被夷为平地之前，我肯定离开。这是二百块钱的住宿费。你能不能叫那姑娘给我送二斤葡萄干来？我要给她讲一讲我父亲在戈壁滩上的故事。

旅店老板说，反正这几天是末日啦，大家就随意胡诌吧。

古新华正色道，你怎么能这样想呢？我们应当视死如归。

旅店老板乐呵呵走了。

12

罗芬是从广播新闻中听到市场大街一家小旅店内有一男子自杀身亡的消息的。罗芬很少读报。她觉得读报太费眼神。她的新闻大多是用耳朵从电台广播中听来的。

姚国则是从本市晚报上读到古新华死讯的。

孟维克杀死古新华，这个杀机经历了一个漫长的过程，才告实施。没有人能够说清，孟维克意味着什么，古新华又意味着什么。

硕士温克寒赶到现场最早。他看到的古新华，根本不像一个死者。那间不足十平方米的旅店小屋，床上空空荡荡。地上铺着混合一起的石子、沙和土。上面躺着古新华。

温克寒则认为，是古新华杀死了孟维克。

警方办案素质极高。迅速查清了几件事情。

一、房间地面上铺着的石子、沙和土，系死者用手提箱携入旅店。

温克寒心里说，这就是他的戈壁滩啊。

二、据卖葡萄干女子供认：这些石子、沙和土，乃前年死者托她由新疆戈壁滩掘得并千里迢迢运送这里亲手交给死者。死者生前来此旅店住宿，必将这"小戈壁"铺满地上睡眠，她与死者生前的唯一一次性交，即在"小戈壁"上进行。他当时表现为意乱神迷灵魂出窍。

三、这里夷为平地之前两小时，氰化物致死。

四、死者服毒前于房间墙壁上手书"这个世界都被绿化了。我连一寸戈壁也找不到了"。温克寒心里说，这些年古新华或孟维克根本就没到西部去过。他不是不敢去，而是不忍心去。他从心里害怕那戈壁滩在他眼前一下子就支离破碎不复存在了。

温克寒离开现场，见一群群钢铁巨人已经气势汹汹驻扎进来实施大规模拆迁，所有的"土著"都已从这里撤走——显得非常明智。

温克寒一边走一边在心中想，孟维克的父亲是怎样死的？死在戈壁滩上还是死在这座城市里？想着想着温克寒打了一个冷战。

我也快变成孟维克了。

这里将变成什么？檀香山娱乐城。檀香山从世界地图上看，属于西部还是东部？

温克寒看见姚国挽着一个女人走了过去。

罗芬到温克寒诊所去看心理医生，则是半年之后的事情了。温克寒说，你觉得孟维克这个名字好听，还是古新华这个名字好听？

阳光下的谜语

A

邱羽七岁上学，跟别的孩子一样。邱羽的父母也跟别的孩子的父母一样，是合法夫妻。因此邱羽属于婚生子女。应当特别指出，邱羽是个男孩儿。当然这在中国的大都市来说并不重要。真正的重男轻女思想主要分布在中国广大农村，像蒿草一样。

邱羽居住在一所全国著名的大学校园里。居住在这种地方并不等于说邱羽的父母都是知识分子。不是。邱羽的父亲的工作其实远远比知识分子更为重要，那就是给人们送来温暖，尤其是寒冬季节。这个锅炉房的运煤工在春夏秋三个季节里显得十分清闲——他因此而自卑。

邱羽的母亲是幼儿园的炊事员。给孩子们做饭吃，她因此而显得不可或缺。炊事员早年曾经被称为"八大员"之一，似乎是一项光荣的职业。邱羽的母亲胖乎乎乐呵呵的样子，满面红光——代表着那个时代的身心健康。

小学二年级，邱羽开始崭露头角。小学一年级的时候，邱羽发现他家距离学校其实很近。因为草地南边有一面墙横在那里，小学生们必须绕路而行，这样就远了，而且颇费时光。邱羽的与众不同之处在于他很

145

早就听父亲讲了愚公移山的故事，心里暗暗为那位挖山不止的老头子担忧。

炊事员也有同感。

升入小学二年级的邱羽，认识事物的能力有所提高。他发现横在草地南边的那面所谓的墙，实属用词不当。应当说那是一面栅栏。当然，即使是一面栅栏，小孩子也难以通过。能够自由穿越栅栏的只是小猫儿小狗儿而已。

因此，孩子们上学下学，必须绕路——途经五四湖并且穿过黑松林。黑松林是个恐怖的地方，有个教现代汉语的副教授在那里自杀了——遗书里尽是病句。

孩子们没有办法，只得来来往往于这个病句迭出的地方。倘若避开黑松林，那么将绕行更远的路程——经过求知广场，可是那样就少儿不宜了。因为广场两侧的林荫道旁总有来自校外的不明身份的男女疯狂接吻。使人觉得是在拍摄三级片。

求学的道路充满艰辛。多年之后，邱羽的同班女生李榴这样认为。自杀的副教授是李榴的父亲。父亲死后，李榴再也不走黑松林了——宁可绕行更远的路程，上学或者回家。正是由于这个原因，李榴从小显出特立独行的内质。绕远而行——这种命运影响着李榴并且形成了她独特的生命哲学。这与《愚公移山》毫无关系。

邱羽的生活则显得十分平常。然而他的命运却很独特。那是一个暖昧的星期天，邱羽莫名其妙地被父母从家里驱赶出来。在邱羽的印象里，无所事事的父亲似乎急于要做一件什么事情，母亲则没病装病，一派矫揉造作的样子。

这是一个暖昧的星期天。中文系的一个学生正坐在树下朗读桑弘羊的《盐铁论》，是那种韵律极差的公鸭嗓音。邱羽并不知道此时桑弘羊的时髦，独自朝着草地南边的栅栏走去。

146

栅栏是木质的，刷了一层绿色油漆，已经斑驳。八岁的邱羽站在栅栏前，看到木板与木板之间的缝隙是很窄的，能够自由穿越这种缝隙的只能是小动物。邱羽听父亲几次讲过小动物的故事。不知为什么邱羽认为父亲喜欢小动物，尤其是冬天之外的季节里，父亲似乎就成了一只小动物，唉声叹气抱怨着天气。

就这样，邱羽闭上双眼将自己想象成一只动物，钻进木板与木板之间的缝隙。

邱羽并不认为奇迹能够发生。当他睁开双眼的时候，看到自己已经站在栅栏的外面。

于是，邱羽惊讶得喊叫起来。一个小孩子的喊叫在一座大学校园里显得微不足道，何况有人正在朗诵《盐铁论》。但是邱羽宁可相信盐与铁，也不相信自己能够从如此窄小的缝隙里钻了出来。

于是，他不再双目紧闭而是睁大眼睛，以此验证奇迹是否真正发生。

他挺着身子，明明白白从栅栏里钻了回去。

这真是一个令人感到莫名其妙的星期天。站在栅栏的里面，邱羽不敢毫无休止地验证下去，他唯恐奇迹流失。他的心开始慌张，飞快跑回家去。

他回家的时候显然不合时宜。父亲正在无声地哭泣着，反复表示原谅母亲的过失。母亲显得无动于衷，给邱羽的感觉失足者不是母亲而是父亲。

邱羽的突然出现打乱了现场秩序。父亲只得中途停止啜泣，这对父亲来说是一件很难做到的事情。在邱羽的印象里父亲是个极其爱哭的男人，一哭往往就是一天，中间不吃不喝绝不休息。

母亲瘦了。她站起身来摸了摸邱羽的头顶，说长大了千万不要成为你爸爸这样的男人。

邱羽的父亲并不起火，而是用商量的口吻对邱羽说，你给我滚出去，我需要再哭一个小时。

面对这种场合，邱羽根本没有机会将那已经发生在自己身上的奇迹告诉父母。

走出家门，邱羽看到女生李榴。李榴的父亲自杀已经很久了，她的辫子上仍然结着小白花儿。

邱羽告诉李榴，自己的父亲正坐在家里伤心地哭泣，泪水很多。李榴听了邱羽的话，脸上浮现出极其复杂的表情。她说如果她的父亲当初学会哭泣，也就不会走进黑松林里上吊自杀了。

不知为什么，邱羽的内心激动起来，他很想将发生在自己身上的奇迹告诉李榴，就领着这位文静的女生来到草地南边的栅栏前。

他指着栅栏对李榴说，这是一面墙啊。

李榴点头表示同意。是啊，如果没有这面栅栏，咱们径直走向学校，一定会缩短五分之四的路程。

这个文静的女生数学很好，因此她用分数概念"五分之四"来表示心目之中的距离，显得准确而生动。

就是在这个时刻，邱羽突然改变主意，决定不将发生在自己身上的奇迹告诉李榴。其实邱羽也说不清楚自己究竟为什么改变主意。

望着面前的栅栏，李榴自言自语说，我想上大学，可是我不知道自己将来能不能上大学。

邱羽说，我们本来就是住在这座名牌大学的校园里，所以说上不上大学其实是一样的。

李榴听到邱羽的这种观点，感到非常惊讶。

邱羽告诉李榴，这种观点是他在夜里听爸爸说的，当然是爸爸说给妈妈的。

李榴问邱羽，你妈妈也认为是这样吗？

邱羽说不知道，黑夜里他只听到妈妈的冷笑。

B

从小学二年级到小学毕业，这是一段漫长而短暂的时光。在这一段时光里，邱羽是个外表发育正常的男孩子。他本人也不认为自己身上存在什么异常现象。然而他自始至终保守着仅仅属于自己的秘密，那就是往返的路程比李榴以及其他同学节省五分之四。

邱羽从栅栏钻过去，跑向学校。由于路程很近，他每天总是第一个到达学校，因此受到学校的好评。

他就这样成为一个优秀的学生。

李榴仍然是李榴。她每天还是要绕行最远的路程，避开黑松林而穿越求知广场。林荫道旁的接吻男女愈来愈多了，甚至不仅仅是接吻。李榴视而不见，背着书包大步朝前走去，如过无人之境。

随着年龄的增长，栅栏显得低矮了，木板与木板之间的缝隙也显得狭窄，然而邱羽还是能够钻来钻去，尽管感到吃力。有时他对自己的骨骼产生疑问，甚至认为自己没有骨头。一次学校体检否定了邱羽的猜测。医生并没有将这个有着特殊经历以及骨骼的男生打入另册。令邱羽感到惊异的是李榴竟然遭到医生警告，说她面临"钙缺乏症"的危险。

这真是一个令人感到震惊的世界。

李榴并没有表现出一丝一毫的恐慌。她还是自言自语说，我想上大学，可是我不知道自己将来能不能上大学。

这时候，这座名牌大学已经随着这座城市的衰落而沦为普通大学。那一面在邱羽生活之中占有重要地位的栅栏，也由于年久失修而霉烂倒塌。

倒塌的时候，它发出一声闷响。

这时候邱羽已经是中学生了。他呆呆站在自己曾经钻来钻去的如今已经轰然倒塌的栅栏前，觉得它还带着自己的体温。

学校当局声称，很快就将制作一面铁质栅栏以替代倒塌的木质栅栏。这个消息是邱羽的父亲带回家来的。

邱羽听到这个消息心中暗暗激动。

邱羽的母亲无动于衷。这个女人对丈夫嘴里传播出来的消息，一概不感兴趣。

其实这时候邱羽已经知道，父亲的常年哭泣是由于母亲与学校食堂管理员的婚外恋情。父亲只能用泪水来浇灌这枚苦果，等待这枚苦果成熟了，他就张开大嘴将它吞到肚子里去。

苦果当然属于父亲。邱羽期待的是学校当局早日建起铁制栅栏。因为他需要印证自己。

学校的铁质栅栏终于没有建立起来。邱羽似乎一下失去了生活的参照。他显出几分慌张，仿佛做了贼似的。

我已经渐渐长大了，我还能不能在狭窄的缝隙里钻来钻去呢？

怀着这种将信将疑的心情，邱羽认为自己必须在生活之中找到一个适当的缝隙，以此确认自己是否依然骨软如胶。

中心食堂的后院有一面铁质栅栏，里面存放着很多土豆和南瓜。这时候距离高考不远了，傍晚时分邱羽悄悄来到这里。

站在铁质栅栏前面，邱羽感到几分陌生。好几年没在这种缝隙里钻来钻去了，自幼的感受变得很不鲜明。从前我是一个软骨孩子，软骨给我带来了无人知晓的好处，别人付出五分之四，走很远的路；我只付出五分之一，路程很近。由于骨软如胶，我脚下的距离跟别人脚下的距离完全不同，我的目标因此也变得空白。软骨使我变成现在这个样子。不同于李榴，也不同于别人。

邱羽这样想着，俯下身子恨不得立即钻过铁栅栏，以此确认自己的一如既往。这时候远处传来一个男人的咳声，粗野而响亮。

邱羽受到这个男人咳声的震撼，站起身来朝前面看着。

暮色沉重。邱羽看到了那个男人的身影，虽然只是轮廓，但他一眼就认出这是食堂管理员。

邱羽仓皇而去。

高考之前，邱羽与李榴一样，志存高远，目标是全国那几所著名的大学。从小就生活在大学校园里，懂得什么是真正的高等学府。填报志愿的时候，邱羽并没有跟李榴打招呼。

结果邱羽被外省一所毫无名气的大学录取了。这是他的第三志愿。他去读了。

李榴没有被她填报的第一志愿 B 大学录取。

李榴拒绝第二志愿 F 大学。她决心复读一年。

李榴复读一年。第二年高考，她再次被 B 大学挡在门外。

一连三年，都是这样。

邱羽大学毕业了。李榴仍然没能考取 B 大学。李榴告诉邱羽，她今生恐怕难以考入 B 大学了。

因此，李榴断然决定放弃接受大学教育。就这样李榴的文化程度定格在高中毕业。B 大学成为一面高大的石墙，阻断了她走向大学的道路。

李榴并不感到后悔。她决定原地就业。于是，年轻的李榴参加工作，成了这座大学食堂的管理员。早先那个能够发出响咳的食堂男管理员，已经光荣退休。

中心食堂的后院里的铁质栅栏里，存放的仍然是土豆和南瓜。

邱羽大学毕业重返这座衰败的大城市。他报考国家公务员，录取之后分配到政府机关——那是一座十八层的建筑。地下停车场里泊着一辆辆高级轿车。第一天上班邱羽受到好奇心理驱使，四处走一走，看一看，很像一个侦察兵。

他走进地下停车场，一个老汉迎上前来检查他的"出入证"。他扭头就走，快步绕到停车场的后面。

这里没有土豆和南瓜，但邱羽看见停车场后面的铁质栅栏。

他的心头泛起莫名的激动。隔着铁质栅栏，他看到那里至少有十几辆被迫封存的高级奔驰。这车真好。

邱羽没有白白接受高等教育，他决心在这座大楼里安心工作。

令人感到极其意外的是邱羽开始追求李榴。这并不是一桩门当户对的婚姻。邱羽毕竟是个拥有学士学位的国家公务员，李榴却只有高中学历并且管理着一座饲养场式的学生食堂。经过艰苦卓绝的数年追求，邱羽终于娶李榴为妻。这时候，邱羽已经是副局级官员了。邱羽总想找个恰当的机会将自己"软骨时代"的故事从头到尾讲给妻子听。然后他总也没有找到恰当的机会。

事情就这样拖了下来。新婚的第二年，李榴生了个男孩儿。这令邱羽欣喜若狂。

然而喜事总会令人感到遗憾。这个男孩儿没出产院就被确诊为病婴。这个病婴患了"硬皮症"。

副局级官员邱羽急了，他穿越妇幼医院楼道里的铁质栅栏，大步走进婴儿室。一个值班的护士迎上前来制止，她看到来者满脸杀气，吓得没敢言语。

邱羽告诉这个脸色煞白的护士，他并无恶意，只想给自己的妻子讲个故事。

脸色煞白的护士看着完好无损的铁质栅栏，还是跑去拨打 110 电话，报了警。

警察赶来的时候，医院当局找不到打开铁质栅栏的钥匙。

这时候对此一无所知的邱羽正站在病房里，十分激动地给妻子李榴讲着故事。

　　尽管做了母亲，李榴的身份仍然是食堂管理员。她面无表情听着丈夫的讲述，然后有气无力地说：邱羽你想知道我父亲自杀的真相吗？

欲望在线

　　苏盎大学三年级认识了弗洛伊德，当然是书而不是人。那时候弗洛伊德进入中国不久，热得很。那时候中国人的最大问题是性，这个问题居然在弗洛伊德的著作里被一言以蔽之了，而且实用功能比较强。一时间，大学校园里无论文科学生还是理科学生，都企盼从这位奥地利心理学家那里得到精神指南，以备恋爱之需。性这东西，真是挺重要的。身材瘦小的苏盎呢对弗氏的认识并不很深刻，只读了《梦的解析》，后来读了弗氏弟子阿德勒的《自卑与超越》，终于明白自己其实是很自卑的，并且决心实施超越行动。天生自卑，超越谈何容易。譬如同班同学司马荃，苏盎认为就根本无法超越。司马荃的父亲二十世纪八十年代初期即为处级干部。那时候处长就其含金量而言，甚至超过二十一世纪的厅局级。这是两个世纪的差价。好比二十一世纪红薯的含金量超过了二十世纪的精米白面一样。当然，苏盎的自卑情结肯定跟红薯无关。他幼年在农村如果能够吃上红薯也算是很了不起的事情。苏盎的家乡真是太穷了，穷得就连一只狗也只有三条腿。因此他读大二的时候便能讲一口纯正的普通话了。这种文化的剥离，使得外人不知道他是贫苦农民的儿子。

　　贫穷不是苏盎的最大问题。苏盎的最大问题是他内心暗恋司马荃的女友邬守玉。他与邬守玉只有几次短暂接触，却在单相思的泥淖里越陷越深，不能自拔。后来邬守玉成为司马荃的未婚妻，再后来邬守玉成为司马荃的合法妻子。这个过程历经六年，苏盎的暗恋问题就这样一步步从严重走向很严重，从很严重走向极其严重。好在苏盎比较自卑，多少年来只是爱在心里。单相思的特征就是爱在心里口难开。

大学毕业，苏盎的身材看上去已经不那么瘦小了。他跟司马荃一起分配到省直机关工作。司马荃在省委办公厅秘书处。苏盎在省妇联调研室。省妇联的工作人员，以女性为主，几乎达到百分之九十五。然而生活在女人海洋里的苏盎对邬守玉的单相思不但丝毫未减，反而与日俱增。他住在机关单身宿舍里，伴随他的往往是难以实现的白日梦。

其实就在这种时候，苏盎身边还是有姑娘们身影晃动的，其中就有彭小倩。彭小倩长得并不漂亮，并且没有读过正规大学，然而她性情温柔谈吐大方，省妇联机关的同志们都认为她是难得的好姑娘。

苏盎对彭小倩的存在视而不见，正如那句英国谚语，"你被眼前的一棵树遮住了前面一片森林"。这遮住苏盎视野的那棵树，无疑是邬守玉。彭小倩当然不知道苏盎暗恋这棵树，仍然保持着对苏盎的热情。二十世纪八十年代中期，中国大地上的大学生还是很珍贵的，否则彭小倩这样的城市姑娘也不会相中出身偏远农村的苏盎。苏盎毕业于北方师范大学中文系，文笔很好。他来到省妇联调研室工作，很快成为这里的"大笔杆"。他写的材料，经常受到领导表扬。苏盎戒骄戒躁，集中精力思念着心中的神圣偶像邬守玉。

司马荃的情况恰恰相反。这位一表人才的大学毕业生进入省委办公厅秘书处，不知什么原因仕途不顺。他辛辛苦苦工作，却总也得不到领导重视，弄得灰头土脸的，心情长期压抑，甚至开始偷偷学习喝酒，以浇胸中块垒。这时候的邬守玉表现很好，只要有时间便陪伴在未婚夫身旁。邬守玉毕业于东方农业大学，分配在省良种研究所工作，不坐班，于是邬守玉的主要生活内容就是陪伴怀才不遇的司马荃。这是缘分。

省委、省妇联以及省良种研究所这三个机关，分别坐落在三条不同的大街上，这三个地点的连线，恰巧构成一个歪扭的三角形。这个歪扭的三角形意味深长，似乎暗示今后的故事走向。然而，所谓故事走向无外乎属于三角恋爱的俗套而已。我们必须承认，现实生活本身就是一个无比巨大的俗套。这时候，司马荃向邬守玉提出结婚的要求，邬守玉毫不犹豫地表示接受，并且主动提出婚期定在十月金秋。金秋是人类收获的季节，同时金秋也是中国北方播种冬小麦的季节。我们完全有理由相信，爱情种子跟冬小麦一样，是可以越冬的。

苏盎永远也不会忘记，那年的八月十五（中秋节），司马荃与邬守玉举行结婚典礼。地址选在警察学校小礼堂。新婚典礼为什么选择这样一个地方，很多人都不理解。起初苏盎决定不去参加婚礼，因为看到自己心中偶像被别人娶走，毕竟是悲痛的事情。他冷静思考之后又认为必须参加这场婚礼，理由是化悲痛为力量。

那时候结婚典礼，无论内容还是形式，都比较简易。新娘未必身披婚纱，新郎也未必西服革履。新郎司马荃意气风发，身穿纯毛蓝衣蓝裤，样式介于西装与制服之间，挺别致的。新娘邬守玉一袭紫色，服装款式类似如今的女性职业套装，挺大方的。由于参加这场婚礼的来宾以二十世纪九十年代初期的机关干部为主，现场气氛略显几分庄严。

内心焦躁不安的苏盎躲在小礼堂的角落里，等待着结婚典礼的开始。是啊，邬守玉必然要嫁给司马荃的，这是没有办法的事情。苏盎深知命运如此安排，他只能表示接受。但结婚典礼迟迟未能举行。这是为什么呢？苏盎听到人们小声议论，说今天的主婚人是省委办公厅的聂副秘书长，此公临时出席一个紧急会议，结婚典礼只能等待。于是，这个隆重的结婚典礼只能等待那个紧急会议的结束。

结婚真是一件很麻烦的事情。苏盎内心大发感慨，认为司马荃延请日理万机的聂副秘书长担任主婚人，绝对属于重大失误。主婚人的缺席使得新婚典礼变成一场毫无休止的等待，这很不好。苏盎为楚楚可人的邬守玉感到不平，心里渐渐愤怒起来。终于有了最新消息，说聂副秘书长临时出席的那个紧急会议，内容确实非常紧急。至于什么时候散会，一时很难说。

焦躁不安的等待渐渐变得无聊。苏盎内急，起身朝着小礼堂的后门走去。他知道小礼堂的后门通往洗手间，很清静。苏盎从小喜欢清静。他快步走过主席台，抬头看到衣冠楚楚仪表堂堂的司马荃，立即走上前去主动握手，说了声恭喜。尽管仕途不顺，司马荃还是比较矜持的，伸手拍了拍苏盎的肩膀，使人想起电影里老首长接见红小鬼的场面。苏盎心里很不舒服，朝着司马荃说了声祝你们幸福，便走出小礼堂的后门。

小礼堂坐落在警察学校的后院。苏盎走出小礼堂后门看到远处是一片幽静的小树林，栽种的是青蜡。苏盎朝着小树林方向走去，远远发现小树林里站着两个人，一男一女，显然正在争论着什么。苏盎猛然觉得处于争论状态的女子似曾相识，立即停住脚步。他越发觉得这个女子就是邬守玉。

苏盎下意识地转身朝着远处厕所走去。这个女子真是邬守玉吗？邬守玉是新娘子呀。新娘子怎么能够偷偷跑出来跟另外一个男子争论不休呢？除非她跟他都是科学家，此时正在争论地球即将爆炸的问题。苏盎这样想着，认为应当弄明白这件事情。他转身朝着小树林走去，步子迈得很大。

他很快走近小树林边缘，却没有看到那一男一女的身影。他朝着小树林深处望去，还是踪迹皆无。咦，莫非是我出现了幻觉？他急急忙忙跑回小礼堂，仿佛前来灭火的消防队员。

小礼堂里的结婚典礼已经开始。新郎新娘并排站在台上，接受主婚人的祝福。主婚人当然是聂副秘书长，他神色恍然，似乎还沉浸在紧急会议的氛围里。苏盎悄悄挤进在台下的人群里，目不转睛地注视着一袭紫色的邬守玉。

没错，这新娘子就是在小树林里跟那男子发生争论的邬守玉。苏盎坚决这样认为，转念一想，不免心生狐疑。从小树林到小礼堂之间即使快速奔走，也必须分身有术啊。苏盎这样想着，目光注视着站在台上的新娘子。他突然发现邬守玉在他心目之中渐渐陌生起来，无论是言谈举止还是长相身材，很快就变得非常陌生。只有在这种时候，苏盎才恍然大悟，尽管他对邬守玉朝思暮想，其实丝毫不了解这个女人。苏盎认为自己极有可能爱上的是邬守玉的影子而不是邬守玉。

这种发现本身就很玄妙。脸色苍白的苏盎思索着，那样子很像贫血症患者。他认为自己的思路基本正确。多年以来我钟爱的居然不是邬守玉而是邬守玉的影子。这一重大发现令苏盎惊诧不已。

小礼堂的结婚典礼，出席婚礼的人们前往餐厅喝喜酒。苏盎平时没有饮酒的习惯，心里挺犹豫。这时候司马荃挽着邬守玉走来，双双朝着苏盎微笑。苏盎腾地红了脸，说祝你们白头偕老。邬守玉眨着一双大眼睛说，苏盎你的女朋友怎么没来呢？苏盎急了，连声说我哪里有什么女朋友啊。

喜酒宴上，参加婚礼的机关干部们酒风端正，既不急也不躁，更没有吆五喝六的斗酒大战。苏盎感到这种喜酒还是喝得起的，便随着人们频频举杯。几杯酒下肚，苏盎思维活跃起来，思考问题的焦点还是"小树林"。邬守玉在结婚典礼之前竟然跑到小树林里跟那个男人争论不休，这究竟意味着什么呢？苏盎思一思二思三，最终百思而不得其解，酒就喝多了。很快他就醉了，眼前一派朦胧。

第二天他醒来，躺在自己房间里思索着。他渐渐恢复记忆，一下子想起"小树林"问题，心情顿时沉重起来。

这个问题必须弄清楚。多少年来，邬守玉是苏盎的心中偶像。如今这尊偶像突然遭到质疑，苏盎认为自己不能爱得这样不明不白。他起床之后在房间里踱步，思路渐渐清晰起来。

　　既然我多年以来暗暗爱着邬守玉，那么我必须弄清她的为人。这既是我的权利也是我的义务。他精神抖擞起来，走出房间骑上破旧的自行车，前往昨天的警察学校。

　　昨天的"小树林情结"已经成为苏盉难以逾越的一道心理障碍。一路骑行，他来到警察学校门前。执勤的年轻警察请他出示证件。他想了想，说昨天出席小礼堂的新婚典礼，身份证遗失在这里。执勤的年轻警察显然知道这里曾经举行婚礼，没有阻拦他。他心头一阵激动。多少年没有在重大场合说谎话了，今天居然轻而易举获得成功。推着自行车走进警察学校大门，骑上车子朝着小树林一路奔去。此时，他也不知道自己究竟要在小树林里寻找什么。

　　这个世界上究竟有没有爱情呢？很像当年冀中平原"五·一大扫荡"的日本鬼子，苏盉在小树林里走来走去，心头一派迷茫。他站在一棵长相丑陋的青蜡树前，寻思着。这里肯定存在问题，不是邬守玉出了问题，就是司马荃出了问题，反正是这桩婚姻出了问题。

　　他在小树林里转悠了半个小时，切实感到自己仍然对邬守玉一往情深，同时他开始思考人间是否存在真正的爱情。大概很少。他这样想着，立即为自己持续多年的对邬守玉的单相思而感到自豪。

　　空手而归，苏盉离开小树林。尽管没有找出问题的答案，他仍然感到满足。他在小树林里度过的那段时光，似乎很充实。

　　一晃，就是两年时光。

　　这两年里，苏盉依然是苏盉，没有发生任何变化。不变才是硬道理。他对自己的操守感到满意。两年说来时间不短，他的生活却很充实。白天上班，晚上读书，从事业余研究。他研究什么呢？研究自己到底为什么深深爱着邬守玉。这个研究课题很沉重，包括不可或缺的实地调查。他曾经多次抵达良种研究所，以借阅有关资料为名接触邬守玉。

159

每逢这种时候，他便耳热心跳。后来，邬守玉怀孕了。

一天上午，苏盎无意之间看到邬守玉挺着大肚子行走在上班的路上，一时间受到强烈刺激。他根本不相信邬守玉会变成这种样子。恰恰是邬守玉大腹便便的孕妇形象，一下子使得苏盎茅塞顿开，是啊，她跟普通女人没有什么两样，她同样是通过做爱方式受精怀孕的。

不知为什么，苏盎对邬守玉感到失望，进而对生活感到失望，然而他的内心却渐渐强硬起来。这世界的男男女女，不过如此吧。

邬守玉分娩了。生产之后的邬守玉在哺乳期里身体迅速发胖。司马荃觉得躺在床上的妻子很像一颗剥得白白净净的大花生，挺好玩的。

两个月之后，苏盎跟随一帮同学前往司马荃的家里做客，猛然发现身为人母的邬守玉已经成为胖妇，惊讶得几乎叫出声来。天啊，生活真是一位可怕的魔术师，短短时光里居然将好端端一个邬守玉变成这种令人大惊失色的样子。

胖妇邬守玉身穿大红色毛衣，两只哺乳期的乳房呼之欲出，一派无政府主义者的样子。她羞涩地笑了笑，热情地给大家端茶。当她将一杯热茶递给苏盎的时候，两人目光相逢。多少年来这是苏盎首次敢于与邬守玉近距离对视。她感到苏盎目光里内容很多，转脸走开了。

是的，邬守玉肉感的模样，嘭的一声点燃了苏盎的内心欲火。无论他是否承认，反正是哺乳期的邬守玉这种充满市俗精神的形象毁灭了他的"小树林情结"，苏盎终于走出多年单相思的怪圈儿，心儿彻底回到人间。

一个人，总是可以被改变的。譬如由情变欲。

然而彭小倩没有发生什么变化。她一心一意等待着苏盎，等待着他接受她的情感。苏盎确实发生了变化，以前他对彭小倩视而不见，如今有了目光交流。尽管只是肤浅而初步的交流，彭小倩还是感到满意，因为事情毕竟有了开头。

一天，苏盎坐在办公室里接到司马荃的电话，说是约他谈谈心。苏盎兴奋起来，相识多年司马荃一贯居高临下，这是他首次主动约请苏盎吃饭聊天。苏盎提前来到那家餐馆，等待快乐王子司马荃的到来。其实，这时候司马荃已经变成忧郁王子，面临"跳槽"的抉择。他告诉苏盎，他在省委办公厅秘书处工作没有任何前途，他决定调往华泽集团，那里的前身是省政府的官办公司，如今改头换面变成股份制了。苏盎认真听着，并不插话。司马荃似乎并不指望苏盎说什么。他喋喋不休地说着，苏盎仿佛成为他面前的一只大麦克风。

　　大约聊了两个多小时吧，苏盎绝对保持沉默。只有在司马荃买单的时候他说了声谢谢。虽然司马荃身处逆境，但居高临下的心态不改。他的滔滔不绝几乎完全剥夺了苏盎的说话权利。苏盎当然成为这场聊天活动的忠实听众。苏盎苦笑了。

　　三天之后，怀才不遇的司马荃正式调往华泽集团，并被任命为该集团亚洲业务部经理助理。他打电话给苏盎，说终于时来运转了。苏盎想了想，说这未必就是好事。司马荃挨了这瓢冷水，啪的一声挂断电话。

　　苏盎还是苦笑了。此时，关于邬守玉的情况，他则一无所知。世界上的道理就是这样简单，苏盎多年来暗恋邬守玉，痴心不改，只是由于邬守玉的突然增肥，一下丧失了苏盎对她的精神之恋。肉，似乎成为一种罪恶。

　　事情还是发生了变化。彭小倩经过不懈努力，终于赢得星期日陪同苏盎上街的机会。她与他并肩走着，一路无话。她忍耐不住，问他去什么地方。他说去超市吧。彭小倩非常惊讶，男人里喜欢逛超市的，不多。于是就进了超市。

　　事情终于发生了变化。苏盎在超市肉类制品货架前遇到邬守玉。这个腰粗臀肥的女人正在专心致志挑选着台湾火腿，而且在五百克包装与一千克包装之间犹豫不决。她的这种形象立即引起苏盎的内心愤怒，他

161

几乎无法控制情绪，这种情绪甚至迁怒于宝岛牌火腿。

彭小倩不知内情，伸手轻轻扯着苏盎的袖口，说走吧。这时候邬守玉转身看见苏盎，笑了。苏盎注视着她手里的精品火腿，说了声小邬你好。邬守玉扭转肥胖的身躯注视着彭小倩，目光里充满好奇。

啊，苏盎感到只有这种好奇的目光还属于昔日的邬守玉。这种目光无疑缓解了他内心的愤怒情绪。他伸手将彭小倩介绍给她，说这是我女朋友，之后便向邬守玉询问司马荃的近况。邬守玉回答了三个字，他很忙。

这次在超市里邂逅邬守玉，事情似乎很小，然而对苏盎来说却意义重大。他当天晚上便与彭小倩上床，很主动。这是他有生以来第一次与女人做爱，基本完成了任务。

做爱之后苏盎即离开彭小倩的闺房，走了。他的背影在彭小倩心目之中，还是比较高大的。

尽管有了彭小倩，苏盎心里依然浮躁不已。只要想起超市里邬守玉选购火腿的情景，他便激愤不已。这种情绪日复一日地弥漫着。他不知道这是心理问题，而是越发弄不明白自己究竟是仇恨邬守玉还是仇恨台湾火腿。

又一个星期天，苏盎给司马荃家里打电话。邬守玉接电话，说司马荃出差了。

放下电话，苏盎走出家门径直奔向超级市场。一路上心情激动起来，就连他自己也感到莫名其妙。

我这是怎么啦？他匆匆走进超市，目光里充满了强烈欲望，仿佛去参加一场硝烟未起的战争。

扑向肉类制品货架他找到那种一千克包装的宝岛牌火腿，毫不犹豫买了一大箱。他手持信用卡结账，然后拖着一箱子台湾火腿气喘吁吁走出超市大门。他的形象仿佛就是当年从事长途贩运紧俏物品的"倒爷"。

　　叫了一辆出租车，苏益前往司马荃和邬守玉的住宅。这位爱吃火腿的肥胖女士住在天塔小区一幢高楼里，二十九层，给人以高处不胜寒的感觉。他抱着纸箱子走进电梯，心情渐渐强悍起来。邬守玉啊邬守玉，你不是很胖吗？今天我给你送来一大箱台湾火腿，你会越吃越胖的。吃吧吃吧，我要看看你到底能够胖成什么样子。

　　他按响门铃。邬守玉开门看到满头大汗的苏益，颇感意外。尤其她看到苏益怀里抱着的那只大箱子上"宝岛牌火腿"图案，更是迷惑不解。

　　你这是干什么啊？我来给你送台湾火腿。你为什么给我送台湾火腿呀？我知道你喜欢台湾火腿。你怎么知道我喜欢台湾火腿？那天在超市我看到你购买台湾火腿。

　　邬守玉认为苏益给她送来一份惊喜，于是脸上掠过一丝不易察觉的激动神色。苏益将纸箱子放在门里，起身说了声再见。邬守玉追出两步，挽留着。苏益你应当进来喝一杯茶啊。苏益摆了摆手，然后大步走向电梯间。

　　苏益认为关于台湾火腿的事情就这样过去了。第二天上午，他坐在办公室里修改工作总结，接到邬守玉打来的电话。他听到电话里传出邬守玉的声音，感觉很臃肿。多少年来，他与她之间缺乏交流，往往三言两语就罢了。这次邬守玉打来电话还是三言两语，说是请他今晚到家里吃饭。他毫不思考便答应了。

　　放下电话，工作总结摆在案头，修改不下去了。我怎么这样爽快就答应邬守玉呢？其实我对她并不了解，她对我也不了解。这时候苏益的内心感受非常复杂，他说不清楚如今邬守玉在自己的生活中究竟意味着什么。是坍塌的偶像还是泄愤的目标？他统统说不清楚。此时他只知道邬守玉喜欢吃台湾火腿。

挨到下班，苏盎走出机关大门朝着超级市场方向走去，走进超市他又买了一大箱台湾火腿，然后打的前往邬守玉家，抱着纸箱子走进电梯，仍然累得满头大汗。气喘吁吁按响门铃。邬守玉开门看到昨日场景今天重现，惊讶地叫了一声。天啊，你怎么又买来一箱台湾火腿呢！

苏盎不言不语，抱着一箱子台湾火腿说，既然你喜欢火腿，我就买，你就吃吧。

邬守玉身穿一套大号休闲装，肥胖的形体得到适当的削弱，看着灵活了几分。她指引着苏盎将一箱火腿放进厨房，突然低头抽泣起来。

苏盎没有见过邬守玉的眼泪，一时不知如何处理。邬守玉擦拭着泪眼突然大声说，我发誓从来没人给我买过火腿，苏盎你是第一人。我发誓你是第一人。苏盎注视着哭得气喘吁吁的邬守玉，越发觉得她喜欢火腿是有道理的。

他拉着她的手，走向客厅。他安排她坐在沙发上，然后拿来手帕给她擦了擦眼泪。她受到感动，紧紧抓住他的手不放。他很冷静，冷静得令自己感到惊异。他站在邬守玉面前，环视着这间客厅。司马荃什么时候回来？他下意识地询问。邬守玉没有回答，默默擦拭着眼泪。他朝着卧室方向走了几步。邬守玉突然起身从后面紧紧抱住他。他感到自己的身体被两条肉感极强的胳膊牢牢箍住，一生不得解脱。

你一定认为我太胖啦应当减肥是吧？邬守玉激动地发问。

他立即大声回答说，我认为你应当继续胖下去，千万不要减肥。

邬守玉再次哭泣起来。苏盎我发誓，这个世界上你是唯一劝我不要减肥的人。真的，我发誓你是唯一不劝我减肥的人。

她激动地说着，两条胳膊紧紧箍着他的身体，使劲儿推向卧室。面对肉山他几乎没有力量做出反抗，只喊了一声火腿。

火腿只是肉制食品，然而它无法阻止男女床上运动。苏盎接触着邬守玉肥腻的肉体，蓦然感到心头一痛，颇有世界末日的感觉。是的，他自从彻底丧失了单相思的美好目标，生活字典对他来说似乎没有任何内容。他真的无法阻止自己的堕落欲望，就如同邬守玉无法拒绝火腿一样。

做爱之后，他与她并排躺在宽大的双人床上，谁也不说话。他累极了，他没有跟肥胖女人做爱的经验，因此事倍功半。这时他没有想起彭小倩而是想起吸烟。是的，他想吸一支烟，于是伸手首先寻找着烟灰缸。他从烟灰缸想到司马荃。我居然跟他的老婆弄到一起了，这个世界真他妈的完蛋啦。

他没有找到司马荃的烟灰缸，便紧紧搂住司马荃的老婆，说我们应当去吃晚饭啦。邬守玉扯过一条毛巾裹住肥胖的身体，说我们去吃火腿吧。黑暗里他听到她的这句话，眼角悄悄淌出几滴清泪。

晚餐的主要内容是清蒸火腿。这是多么好的火腿啊。他与她面对面坐着，中间隔着餐桌，就这样慢慢吃着。弗洛伊德的心理学好像认为吃是口唇运动，口唇运动与性紧密相关，说明人类存在严重缺欠与不足。人类确实存在很多问题，性是欲望，吃是欲望，还有火腿。

邬守玉细细咀嚼着，说明天晚上你还来吧。他嗯了一声停止咀嚼，然后说，明天晚上我还来吧。

一连三天晚上，他都来了。上床做爱，他极力克制着内心的负罪感。邬守玉毕竟是我同窗好友的妻子啊，我这样做等于是偷袭了朋友的大本营。邬守玉似乎没有什么心理负担，她为他准备的晚饭也是一成不变，火腿。吃着火腿苏盎在餐桌附近寻找着司马荃的痕迹，没有。

第四天上午，苏盎上班时间邬守玉打来电话，她在家里。她给他的印象好似一位深居简出的隐者。苏盎在电话里表示需要休息一段时间。他耐心举例说，大兵团作战之后往往还需要休整呢。

她表示同意，然后叮嘱他近期不要买火腿了，那两箱火腿足够吃一阵子的了。

放下电话，他坐在办公桌前猛然想起一件事情，咦，我连续几天去邬守玉家怎么没有见到她的孩子啊？真的，就好像她从来没有生过孩子一样。

　　当天下午，苏盍接到"同学会"执行主席的电话，说今晚六点在天波大酒楼聚餐，务必准时出席。他这才想起一年一度的大学同窗聚餐会依照惯例设定每年的十二月十九号。明天正是日子。同学会执行主席在电话里嘱咐他，说明晚聚餐会上一定要好好安慰一下司马荃。

　　苏盍嗯了一声，机械地挂断电话。

　　明晚聚餐会上一定要好好安慰一下司马荃？如此看来，司马荃出差回来了。苏盍坐在办公桌前，寻思着。司马荃他怎么啦？司马荃他不是挺好的嘛，新近被提拔为华泽集团的副总经理，摇身一变平步青云。司马荃有什么需要安慰的？真是莫名其妙。

　　第二天傍晚六点钟，苏盍准时到达天波大酒楼。他从停车场里的一辆辆豪华轿车，看出参加今晚聚餐会的同学们，一年光景又涌现出不少大人物。

　　他走进电梯。哇塞，电梯里都是大学时代的同窗，一个个容光焕发的样子。有人小声提到司马荃的名字，立即有人大声附议说今晚应当好好安慰一下这位不幸失去妻子的老同学。

　　什么！这绝对不可能啊。苏盍惊了，立即追问。你们说司马荃不幸失去妻子？你们有没有搞错哇！

　　电梯里的同学们纷纷指责苏盍。你真是信息闭塞孤陋寡闻，两个月前的一天下午，司马荃的妻子突然失踪，极有可能已经不存在了。

　　苏盍瞪大惊恐的眼睛注视着挤在电梯里的人们。这时候他想起那片小树林。啊，完全可以认为那时候的邬守玉就已经走失，何必拖延到两个月前的那天下午呢。

　　电梯坏了。

牌　运

上　篇

刘津愚早先是个工人，在锻工车间打铁。

在那一台台咣当咣当的汽锤锻台前，刘津愚是个不起眼的工人。就这样不显山不露水干了几年，成了二级工。那年头二级工每月拿四十一块六毛四的薪水，不时兴浮动工资和奖金。刘津愚的日子过得太平极了，没情况。

车间主任是个三条石出身的老工人，人好心善。车间挺大，锤也多，人的声音就时常被淹没。几年了，刘津愚居然与车间头头没有很多接触，但他清楚地知道车间主任姓李，每每碰面他都要叫一声"李主任"，并不多说话。

在工人堆儿里，刘津愚百分之百的是个小人物。只是他的名字显出几分文气，不像张铁柱王志刚那样通俗，于是出现了情况。

一次他碰伤了手，不算什么大灾，医生开了"伤手，休息三天"的病假条，他拿着去找李主任签字，才开始了他与领导之间的第一次正式交谈。

"你这个名字挺文气，谁给起的?"

"我妈。不过我妈已经死了。"

"津愚津愚,是什么意思呢?"

"我想主要的意思是说我是个天津的傻子,津愚嘛。"

李主任听了哈哈一笑:"你妈有学问。"

"当然,肯定比我有学问。"刘津愚说。

不知被谁听去了,刘津愚一夜之间就得了个外号:天津牌傻子。

他无奈,只得自嘲:"这么说我还得去注册商标,太费手续了。"

"天津牌傻子"使刘津愚多少有了点儿名气,但依然是个普普通通的工人——打铁吃饭。

车间在午休时间里的主要娱乐活动是打扑克,俗称"五十四号文件"。锻工们的巴掌个个都赛"铁砂掌",拍起牌来,足以诱发七级地震。

每天中午都要拍裂几块木板,实属常情。

刘津愚不打扑克,一是他虽然年轻但没有这份心思;二是即便有这份心思他也没有资格加入,这里高手云集,刘津愚没有段位。

他就站在近前观战,心思未必全在扑克上。有时他也胡乱想些事情,不着边际。

他常幻想自己成了一个有学问的人。

有时还幻想自己娶了一个漂亮的妻子——比金加工车间的那个女统计员更漂亮。

"嘭!"一声拍击:"3砸K。"将刘津愚从虚幻世界拉回到现实天地之中。

眼前的这个扑克摊是锻工车间一流选手们组成的,属牌坛最高水平。六个人围坐一圈儿,三人一拨儿,两军对垒。打法讲究队友之间的默契配合以及对牌局实力分布的总体把握。大凡扑克高手,都能将牌桌上的牌记得一清二楚并准确判断出对手手中还捏着什么牌,从而决定自己的出牌顺序，以克敌制胜。

此时不知什么原因，这个高水平扑克摊前只有刘津愚一个观众，别人好像都去看耍猴的了。车间里很静。

扑克高手沈小安始终得意扬扬，哼唱着一曲不知名的歌。刘津愚看到沈小安手中的牌并不很强，只有一张孤零零的小鬼，剩下的是一群"红领巾"。然而沈小安并不消沉，斗志高昂地把牌桌拍得山响。

"哎、哎哟……"沈小安伸手去捂肚子。刘津愚站在他身后看不见沈小安的脸色，但他知道一定是沈小安中午吃了违反肠胃原则的东西，肚子里出事了。

"天津傻子，你替一会儿小沈。"扑克高手们见身边只有一个刘津愚，就叫他上阵替补。

"我……"刘津愚面有难色。

"五缺一，你上吧！"沈小安奔厕所去了。

刘津愚接替了沈小安，接过扑克牌上了阵。他的心一阵疾跳，出了汗。

"该你出牌啦，天津傻子！"

刘津愚一怔，想了想就随手出了一张 10。

扑克高手们凝神望着这张牌："10？"

这时，车间的李主任悄悄站到了刘津愚身后，悠悠吸着烟，观战。

李主任心里说：这个刘津愚可是第一次上牌桌呀，居然出了一张 10。

对面的胖吴疑惑地盯着刘津愚的脸，说："你小子水平不低呀，这时候出一张 10？"

看来这张牌使对手们感到十分难受。

刘津愚猛然悟出：对方不了解自己出牌的顺序是什么。顺序的本身就是一种错乱。

你来我往地出牌。刘津愚发现坐在自己对面的胖吴一直在不断投来揣测的目光。

别人纷纷净了手，只剩下刘津愚和胖吴两人，代表着两军的对峙。

刘津愚身后的李主任观战观得十分认真，他看到刘津愚这个天津牌傻子手中还有四张牌：小鬼、5、6、7。

对面的胖吴手中也有四张牌。

轮到刘津愚接风出牌，他不敢与胖吴对视。他这时才知道自己对扑克一窍不通，丧失了牌桌上的一切主张。

他又在幻想：如果胖吴手中的牌是一张3、两张4还有一张什么牌……我就能赢。

幻想使他脱口而出，声音很怯："胖吴，你手里有两张4、一张3……"

胖吴听了一怔，随手将牌丢在牌桌上："我输啦！"凡扑克高手眼见败局已定，便主动认输。

果然，胖吴手中的牌是一张3、两张4外加一张8！

"天津傻子，你小子记了满桌子牌呀！"

"是个高手，判断准确。"

李主任心里也笑了："想不到刘津愚有这么好的记性。真人不露相，是块材料。"

刘津愚在众人的称赞声中呆呆坐着，他闹不清眼前出了什么事情。

他这一脸呆相竟然显出了几分深沉。

李主任转身走了，去安排下午的生产。

沈小安从厕所归来就把刘津愚赶下了台。

刘津愚抹了一把汗，心里说，我可解放了。

他往休息室走，迎面来了李主任，冲着他慈祥地笑，还拍了拍他的肩头说："津愚你好好干吧！前途远大。"

刘津愚傻乎乎地点了点头，心里一阵迷惘。

一个月之后，厂部下达了一个上大学的名额给锻工车间。愿意去上学的人不很多，但也有十几条好汉在竞争。刘津愚掂量了一下，觉得自己至少排名十五之外，就作壁上观。

李主任找到他："这次，你去上大学吧？"

刘津愚又一次发呆，以为自己是在做梦。

据说李主任在头头儿会议上力排众议，举荐刘津愚去天津大学念书。

李主任说："全车间数刘津愚脑子最好使。咱们可不能选送一个木头脑袋去上大学，给咱们全体锻工丢人现眼！"

据说李主任十分瞧不起那群扑克高手："你们天天练，还不如人家刘津愚偶尔露一手的水平高呢，一群死木头脑袋不知天外有天！"

胖吴气得险些用锤砸了自己的脑袋。

刘津愚迷迷糊糊进了大学去读精密仪器系。

他买了一副扑克牌供在宿舍床头，在校几年，他没打过一次扑克，拿它当圣物供着。

他一个心眼儿念书，成绩中等。

他越发认为世界上许多事情都是无序排列；而那五十四张牌则构成了一个深不可测的数字幽宫。他甚至对扑克牌怀有几分畏惧。

下　篇

大学毕业，刘津愚被分配到机电工业总公司，一个坐落在六层高楼里的大机关。

他在设备处工作，是个不起眼的小兵。

他心里挺踏实。读大学时交了个女友，是同班同学，比原先在工厂

171

当锻工时经常憧憬的金加工车间的那个女统计员还要漂亮几分。

女友进化成未婚妻，未婚妻又进化成妻子，妻子又分娩出一个胖儿子，没情况。

于是他积极要求入党，争取进步。他记住了车间主任当年拍着他的肩头说的那句话。

刘津愚我前途远大。

他已经不爱幻想了，全身心投入工作。

设备处在机关大楼的三层上，邻近还有几个兄弟处室，十分热闹。刘津愚踏踏实实干工作，从不去别的处室聊天儿，活像一块石头定在自己的办公桌前，要一口气干到退休。

处长对刘津愚颇为满意，认为当今的年轻人能有如此踏实的作风实属难能可贵。

处长姓李，李处长也。

李处长是个白白胖胖的男人，早先是工厂里的工会干部，几十年来一步步前进，终于当上了大机关里的处长。多年以来，李处长本色不改，依然保留着三宗爱好：早晨起来骑自行车去西大湾子大福来锅巴菜铺吃早点，午饭后在机关里凑上六个人打扑克，晚上回家喝上二两白酒。这三宗爱好使他身心健康，干劲十足，年年率领同志们圆满完成党的各项工作任务。

每天中午，李处长办公室必然牌友到位，十分热烈地娱乐起来。

每逢此时，刘津愚都趴在自己的办公桌上昏昏然。有时睡得很成功，有时则睡得很失败。

近来他趴在桌上觉得自己心里杂念很多。他说不清是些什么杂念。

听到了嘭嘭的拍牌声。处长的办公室在隔壁，而娱乐者大多是来自兄弟处室的处长们。

刘津愚不大好意思到那里去观战，他觉得自己辈分太低。人要有自知之明。

办公桌上的电话铃响了起来，很烦人。

他懒洋洋地抓起听筒，对方说找刘津愚。

他随声说道："我就是……"

对方说："我是胖吴。你是天津傻子呀……"

胖吴。天津傻子。太遥远了……如果对方不说出"天津傻子"这四个字，刘津愚便很难想起胖吴究竟是谁。

打铁的声音又响在耳边了，一锤比一锤有力，发出无法抗拒的呼喊。刘津愚听不清胖吴在说什么，心中充满莫名的激动。

"你、你怎么知道我的电话号码？"

胖吴哈哈一笑："我打匪警电话，串线一下子就串到你老兄那里去了！"

刘津愚问："你有什么事？"

没等到胖吴回答，电话突然断了。

是一个长途电话顶了进来，找李处长。

刘津愚马上到隔壁去禀报。

"半小时以后再打来。"李处长牌兴正浓，根本不愿意去接电话。

刘津愚："是北京办事处打来的长途电话。"

李处长只得离桌去接电话。

"小刘，你替补你替补！"几位处级牌友一起叫着刘津愚。

"我、我不会打扑克……"他有些紧张。

"实践出真知，迟早你们这些年轻人也要接我们这些老头子的班嘛。"

刘津愚只得遵命坐下，抓起李处长的牌。

他蓦地产生了一个幻觉：当年在锻工车间替补闹肚子的沈小安！

如坐针毡。历史惊人地相似，他再度偶然成为一名替补队员，撞向命运之门。

然而，没有轮到他出牌，李处长就回来了。刘津愚十分恭敬地让出位置，呆立一旁。

"李处长您的牌不错……"他说。

李处长哼了一声："不许泄露军事机密。"

刘津愚回到自己的办公室。

心，乱极了，久久不能平静。

电话铃又响了，还是那个遥远的胖吴。

"李主任死啦！你小子还记得他吗？大伙都说他是你刘津愚的大恩人。我们送花圈你小子不随份子吗？二块钱。"

他连声说："我随我随，二十块。"

胖吴："显摆你有钱呀？钱多钱少是个人心，这二块钱我给你垫上啦！你小子努力当个大官，也算是报答李主任的在天之灵了。没有他，你能去上大学？照旧还得在这打铁，当天津牌傻子。"

心直口快的胖吴挂断了电话。

他有些怀念那个忠厚耿直的李主任。

只是在大机关里工作接触的人物太多了：科长、处长、局长、书记、经理、厂长……与车间主任这一级的人就隔得远了，很远很远。

刘津愚去参加了李主任的遗体告别仪式。死者显得很安详，静静躺着。几年未见，刘津愚觉得李主任的面容已有几分陌生。

见到了许多当年的工友。沈小安见面就问："学会打扑克了吗？"刘津愚连忙说刚刚入门，刚刚入门。大家听着都笑了。

刘津愚也跟着干巴巴一笑，笑得很不自然。

回到机关，李处长问他上午干什么去了。他如实汇报，说过去的一个老领导死了。

李处长惊异："小刘你还当过工人呀？"

他猛然觉出李处长很不了解自己的下属。

他就说:"李处长我希望有时间跟您多谈谈心,经常汇报思想就能进步快一些。"

"很好!工作中要进一步严格要求自己。"

李处长中午的活动依然是扑克大战。

刘津愚却变了,天天到处长办公室去观战,雷打不动。只有他一个观战者,孤独地立在牌桌一侧呆呆看着。渐渐他看得很入门了,并且知道了这些扑克迷的水平实在不高,与锻工车间的那些选手们相比,这里只能说是"初级阶段、小儿科或 ABC"。

有几位处长几乎可以说是毫无战略目光,随意出牌而根本没有全局观念和队友之间的战术配合。

仅仅是一种盲目的娱乐。

他为自己能有如此深刻的思想而感到震惊。

刘津愚心中有些忐忑,似在期待着什么,而又闹不清为什么要期待。

牌桌上,拍得正响,是李处长出牌。

物资处的金处长净了手,起身说我不能继续娱乐了,一点钟有个约会在机关大门口。

金处长去年死了老伴,正谋划续弦之事。

"我们大力支持,你快走吧。"李处长说。

大家居然热烈鼓掌祝金处长一眼相中。

"小刘,你替补!"李处长下令。

刘津愚入座,对面是李处长。扑克迷们有一句术语:对面是冤家。意思是说打起牌来这两个位置争斗得十分激烈,似天敌一般。

刘津愚谦虚一句:"李处长我可不会打牌。"

"练!熟能生巧。"李处长一派高手风度。

刘津愚深知：欲求胜利，就必须记清桌上已经打出的牌；同时还要及时估算出上家和下家手中究竟拿着什么牌。锻工车间的扑克高手们都是这样审时度势，赢能赢出风采，输也输不掉水平。

"小刘，好像你挺会打扑克呀？"李处长第一次这么认真地端详着他。

"不不，我不会打扑克，真的不会。"

之后他全身心投入了扑克之战。他知道该显现聪明才智的时候就应毫不迟疑。

别人都净了手，对垒两方只剩下李处长和刘津愚。就像多年前对垒两方只剩下胖吴和刘津愚。然而刘津愚毕竟已经懂了扑克，今非昔比了。

他清清楚楚记得牌桌上已经出了多少牌。

似乎能看透李处长手中的牌，刘津愚兴奋起来，忘记了时间空间人物环境以及背景。

他只想获胜。这种好强争胜的心理，对他来说已经生疏多年了。

"李处长，据不很精确的计算，你手中的牌是两张6、一张8还有一张2。而我手中还有一张后守3，您输了。"

李处长大惊失色："你看见我的牌啦！"

有人立即声援刘津愚："他坐在你对面，怎能看见你的牌！他凭的是记忆力，老李你快交枪吧！"

果然，李处长手中的牌被刘津愚一一言中。

李处长满面狐疑："小刘你是个高手呀！我可是没有看出呀！了不得了不得……"

刘津愚发现李处长脸色十分难看。

"老李，这次你被小刘瓮中捉鳖哟！"

"李处长你手下不乏英才，怪不得连年被评为先进处室呢！你可不要挡年轻人的道啊。"

"小刘你要好好干，明年就能接李处长的班喽！"

刘津愚听着，渐渐品出味道不对头了。

只因为李处长脸色很不好，布满阴云。

李处长喃喃自语："我真是不了解自己的下级呀……"

刘津愚意识到自己做错了一件大事情。

"李、李处长我刚才是瞎猫碰上了死耗子，其实我根本不会计算牌点儿，这是头一次。"

李处长："集中精力娱乐嘛，别说话了。"

刘津愚再也不敢精明下去了，就胡乱出牌，不去记什么1、2、3和8、9、10。

李处长的脸色依然不好。

冤家路窄，又是只剩下李处长和刘津愚对垒。

刘津愚心中说："老天爷保佑让李处长赢了我吧！这里可不是锻工车间。"

李处长出一张牌，刘津愚说一声："管不了，您接着出吧。"李处长就一张张出牌。

刘津愚手中只有两张牌。

"小刘你傻了，管他的牌呀！"队友之一计划处的唐处长对他喊道。

他一下子就想起了自己当年的外号。

李处长手中只有两张牌了。又出了一张8，刘津愚摇摇头说："我管不了您。"

李处长扔出最后一张牌：10。

队友唐处长气歪了胡子："小刘小刘你手中是什么牌？"说着就将刘津愚的牌抢了过去，一看。

"啊！一张大鬼，一张7，你傻啦？怎么一张接一张让老李出净了手？你傻啦？"

大鬼是扑克牌中的至高无上者。

李处长不言语，阴沉地扫了刘津愚一眼。

大家都面无表情地看着刘津愚。

唐处长站起来："到点了该上班啦！老李你运气真好，遇见了这么好的下级。"

牌局就这样散了。刘津愚惶惶然。

从此刘津愚不去牌桌前观战了，天天中午趴在办公桌上，半睡半醒。想起扑克他就头晕。

他活得十分累，常常心跳过速。

几个月过去了，什么事情都没有发生。

李处长也从不找他谈心，十分平静地过日子。

渐渐刘津愚觉得有了情况。办公室里的同事们开始与他疏远。坐在办公桌对面的老史总是十分警觉地偷偷注视他的一举一动，好像刘津愚这个人随时都有可能拉响炸药包。平时总要聊上几句的小邢，也很少与他对话了，似唯恐言多语失留下什么把柄。

他听到了人们私下的议论。

"刘津愚的记性太惊人了！打扑克仅仅是娱乐呗，他都能把牌记得那么清楚不差，咱们工作和生活上的方方面面的大事小情，他肯定会像计算机一样储存在脑子里。太可怕了。"

年终机关党委照例要搞干部评议——推出先进典型并鞭策后进同志。刘津愚开了三个夜车认真总结了自己的一年工作，交了上去。

机关党委书记是个老同志，工作细致且认真，亲自找到李处长了解具体情况。

李处长如数家珍，张三李四王五赵六……逐个介绍了一番情况。最后李处长面露难色。

"对刘津愚同志嘛，我是非常不了解的。"

这很像外交部发言人的"无可奉告"。

将一个人全面"空白"起来，机关党委书记懂得这意味着什么，就点燃一支香烟做沉思状："如今的年轻人真是形形色色呀！"

李处长感慨："有那么一种同志，心藏得太深了，看不透，看不透呀！"之后又说，"明明是个扑克高手，能记清一桌子牌，这么多年来却一直说自己不会打牌，这是一种什么心理？扑克打到最后，偏偏放着大鬼不出自愿蹲在家里，这简直不可思议。"

机关党委书记喃喃道："不正常，太不正常了。这事挺复杂哟。"

之后的午休时间里，李处长经常来邀刘津愚去打扑克。刘津愚心怀忐忑，总是连声说："嗯、不不、那个……"不敢贸然前往。

李处长似乎彻底绝望了，刘津愚在他眼中越来越陌生，成了一个无解的"X"。

刘津愚不知道他的一举手一投足都在引起李处长以及同事们的秘密研究。

他成了人们心中的一个科研项目。

他似乎意识到了什么，就极力增加着自己的透明度，经常在办公室里主动向大家诉说着自己的一切：衣食住行甚至昨天夜里打死了三只蚊子等等。然而这一切又使自己身边的雾气更浓——扑朔迷离。

一天开完处务会，李处长话锋突然一转。

"刘津愚同志，你这个名字是谁给起的？"

刘津愚听罢一怔，说："李处长我这个名字没有什么含义，真的真的没有什么含义。"

李处长哈哈大笑，大家也跟着大笑。

刘津愚也只得随着傻傻地一笑。

他觉出自己心跳过速。

后来的刘津愚就没了故事。

倪教授简介

上篇：爱情是味精

提起母校中文系的倪德学教授，人们首先想起的便是他那瘦若竹竿的身影以及迎风飘动的满头白发。那时候倪德学教授只有三十几岁，却已是银发斑斑了。俗话说，少白头，有人求。这句俗话在倪德学教授身上是否应验，不得而知。关于当年他追求女生李圾的故事，还是很有意思的。

李圾的名字取得不好，垃圾的圾，看着令人很不舒服。当年的李圾，朝气蓬勃容貌美丽，而且气质高雅，完全可以被称为"校花"。可是校花偏偏取了一个类似垃圾的名字，真是匪夷所思。打个比方吧，明明一块美玉，我们却给它取名臭石头，这太不公平了。

我们的生活就是这样不公平。

此时我们看到的倪德学教授，已然年届花甲。年届花甲的倪德学教授腰间系着蓝花围裙站在自家厨房的灶前，兴致勃勃地烹制那一道人见人爱的大众名菜——素烧茄子。

倪德学教授的夫人李圾女士此时当然是端坐自家餐桌前，等待用餐。等待用餐的李圾女士出身名门望族，如今虽然年逾花甲，但风雅依

180

旧。她老人家几十年如一日不改操守——酷爱着素烧茄子并且愈来愈爱，最终成为最爱。因此，倪德学教授有理由认为，他与夫人之间的多年不渝的爱情，素烧茄子就是见证。

倪德学教授甚至认为，吃饭的历史其实就是爱情的历史。

想当初。

想当初，大学时代的倪德学还很年轻，人们便称他为"美食家"了。那时候的倪德学十分谦虚，从不轻易接受公众的赞美，只是声称自己仅仅"热爱吃饭"而已。回首当年大学时代的清贫生活，倪德学的夫子自道"热爱吃饭"，应当认为此言不虚。

后来倪德学毕业留校，在中文系当助教。那时候适逢中国人民生活在物资极端匮乏的"瓜菜代"时代。当时人们"三月而不知肉味"，乃是正常情况。如果你恨不得天天吃肉，那么咬掉的只能是自己的舌头而已。骨瘦如柴的倪德学不但出身低微而且不知天高地厚地开始追求校花李坂。李坂具有高贵血统，但同样难逃"三月而不知肉味"的苦难生活。这就是"肠胃面前，人人平等"的逻辑。

《吃饭史》必然与《爱情史》有关，尽管这是两本内容完全不同的书籍。前者属于自然科学，后者归入社会科学。

是的，倪德学永远也不会忘记，他追求李坂颇费心机，走出校园他请她在外面餐馆吃的第一顿饭竟然是一盘素炒蒿根和一碗糙米饭，绝对没肉。汤呢，则是餐馆里的刷锅水。刷锅水加食盐，美其名曰"清汤"。倪德学知道，食盐的化学名称叫氯化钠。

倪德学如今仍然记得清清楚楚，气质高雅容貌端庄的李坂坐在那家小餐馆角落里的桌前，从容不迫地吃着素炒蒿根与糙米饭，并且轻声朝着倪德学说了一声"香"。不敢放开肚皮吃饭的倪德学表情窘迫，伸手擦了擦脸上汗水，一时不知说什么才好。

大家闺秀李坂，神态高雅看了看一贫如洗的大学助教倪德学同志，说了声你吃啊。

倪德学越发感到内疚，素炒蒿根与糙米饭实在是委屈了自己心中女神——李坂同学。他不知如何表达自己的情感，于是情急之下他竟然神差鬼使地跟女朋友谈起了生活在明朝的李渔先生。

中文系的学子们没有不知道李渔先生的。

李坂停住筷子，轻轻地皱了皱眉，那样子很像西施。"当代西施"轻声说道，你说的李渔就是李笠翁吧？他是我的远祖哩。

倪德学听罢，先是一愣，表情立即兴奋起来。

倪德学伸手指着桌上的那碗"刷锅水"说，李笠翁先生是你的远祖？这太好啦！你知道你的远祖李渔先生关于汤的高论吗？

汤？李坂温柔地笑了笑，我不知道哇。然后做出洗耳恭听的样子。

倪德学激动地搓动着双手，侃侃而谈起来。李坂啊我告诉你吧，笠翁先生说，"汤即羹之别名也。饭犹舟也，羹犹水也；舟之在滩，非水不下，与饭之在喉，非汤不下，其势一也"。

李坂轻轻打断倪德学的话语，你的意思是要我现在就把这碗清汤喝下去吗？

中文系助教倪德学一旦话语如瀑，那是旁人无法打断的。他继续引文说，"且养生之法，食贵能消；饭得羹而即消，其理易见。故善养生者，吃饭不可无羹……"

羹就是汤。李坂默默地注视着倪德学，内心感到极大满足。她在三月而不知肉味的时代里，听到倪德学滔滔不绝引用着远祖李渔的这番饮食理论，几乎被陶醉了。她就是在那一瞬之间，暗暗决定初步接受倪德学的爱情。

李坂朝着餐馆的男服务员招了招手。男服务员板着警察似的面孔，冷酷地走了过来。

李坂指着桌上那碗刷锅水式的清汤说，请问，您能不能往这碗汤里给我加一点点味精？

男服务员突然哈哈大笑，然后转身大声招呼着餐馆里的其他服务员。你们都来看啊你们都来看啊，这女的吃饭居然想要味精，味精？你们说她是神经病？我看她百分之百是个神经病！

嗡的一声，餐馆的服务员们拥上前来，有男有女有老有少，嘻嘻哈哈的表情，一时形成围观之势。

当然，这一群服务员围观的不是倪德学，而是中国经济困难时期城市小餐馆里的"唐·吉诃德"——李坂。

是的，处于吃不饱穿不暖的经济困难时期，谁坐在这里要味精，那谁就是唐·吉诃德。

李坂惨遭围观，她不明底里，一时表情茫然，她真的不明白自己究竟为什么遭到这里服务员们的围观，而且被称为"神经病"。

倪德学和李坂，就这样在服务员们的哄笑声里走出那家小餐馆。她紧紧抓住他的手，心中颇有逃出虎口的感觉。一路上她默默无语，只是快步走着。倪德学紧紧牵着李坂的小手儿，内心暗暗发誓，今生即使一事无成，为了亲爱的李坂的古典主义者的胃口，他也要刻苦学习厨艺并成为烹饪高手。无论有肉没肉，我倪德学都要做到色香味俱佳。

生活，就这样发生了根本性的转变。

关于味精，多年以来几乎成为倪德学与李坂之间的长久话题。多年之后李坂回首发生在经济困难时期餐馆里的"味精"往事，深刻认识到那是自己无意之间跟当时的社会生活开了一个"国际玩笑"。她反思说，我坐在国营餐馆里吃着素炒蒿根与糙米饭，居然要求服务员在"刷锅水"里加上一点点味精，我在那种令人索然寡味的年代里为什么仍然怀有如此奢望呢？

倪德学回答说，因为你是古典主义者啊。

事情是这样的。倪德学在李坂接受他的求婚的当天晚上，兴奋地站

183

在学校单身宿舍的公用厨房的火炉前，亲手给未婚妻烧制了一碗味道美妙的高汤。

汤的香气弥散着，一时充满了大学校园，给贫乏的生活平添几分味道。倪德学心中断定，当时一定有偷偷恋爱的男女学生躲在楼后的小树林里，就着这碗高汤散发的满天香气，疯狂接吻。

那天晚上倪德学将一碗高汤端到李坂面前，然后将一小撮味精投入汤里。

味精。李渔先生的后代终于笑了。出身名门但面有菜色的李坂，面对这碗高汤居然激动地哭了起来。啊，我终于见到了味精。我真的终于见到了味精啊。

倪德学激动地告诉李坂，他一辈子宁可成为学术庸才，也不要李坂再去外面的那种餐馆蒙受"味精"的屈辱。他大声说，李坂我向你发誓，今生今世我最为重要的事业就是给你下厨做饭。除此之外我真的没有什么事情要做啦。

他是这样说的，也是这样做的。结婚之后，倪德学一头扎进厨房，几十年如一日，痴心不改，履行着自己的诺言。他在这段漫长却有滋有味的时光里，居然渐渐成为这座城市里独一无二的美食专家。李坂女士在这段漫长却有滋有味的时光里的主要任务则是两个字：吃饭。当然是吃丈夫倪德学给她烹制的一顿顿工薪阶层的美味佳肴。譬如说素烧茄子什么的。

这就是爱情的力量。倪德学热心于厨房事业，甚至荒废了自己的学术生涯。没有螃蟹，他可以做出足以乱真的"假蟹肉"；没有肉，他可以用豆腐替代而烧出"叉烧排骨"；没有鱼，他竟然能够烧出一锅味道鲜美的"鱼汤"。有人当面说他是爱情至上主义者，有人背地里说他放弃学术而不务正业。然而多年之后他还是通过"排队购物"的依次递进方式，小媳妇终于熬成婆婆，成为母校中文系的正教授。尽管私下有人称他为"吃饭教授"。

李坂六十岁生日那天，显出很丰腴的样子。倪德学教授烹制了一桌子好菜，有山有水，堪称美味佳肴。这场生日宴会只有老夫老妻两人，没有任何来宾。倪德学与李坂相对而坐，内心激动但表情平淡。他与她结婚多年，从未生育。倪德学自嘲说，因为我几十年来无时无刻都在厨房里忙碌着，所以就把生孩子的事情给耽误了。

李坂笑了。当年你向我求婚的那天晚上为我烧制了一碗高汤，而且你还亲手放入了一小撮儿味精，在当时那真是稀有物质啊。

倪德学终于说出实情。亲爱的那不是味精。你猜猜我当时在那碗高汤里放入了一小撮儿什么东西？

李坂灿烂笑着，笑而不答。

倪德学悄声说出了内心封存多年的秘密。亲爱的，我放进那碗高汤里的只是一小撮儿食盐。

李坂幸福地哭了，说那不是食盐，那是爱情。

倪德学教授顿时热泪盈眶。为了爱情，他宁愿身背"吃饭教授"的不良名声。

中篇：餐饮运筹学

你说我是吃饭的教授，可天下谁人不吃饭呢？民以食为天，食以水为先。这就是说吃了喝了乃人生第一要义。既然是第一要义，那我倪德学便无可指摘了。师者，传道，授业，解惑，既然如此，身为中文系正教授的倪德学先生，干脆就坡下驴顺水推舟，主动在学校里开设"中国唐诗宋词里的美食传统"讲座，一时间，怀里揣着食堂饭票前来听课的学生们大量拥来，甚至还有外校学生。正教授倪德学并不认为这是误人子弟。

185

面对满堂学生，倪德学很有自知之明，他深知这是"吃饭"的魅力，可谓"饥肠效应"。教室里"中国唐诗宋词里的美食传统"听课者如云的现象似乎跟唐诗宋词元曲本身的关系不大。

必须承认，倪德学的"中国唐诗宋词里的美食传统"这门课讲得还是很不错的。后来他又加入元曲内容，显得越发厚实了。久而久之，倪德学的学术名声渐渐溢出校园传入社会，小有反响。

倪德学教授仍然生活在大学校园里，享受着一日三餐与浓郁的爱情。他的以食盐代替味精的爱情故事，早已成为佳话在一届届中文系学生里广泛流传着，尤其被纯情女学生视为划时代爱情楷模。

爱情毕竟不当饭吃。倪德学教授多年固守校园，岿然不动。然而就在二十一世纪来临之际，他终于迈着平稳的步伐走出校园而融入了混乱不堪的社会生活。这种情形似乎跟高尔基当年的"走出彼得堡"没有什么关系。

事情的缘起是这样的。倪德学的一个学生毕业之后进入一家报社成为记者。这位记者为了提高报纸的销量为倪德学教授做了一个人物专访。他去粗取精将倪德学关于美食方面的学问擅自提升为"餐饮运筹学"，一下子引起了有关人士的高度关注。首先给倪德学打来电话的是一位海龟派富姐，她自称新时代爱国主义者，否则就不会回国了。她认为倪德学的"餐饮运筹学"不啻黑夜里的一盏明灯，一时间照亮中国古老的餐饮文化，值得大力提倡。尤其倪德学教授远在暴发"非典"疫情之前便提出"美食分餐制"原则，极具先见之明。

记者关于倪德学教授"餐饮运筹学"的报道，居然为这座非重点大学赢得了声誉。本市得利得集团董事长（就是那位海龟派富姐）为了庆贺父亲与母亲的金婚，专程派员前来接洽，延请倪德学教授出任宴会总策划。倪德学教授一时不知所云。对方为了表示诚意，说只请您出面为宴会点菜，别的事情就不敢劳您大驾了。

点菜？这差事对倪德学来说，并非难事。他从二十几岁醉心于美食研究，尽管起点不高，只是从肉片儿炒白菜做起，但几十年来还是积累了丰富的学识。心里这样想着，倪德学爽快地答应了。

这是中文系教授倪德学首次走出校门，涉足富豪宴会。正是这次大型宴会，倪德学"点菜大师"的名声一下子在社会传播开了。

人怕出名，猪怕壮。倪德学既然出了名，那他就丧失了平静的生活。从此，这座城市的喜庆宴会开始流行一种标准，那就是喜庆宴会的主持人由本市电视台著名主持人担任，而"点菜大师"则非倪德学教授不可。因为他毕竟是"餐饮运筹学"的创始人啊。

久而久之，倪德学教授形成了自己一成不变的"点菜风格"。喜庆宴会上，他总是款款出场，然后即席发表讲话。

倪德学教授以"点菜大师"身份再度隆重出山，那是去年的九九重阳——老年节。"金都发展股份集团"在本市著名的喜来凤大酒店设宴，设宴就是吃饭。金都发展股份集团以吃饭的方式款待本市十位德高望重的老同志。

老同志其实就是当年的老领导。说起老领导，不外乎分为两种类型，一种犹如超过保质期的罐头，愈老愈贬值，最后没人搭理，自嘲为一文不值。另一种则宛若古董，愈老愈值钱，最后升值为无价之宝。人人都是一天三顿饭，老同志们当然乐意成为后者——愈老愈值钱。举凡愈老愈值钱者，往往是不在其位却在发挥余热。有余热就有余威。余威这东西，有时候挺管用的。

说起金都发展股份集团为什么能够在茫茫人海里找到倪德学呢？这完全是由于平面传媒的那篇人物专访，继而又纵深发表了《点菜是一门大学问》的系列报道。倪德学一眼便被金都发展股份集团相中了。金都发展股份集团出动一辆灰色宝马轿车，迎接倪德学教授前往喜来凤大酒店。这是倪德学有生以来乘坐的最为高级的轿车。在此之前只是夏利而已。倪德学坐在这辆灰色宝马轿车里，初步体验到自己的人生价值。

吃饭不等于吃饭。这是倪德学教授今天面临的第一个悖论。

金都发展股份集团设宴款待老同志们吃饭，当然别有用心。这家急于"融资上市"的集团公司由董事长亲自出面主持酒宴，意在利用老同志身上散发的"余热"以转换成为"余威"——从而帮助金都发展股份集团达到"上市"目的。很显然，通往"融资上市"道路的第一站便是请老同志"吃饭"。于是，请这十位身经百战的"老古董"吃饭，自然成为一项宏大而艰巨的系统工程。因此，金都发展股份集团极为重视，斥资聘请"点菜大师"倪德学教授出山，亲手为这桌意义异常重大的酒宴把好"点菜关"。

坐在灰色宝马轿车里，倪德学手里拿着今天出席酒宴的十位老同志的名单，认真阅读。这十位老同志的背景材料简单明了，可谓一针见血。

这十位老同志，除了前省委书记就是前常务副省长，要么就是前省财政厅长或前省计委主任。倪德学发现，无论当年职位如何，这十位所谓老同志几乎患有相同的疾病，譬如结肠炎和食道炎，譬如酒精肝和萎缩性胃炎。总之均属于肠胃疾病。倪德学看罢十人名单，得知这十件"老古董"的消化系统均存在不同程度的病症。这正是几十年吃饭历史的光荣记载。人的历史，就是吃饭的历史。当然也包括"吃草根、啃树皮"的历史。

中西大菜，满汉全席。天上飞的，地上跑的，水里游的，石头缝儿里蹦的，河泥里爬的，寒洞里孵的……中华山珍海味美食佳肴，可谓惊世骇俗。然而点菜大师深知，面对这十位由老古董组成的异常强大的吃饭阵容，荤耶素耶？甜耶咸耶？辣耶酸耶？川耶粤耶？看来今天的点菜大师如果没有石破天惊的本领，恐怕难以吊起这十件"老古董"的胃口。倪德学的心情不禁紧张起来。

倪德学毕竟是倪德学。他堂堂大学中文系教授，还是颇有几分胆大心细遇事不慌的本领。这位点菜大师在金都发展股份集团董事长的引领下，缓缓走进喜来凤大酒店三楼的"超级贵宾餐厅"。

一张巨大圆桌，陈列着十件"老古董"，这一张张面孔无不闪烁着幽幽的光芒。这幽暗之光说明着他们古老的吃饭史。

倪德学终于镇定情绪，笑容满面。各位领导各位来宾，欢迎光临。今天用饭请问各位想品尝什么风味菜肴啊？

根本没有人应声。倪德学手里捧着一册古香古色的《菜谱》，表情显出几分冷场的尴尬。

金都发展股份集团的董事长只得嘿嘿赔笑着，一时也不知如何是好。

前省委书记终于说，家家常常，随随便便。

前常务副省长也说，简简单单，汤汤饭饭。

倪德学只得采取迂回战术，改问老领导们今天想喝什么茶。

前省财政厅厅长说，喝什么茶？喝阿庆嫂的茶呗。

阿庆嫂？倪德学一瞬之间犹如醍醐灌顶，心里变得亮亮堂堂。

是啊，这是一群有着革命经历以及革命传统的老同志。今天的酒席，理所应当办成一桌充满怀旧心理的"革命饭"。

点菜大师猛然找到"餐桌兴奋点"，表情随即兴奋起来。他的"运筹学"终于发挥了作用。各位老领导，你们知道毛泽东与"天下第一菜"的故事吗？

老古董们，面面相觑。前省政法委书记脸上，率先露出喜色。

前省委书记霍地站起身来，伸手指着倪德学大声说，好，今天的菜谱必须由你安排，无论如何我们也要尝一尝毛主席他老人家的"天下第一菜"！

倪德学笑了，立即大声宣布说今天的第一道大菜是"爬雪山"，第

189

二道大菜是"过草地"，第三道大菜是"腊子口"，第四道大菜是"直罗镇"。十二道大菜之后，今天酒宴的主食则是红米饭和南瓜汤。

哇塞！老同志们居然发出新新人类的呼喊。

金都发展股份集团的董事长对满面欢喜的老领导们说，今天我们吃饭，只是万里长征走完了第一步……

下篇：免费的午餐

半年之后，金都发展股份集团获准上市，并且进入本市"十强企业"行列。这正是余热的温暖。

倪德学的名气则愈来愈大。他的"中国唐诗宋词及元曲里的美食传统"讲座，也成为大学校园里一道亮丽风景。前来听课的学生们手里拿着汉堡包，目不转睛注视着讲坛上口若悬河的倪德学教授。

好的。教学相长。你们边吃边听。你们边听边吃。

倪德学教授有时讲得忘形，也顺便提到他的"点菜的美学原则"。

一、在主要宴会上突出主要宴席。

二、在主要宴席上突出主要人物。

三、在主要人物面前突出主要菜肴。

倪德学教授认为，大型宴会上的菜肴，其重要性质在于它的"可看性"而不是"可吃性"。菜肴的"可吃性"犹如文学作品的"可读性"，有时并不重要。

功成名就之后，倪德学教授其实也面临着种种非议。这时候，倪德学教授终于退休了。李坂女士也已经退休了。这老夫老妻享受着美好的晚年生活。人们常常看到他挽着她在大学校园里散步。

这座学校的五十年校庆来临了。天南海北的校友们从四面八方涌入大学校园，哪一届的都有，人人见面都显得很亲切。一定是校长先生被金钱冲昏头脑，遵循市场经济的规律采取断然措施，竟然向不远万里、千里、百里、十里前来参加校庆的校友们出售"就餐券"，一张券售价五十元。一券三餐，当日有效。学校当局的这种唯利是图的行径，遂即引起校友们的强烈不满。有的校友将学校发售的"就餐券"比喻为马丁·路德宗教改革之前天主教会发售的"赎罪券"。有的校友甚至拂袖而去，表示既然母校金钱拜物，今生今世永不返校。

学校当局慌了，一时没了主张。不知是什么人急中生智，说是请中文系教授倪德学举办"美食讲座"，以缓解充满校园的紧张气氛。

然而，学校当局的美妙意图出乎意料地遭到倪德学的婉言谢绝。当天晚上，有人看见倪德学在夫人李坂的陪同下，沿着学校的青年广场散步，步履沉重。

据说"就餐券"事件对倪德学教授震动很大，引发了他人生晚年的深刻反思。

深刻而惨烈的反思，使得倪德学教授的内心变得极其苦闷。他茶不思，饭不想，仿佛辟谷一般。李坂女士对丈夫晚年的深刻反思表示理解，只是担心他神情恍惚从而造成肠胃功能紊乱。

一连三天，倪德学教授坐在书房里，不声不响不言不语。

五十周年校庆活动的最后一天，仍然有三十几位来自外地甚至外国的校友滞留校园，站在青年广场前对母校做着最后告别。这时候的广播喇叭响了，里面居然传出中文系教授倪德学先生的声音。

"校友们，我是中文系的倪德学，我诚心邀请尚未离校的校友们，今天中午到寒舍用餐，我希望你们能够赏光。我请你们到家里吃饭，那是绝对不会收取'就餐券'的。德学不才，终无大用，只是怀着一腔殷切之情，热烈欢迎亲爱的校友们届时光临。谢谢。"

当天的午餐，倪德学在自家院子里摆开八张桌子，菜谱是六荤六素，例汤。倪德学担任厨师，他的夫人李坂女士笑容可掬，充当宴会服

191

务员。据说，就餐场面空前热烈。

校友们感到温暖与亲切，于是强烈要求李坂女士讲一个故事。她动情地回首往事，讲起了食盐和味精的故事。

餐桌上，李坂女士亲手为丈夫煲制的"例汤"添加了一点点味精。

这是五十周年校庆活动期间出现在大学校园里的唯一免费午餐。这顿午餐的最后一道大菜是素烧茄子。倪德学的素烧茄子与众不同，那就是不搁肉。

光阴流水。据说半年之后倪德学教授开始了他的逆时代潮流而动的"增胖行动"，一天吃六顿饭。然而尽管如此，他还是瘦得仿佛一根竹竿儿。

这一连串的消息，听起来那是很动人的。

没　　事

"没事儿……"老王呷了口茶，那意思是说你去吧，反正今天是周末。

我就做四平八稳状，下了楼，一步一个脚印踱出了机关大院。午后的大街上形势大好。

我要去繁华的和平路上的那家集邮门市部。那里什么时候都是稠乎乎的人群挤成一锅肉样的粥，不分长幼尊卑全是邮票的疯子。

我挤进人流立即变为疯子——成了一个无正常档案的人。这时我觉得心里十分舒坦。

"没事儿……"这是坐在我对面办公的老王的口头禅。老王很快就要六十岁了，他将带着这句口头禅睡进一只骨灰盒。

其实这也是我们这个处全体同志的口头禅。没事儿，表示不要紧或无所谓，有安全感。

人挤人，成交着一张张邮票，自由贸易。我挤向屋里的国营柜台，里边站着一位丰腴的吉祥物——圆脸女营业员。我每次来这都要默默品味一会儿的，做瞻仰状。

没事儿。看女人是不犯错误的，当然是指穿戴齐整的非裸体女人。机关干部普及法律知识考试我得九十九分，状元位置。而我们处里新分配来的大学生宋水清，才考了六十二分。故而我们的柳处长才得意地说："土八路比正规军不差！哈哈……"

宋水清这小伙儿，帅。一年光景他也添了个口头禅：没事儿。譬如当老王得知小宋立志二十五岁也就是三年之后才谈恋爱时表示了忧患，而小宋则说："青春常在哩，没事儿！"

圆脸女营业员肯定没有察觉我正在瞻仰她。我就下死劲儿瞻仰。她脑门儿上已经显现出危机式的皱纹，像小学生写字的条格纸。

她正在从货架上给一个顾客拿集邮册。当我看到那个顾客背影的时候，心里的血立即凝固：是我的上司柳处长！

他若发现我工作时间逛大街，肯定发怒。

柳处长发怒时脸上现出许许多多褶子，显得比他爹更苍老。他没有那句口头禅。

我躲在人稠处窥视。柳处长似乎正在选购集邮册。这出人意料，他素常是个没有丁点儿业余爱好的人物，枯燥得像一截子旧烟囱。

之后柳处长失望地走了。

我凑近柜台。那圆脸女营业员气哼哼挤出悦耳的鼻音："神经病！"显然是对柳处长十分不满。我觉得此时大可不必为维护领导尊严而与这吉祥物论理，况且日后我还要来瞻仰她的红颜。在心里对自己说声"没事儿"就挤出人群，打道回府去当我的机关干部。

机关大门口我遇见了劳资处的一个大兵。我与他是业余大学时的同学，因一次考试共同作弊而建立了友谊。他三十岁出头儿，虽小我几岁，却已现出远大前程之端倪。

"我告诉你一件绝密……"他对我耳语。

我很吃惊。今天上午我接到了一个文件，上面恰恰有汪局长的亲笔批示。

进了办公室我在水盆前洗了洗手，"没事儿"这句口头禅已飞到爪哇国去了。

芦玉英走了进来，一脸疲惫之色。她也是三十大几的年岁，却已闹了八年离婚——论持久战。打开文件柜她对我说："处长又批给你一个文儿，汪局长签发的，急件。"

我吓昏了头："芦玉英你可要注意身体呀。"

她很惊异："你这话从何说起？"

老王呷了口茶在一旁悠悠道："没事儿。"

芦玉英依然腆着白皙的脸蛋儿注视着我。

宋水清埋头疾书，不误节气地插话："关心他人胜过关心自己，这是一种高尚的情操。"

芦玉英："莫名其妙。"之后把文件递给我。

我心惊肉跳接过文件不知如何是好。

瞪大眼睛我看清了领导批示栏中汪局长的笔迹：此势头不可长，应速召集所属公司一把手会议，紧急行动开展全面大检查。

芦玉英疑惑地望着我："你……你好像有什么心事？"是高规格的阶级感情。

我避开她的目光到水盆前洗手。

这时候方意识到我是多么珍惜自己的羽毛。只有在这种时候我才惊诧地感到这间房子里的人和事虽相处多年依然是十分陌生的。

回到家妻子也问我有什么心事，看来我已经挂相了。我仍然说："没事儿……"

饭后儿子要我和他下一盘跳棋，我就越发觉得应采取一个针对性措施来度过非常时期。

电视机里播出晚间新闻的时候，我已思考成熟。一般来说男子汉都具备这种果敢的素质，何况我还是个堂堂大机关里的干部。

我对妻子说："从明天起你带孩子去姥姥家住吧，大约要十几天或一个月光景。"

我对她说这是一个重大措施，对我们全家都有好处，日后我一定把原因告诉你。

经过长时间演讲妻子终于默默点了点头，但片刻又说："你发誓永远爱我！"

我说正因为我深深地爱着你才这样做的。

她满意，说："睡。"向我招手。

我说不行不行绝对不行我必须一个人睡。

她十分失望，继而又现出疑惑神色。

"你，你是不是……"

我迎头拦击："不是不是！以后你就会明白的。我每天跟你通一次电话好吗？"

"你一趟也不去姥姥家看我们？"她哭了。

最后她说这跟酝酿离婚有什么两样。

我妥协了："三天之内我保证把这次所谓分居的原因一字一句都告诉你。"

没事儿。熄灯之后我们各人失各人的眠，成了地地道道的精神王国个体户。

我想起了老王、宋水清以及芦玉英。尤其是这个芦玉英，她那双骇人的纤手……十分从容地递过来一个大险恶。

保护自己是一件十分困难的事情。

早晨上班进了办公室，只见柳处长独自立在屋里。我有些诧异，平常柳处长是极少到我们这间办公室来的。我就说："柳处长您早。"

他踱了一步："没事儿……"就悠悠吸烟。

柳处长也染上这句口头禅了，令人震惊。

"给！登喜路牌的……"他扔给我一支烟，脸上气色很好。我被深深感动了。在他手下当差六年，首次吸上了这么慷慨大方的香烟。

196

"哈哈，这是汪局长送给我的，昨天。"

我慌忙掐灭了吸成半截子的"登喜路"。柳处长脸上现出几道褶子："怎么不吸了？"

"没、没事儿。汪局长的烟意义重大，我得节约成几次分享……"

柳处长的脸舒展开了："没有这个必要嘛！"又掏出烟盒扔给我一支，提供滋补品似的。

"你很稳重，我喜欢。好好干吧。"

上午的四个小时我过得十分艰难。

芦玉英的孩子生病了，午饭之后她才来上班。一碰面就递给我几份文件，都是领导批示之后交我照办的。

我恐怖地盯着文件。

"都是很重要的文件。如果你有什么个人意见，我可向汪局长转达……"口吻有些刻薄。

芦玉英负责我们处室的机要工作。每天她都要到顶头上司汪局长的案头送取文件，故而她"面君"的机会比柳处长多得多。

我觉得芦玉英是个十分关键的人物。

"我、我想约你到河边小花园里……谈一谈。"我毅然发出邀请。

芦玉英停住身子，冲我眨着明亮的眼睛。

"什么事情？不能在办公室里谈……"

"我……我认为应该到河边去谈。"

她突然笑了："就河边吧！现在动身。"之后出了办公室。

我于三分钟之后出发，在楼道里又遇见了我那位劳资处的密友。他越发神秘地小声说："情况属实，我以我老婆的贞操发誓情况属实！你必须严加防范。我已经安全了，明天动身去江西开会半个月，远隔千里喽！"

我告诉他我已采取措施将老婆孩子疏散到了岳母家。他拍了拍我肩

197

头说了声"英明"。

芦玉英已坐在树影之中的石椅上等我。远见这倩影，我心底倏地腾起一股莫名的感觉。

我坐在她身边，不知从何说起。

我措辞不当，冒出了一句"风雨同舟"作为谈话的开端。芦玉英很敏感："什么风雨？什么同舟？"又表白说八年来她第一次跟一个异性同龄人坐在办公室之外的自然环境中。

我说我要讲的事情与性别和年龄无关。

我就讲了。我完全忘记了对劳资处那位密友的承诺：不告诉任何人包括动物园里的大猩猩。芦玉英先是惊讶地听着，之后居然呻吟起来。我吓得闭住了嘴。

她忘情地抓住我的手："你、你真关心我！谢谢……"我觉出这只传递文件的手力大无穷。

我不敢动弹，只觉得喉头苦涩不已。人类真是最最可怜的动物，很少意识到大家是同类。

我也动了人的情感，挣脱了她的手说："所以我们要同舟共济创造一个健康环境！"

芦玉英平静了："我了解了你。"

我们并排走进了局机关的大门。抬头正见到汪局长猫腰钻进小卧车，我心头怦怦急跳。

芦玉英自言自语走在我前边。我不敢自言自语，但能从眼角余光看到汪局长已稳稳当当坐在徐徐启动的小卧车里。

我觉得汪局长的目光透过茶色玻璃和蔼地照耀在我身上。

柳处长从楼幢口跑出来，追着小卧车的屁股高喊："汪、汪、汪局长……"

我不敢认为这声音有几分犬吠的神韵。

柳处长把"汪"字咽了回去，对我大发感慨："局长太忙了！得抓紧时机请示工作呀。"

我深有同感："汪局长应当注意身体。"

当我走进办公室的时候，惊呆了。

宋水清坐在办公桌前不能自持地哭着。而老王则双唇颤抖呼呼喘着粗气。

芦玉英木然地望着我，没话。

我走到水盆前，静静地洗手。

柳处长走了进来，对屋中准追悼会的气氛视而不见。他气哼哼地说了一句"不拿我当人看待"就摔门而去了。

芦玉英突然打破沉闷："没事儿……"

我猜想柳处长一定是知道了什么情况从而受到了一个不大不小的刺激。

宋水清止泣，拍案说："难道？难道我真的已经贬值了！"似乎是在等待老王回答。

我连忙说："同志之间不要动肝火……"

听到我说"肝火"二字，芦玉英居然冲我十分沉重地一笑。

我接着说："千万别吵架。只有大难当头的时候我们才能知晓大家呼吸着共同的空气……"

老王莫名其妙地看着我："……"

芦玉英拂了拂乌黑的短发说："老王和小宋根本就没有吵嘴，挺和平的。他们是在各自担忧自己的事情，属于个人的痛苦吧。"

我明白了，看了看自己这双枯瘦的手说："个人的痛苦加个人的痛苦再加个人的痛苦……就等于全人类的痛苦。"

宋水清振起精神："有哲理！"

电话铃响了，是我妻子打来的。

我安慰她说三天之内就会初见分晓吧。

她语调变得尖刻："你是个十分自私的人！"

三分钟之后电话铃又响了，是柳处长叫我去他办公室谈话。他的办公室与我们一墙之隔，虽近在咫尺但他每次都是用电话召见部下的。

走出我的办公室，只觉得四肢乏力心中作呕头冒虚汗……我一定是患上了病！

柳处长的面孔皱成个大核桃，见我进来了，就冲那张椅子撩了撩眼皮，叫我放置屁股。

我知道自己又要充当"受话机"的角色了。柳处长每有烦恼，就把我叫到面前，他不停地说，我只能做"麦克风"状，傻听而不言。

我深知他是不准我说话的，只当个活物儿而已。这是领导给予的殊荣。

我坐得比平常稍远一些，避开他唾沫星子的有效射程。把住病从口入关和皮肤接触传染。

"哼！我刚刚知道，今天下午是普克斯电脑公司成立新闻发布会。汪局长主管的劳资处教育行政处还有计划处，一共七位处长，都随他去参加会议了。唯独没有通知我！我也是他属下的一个正职处长呀。把咱们处室当成三等处室无足轻重……哼，会后在友谊饭店有大型酒会，我还怕吃坏肚子呢！"

我却暗暗为柳处长感到庆幸。

柳处长的发泄比以往每次都漫长。我开始在心中干私活儿了：想自己的事。

他的双唇飞快地振动着，极富肌肉美。

一个唾沫星子陨石般飞到我左额上，"啪"的一声牢牢贴在我的肉皮上。我的心一下缩成一块死肉疙瘩。不敢用手去擦，任凭自然蒸发吧。我想到一种强氧化物叫"过氧乙酸"。

柳处长把要泄的话全部喷到我身上——"语浴"完毕。我抬起屁股要走。

　　柳处长从抽屉里拿出一大撮信封，从中抽出一帧帧印刷精美样式各异来自四面八方但绝无任何新意的请柬。

　　这是一部"会议请柬大全"。每一帧上都十分郑重写着"柳中汉"的大名，恭敬至极。

　　"你能不能为我搞到一个很大很大的集邮册？"他下达任务似的看着我。

　　我说："只能去厂子里定做……"

　　他小心翼翼收拾起那一堆珍品，缓缓说："有个临时任务，三个月。局里筹建一个技术交易市场，每个处室抽一名同志。当然是件十分辛苦的工作……"

　　我喜出望外了："柳处长，我报名！"

　　他备觉意外："你……很有可能就留在那里回不了局机关了！"

　　我也觉得局机关是个挺可爱的地方，譬如说经常能够收到形形色色的会议请柬。

　　"你平时表现不错，我基本满意，所以我决定派宋水清去……要注意保密！"

　　我却有些羡慕了，这个幸福的宋水清。

　　柳处长见我毫无热烈反应，有些不悦，又说："这次是汪局长挂帅……"

　　"什么！"我失声叫道。

　　"但汪局长只是在局里坐镇。你怎么了？脸色这么难看……"柳处长阶级感情很浓地说。

　　我正色："谢谢柳处长！"

　　之后我又说："您要注意身体。"

"没事儿。"他一挥手就释放了我。

我觉得周身发烫体温不下四十度。办公室里只剩下芦玉英。我说我可能已经荣幸地成为汪局长的人了。芦玉英迎上前来，伸手摸着我的额头："不很烫……"她的手显得冰凉。

门被推开，柳处长窥了窥就缩了回去。

芦玉英打开她的抽屉叫我看，里边有乳胶手套、口罩、塑料袋儿以及一小瓶药水儿。她说这都属于针对性措施，但愿效果显著。

我说："怕就怕在劫难逃……"

她也充满忧患："各自为战恐怕难以奏效。"

最大的禁忌是说破那个秘密。

芦玉英小声叹气："你和我是一根线上拴的两个蚂蚱。"说着她开始装备自己……然后迈着"加莱义民"的步伐去汪局长办公室送取文件了。我的心怦怦加快了律动：危险又要降临！

我必须赶在芦玉英回来之前逃离这里！

拎起提包，我到隔壁向柳处长请了个假，就快步下楼，这时我体味到了贼的心理。

楼梯拐角处我僵住了身子：芦玉英正从容不迫地走了上来。她抬头直视着我。

我茫然望着楼梯，不敢与她对视。

"你走吧，尽量避免不必要的牺牲。"她说。

我不知如何是好："我……"

"用不着不好意思，每个人都有权爱惜自己。"芦玉英十分平淡地说。

我也觉出"躲得过初一躲不过十五"这个道理，就随着芦玉英又回到了办公室。

又有一份汪局长批示的文件。

我终于勇敢起来："他为什么不休息还天天到局里上班？这是蔑视别人的存在！"

　　芦玉英搓着双手："市经委主任死了，据说要从八大工业局的局长里选一位年富力强的。"

　　这时我看到芦玉英慢慢摘下了那双极薄的肉色乳胶手套，似剥下一层肉皮。

　　她突然激动起来："我不防御了！我任其自然了！他患病我们却跟着担惊受怕？太伟大了。"

　　这间办公室许久没有这种激动了。

　　门开了，挤进来柳处长的声音："你请了假怎么还没走？来，有事跟你谈。"

　　我就到处长办公室去正襟危坐了。

　　柳处长脸上生出许多褶子："嗯……开门见山吧。你和芦玉英去过河边小花园？"

　　老王突然破门而入，脸上戴着个大口罩，只露出一双可怜的眼睛。

　　"柳处长你不是叫我立即退休吗？我明天起就不来上班了……"

　　"想通啦？好！不过你明天还是来上班吧，咱们再好好聊一次。老同志了嘛。"

　　老王走了，柳处长脸色随之阴沉下来。

　　"你与妻子分居是什么原因？她刚刚来过电话而且哭了。你和芦玉英这几天经常单独在一起，影响很不好！她还摸你的脸，你呢？"

　　我意识到问题已经十分严重了。

　　柳处长又谈到了我的党员预备期。

　　"好端端的突然分居……哼！"

　　宋水清推门扑了进来："柳处长我想通了！明天就去技术交易市场筹备组报到。"

柳处长笑了："很好！但规定后天才去报到呢。好，明天再谈吧。"

小宋去了。我觉得一定是什么地方出了毛病，老王和小宋不约而同"灵魂深处爆发革命"，如此神速便消解了思想上的疙瘩。

柳处长虎视眈眈；我做王连举状。

我终于彻底坦白了："不是分居是隔离……"

"什么！你胡说……"柳处长大惊失色。之后便陷入沉思。

"嗯，怪不得这些天他脸色发黄呢……"柳处长闭上眼睛，发狠地问："什么型的？"

"非甲非乙……"我惶惶道。

"要绝对保密！可是……消息可靠吗？嗯，我听说那天在友谊饭店酒会前，劳资处的何处长和计划处的丁处长都悄悄溜号了。"他相信了。

我说："把住病从口入关。"

彻底坦白之后我回到了自己的办公室。

芦玉英独自在屋里发呆。

"你告诉了老王，也告诉了小宋？"

她惨烈地一笑："我想增加些透明度，所以也就不忍心瞒着他们，共同防御吧！可是老王和小宋听罢，都各寻生路，逃了。"

我说："他们没错，人都是爱护自己的。"

之后她站起身说："这几天我觉得过得挺有趣。我请你今晚到我家吃饭，你敢去吗？"

我有些发慌："你不怕我把肝炎菌传给你？"

"或许是我传给你呢。我近水楼台。"

一种真诚主宰了我。这真诚使我破纪录地勇敢起来："我、我恨汪局长……"

芦玉英淡淡一笑："我恨肝炎菌，尤其恨那种非甲非乙型的。"

"可……可是怎样预防呢？"我又觉出小腹处骤添的不适感。

"多喝白酒。"芦玉英定定地看着我。

我跟芦玉英一起离开办公室，只觉得楼道里处处充满了危机。

第二天早晨上班，柳处长两眼充满血丝进了我们的办公室，没头没脑地说："谁的信息都比咱们处室灵通！在食堂吃早点的时候我发现人少得很呢。"

芦玉英："大概与伙食搞得太差有关。"

之后她递给柳处长一封信。柳处长撕开信封，即露得意之色："请柬，又是请我去开会。"

这又是一个胃口的福音。

老王和小宋都没有按时来上班。

柳处长十分关切地问："小芦，近来一切都好吧？"

"正在等待法院最后裁决。"

柳处长："是啊是啊，加强法制嘛。"

"小芦呀，从今天起你就不要到汪局长办公室取送文件了，由我亲自办吧。"

我听了柳处长的"决定"，大惑不解。

芦玉英无动于衷："一直到汪局长痊愈吗？"

"都要以党性担保，从此绝不谈论有关汪局长的病情。就像他根本没有生病一样。"

我说："没事儿……"

老王和小宋同时走进来。

老王隔着大口罩说："柳处长咱们谈心吧，我只给你半个小时时间就得走……"

宋水清掏出一瓶来苏水在屋里四处洒。

柳处长知道无密可保了，就说："大家照常工作吧！绝不允许无原则地谈论肝炎问题。"

宋水清对老王说："据说整天紧闭嘴但不说话，也能在一定程度上防止传染。"

老王："柳处长咱们还是快点儿去谈心吧。"

柳处长牵走了老王，却留给办公室一重浓浓的末日气氛。

我说："柳处长决定每天亲自去汪局长桌前取送文件，真是身先士卒啊。"

小宋突然进出大智慧："既然一切都不可避免，在重如泰山和轻如鸿毛两项选择中，柳处长当然要死得其所呀。"

芦玉英深沉地说："看发展吧。"

于是大家重新麻木起来："没事儿。"

这永远是我们共同的口头禅。

老王谈心之后回来了，手脚有些慌乱。

"我怀疑自己已经传染上了！心里发呕，我干了一辈子革命工作，最后带着一肚肝炎菌退休回家，这太没意思了。"

小宋再现哲人风度："大家都患上了，就等于都没患上。全体异常实际就是全体正常，从统计学意义上说就是这样。"

老王说了声"同志们再见"就彻底退休了——逃难者般跑了。

小宋说："轮到我去谈心了……"就去了。

我与芦玉英默默地坐着，直到中午。

在食堂里要了一份甲菜——炒猪肝，我从容不迫地嚼着，吃得很慢。

心，居然一下子松弛下来，真是莫名其妙。

汪局长也来吃饭了。他与群众打成一片，破例没去后边吃小灶，而是在前边窗口排队买了饭菜，坐到一张无人的桌子旁埋头进膳。

我看见柳处长端着饭盒跟了上去，坐在汪局长身边，笑出了一脸褶子正说着什么。

近日来汪局长身边荒芜，柳处长此时前去大搞"绿化"——以身当树将自己栽在风水宝地。

与我同桌吃饭的几位处长正在小声密谈。

"极有可能出任市经委主任……"

"只是……身体似乎稍差一些。"

"身体是革命的本钱呀！"

一连几天，柳处长总是借机往汪局长办公室里跑，似乎那非甲非乙的肝炎菌已经成了他的情妇。对我和芦玉英，他只字不谈有关防止传染之类的问题，似乎我们舍身成仁已成定论。

于是我们成了柳处长的童男童女。

我对芦玉英说："没事儿……"

她整理着指甲说："没事儿……"

小宋经常打来电话，询问这里的生存状况。

芦玉英总是千篇一律回答："形势大好。"

有时是我接电话，就斯文多了，说："宋水清我代表我本人和芦玉英同志表示谢意，谢谢你居安思危对同类们的生态给予关注。"

我与芦玉英总是默默无言地坐着。

她突然说："要奋斗就会有牺牲……"

我搭腔道："死人的事情是经常发生的。"

似乎都在漠视着自己的生命。

电话铃响了，我抄在手里说："喂？"

汪局长要找柳处长说话。我说："他不在。"

"这个柳中汉是怎么搞的？整天往我这里跑，昨天又给我家送了一箱什么药，叫肝安干糖浆，对我老婆说不要走漏消息让我一天口服三次。柳中汉是不是脑子出了毛病？胡闹！"

芦玉英抢过话筒说："汪局长我们一定及时向柳处长传达您的指

示……"

汪局长愤怒地挂断了电话。迷雾出现了。肝安干糖浆是目前最为紧俏的药品。下班之前柳处长回来了，像个跋涉者。我说汪局长来电话请您去一趟。

柳处长精神亢奋地去了。

芦玉英小声说这种药只能在市委医务所才能搞到，柳处长真是神通广大。

她说汪局长活得十分健康像个铁人。

她又告诉我：柳处长经常把一堆请柬摆到桌上欣赏，继续扩大着他的收藏。

没有听到汪局长出任市经委主任的消息。

一天芦玉英去送文件，汪局长显得十分烦躁，问："小芦，柳中汉的脑子是不是有毛病？"

芦玉英说汪局长这可能是一场误会。

"我正在考虑如何处理这……"

当我和芦玉英正在埋头工作的时候，门开了，柳处长站在门外，似突然老了二十岁。

"我、确诊了，肝炎，非甲非乙型的，马上就去住院，你们不要靠近我！"

芦玉英说："市委……肝安干糖浆。"

我说："这很好！"

我那位劳资处的密友从江西开会回来了。

我说："你的情报太不准确了！"

他有些紧张："有待分析有待分析……"

我说："没事儿。"

我决定去岳母家接妻小，结束分居。

芦玉英说："不可掉以轻心……"

我说："希望下一次肝炎流行期，我们再度同舟共济。"我竟留恋异常状态下的生活了。

她说："莫要盲目乐观。"

汪局长打来电话，指名道姓要我去见他。

我对芦玉英强笑："没、没事儿……"

演绎《小神仙》

　　《小神仙》俗称《丢驴吃药》，是我国传统相声段子里的优秀遗产，大约形成于清末民初，论形式它属于单口表演，结构严谨，情节跌宕，笑料四伏。故事的核心是"丢驴吃药"，驴丢了，寻驴，寻驴的方法竟然是吃药。这太可笑了。用当今时髦术语来说，表现了事物的"错位"。记得二十世纪五六十年代的收音机里经常播出单口相声《小神仙》的录音，与《假行家》和《麦子地》齐名，在京津地区乃至中国北方广为流传。但这段令人百听不厌的相声精品如今已经很难听到。时下的电视机或收音机播出的相声段子多为"笑不如哭"的平庸之作。好在《小神仙》已收入百花文艺出版社（一九八一年四月版）出版的《张寿臣单口相声选》。这样佳作就不会失传了。"百花"功不可没。今天我呈献给读者的是《小神仙》的肖氏版本。由于张寿臣先生晚年定居天津，因此肖氏版《小神仙》的故事场景也设在天津。在此我向已故相声大师张寿臣先生的艺术精神表示敬意。列位看官如有闲暇时光，可以将两个版本的《小神仙》对照阅读。这就是我对百花版《小神仙》的演绎。

　　我对《小神仙》的演绎，不仅仅是因为驴。

——作者题记

1

到了公元一九九九年，"夫妻双双把家还"已经不是什么鲜为人见的城市景观。夫妻双双把家还是怎么回事儿？下岗了。下岗之后只能回家。下了岗不回家还能上您家吃饭去呀？四十二岁的天津汉子姚建国可不是那种没羞没臊的男人。下岗之前，姚建国隶属"特别能战斗"的工人阶级。下岗之后，姚建国仍然严格要求自己，绝对不到老丈人家里去蹭吃蹭喝。工人阶级是有志气的。尤其是中国的工人阶级，追求的人生境界是自强不息。

自强不息的姚建国从小就懂得自力更生艰苦奋斗的道理。娶方玉素为妻，姚建国越发懂得自力更生艰苦奋斗的精神是老百姓的传家宝。当初与方玉素谈恋爱的时候，方家不同意这门婚事，抱怨姚建国只是一个无权无势的国营工厂小工人。姚建国心里不服，就继续跟方玉素谈恋爱，特别顽强，而且实施了强行上岗的战术。这种煮生米为熟饭的做法十分有效。方玉素跟他结婚的时候，已经有了。这是姚建国成为大赢家的典型范例。

如今，甘尽苦来，姚建国下岗了。姚建国的妻子方玉素也下岗了。全家唯一没有下岗的就是儿子姚小国，念初二，属于经常放学留校的差生。姚小国早已厌学，经常高呼：老天爷啊，我什么时候能下岗不当学生就好啦！

老天爷就是不让革命接班人姚小国下岗。这就叫宿命。姚小国小毛孩子一个，当然不懂得宿命的深刻含义。姚建国年过不惑，深知这个字眼儿的分量。下岗之后的一天下午，妻子外出去做钟点工了。家住天津吴家窑的姚建国独自在家翻箱倒柜，他大汗淋漓也弄不明白自己到底寻找什么。

无论箱里还是柜里，满满腾腾装的都是姚建国的历史。历史这东西，有时特轻，有时特沉。有时空空荡荡，有时挤挤攘攘。在这个充满弹性的巨大空间里，姚建国发现了一捆旧书。

记不得这是一捆什么书了。姚建国将这捆旧书从柜子里拖出来，累得气喘吁吁。可能是老了。老了才能感觉到历史的沉重。姚建国擦去额头的汗水，又喝了一杯白开水，着手整理这捆意外发现的旧书。姚建国的嗅觉异常灵敏，自幼具有猎狗的天性。有时方玉素领了工资回家，他从妻子身上能够嗅出钞票的味道。此时，姚建国从这捆旧书里嗅出几分奇特的味道。他认为这是历史气息。

《实用菜谱》《家庭制作点心》，这两本书记录着姚建国结婚之后热爱厨房的那段美好时光。应当说他文化不高却是一个善于学习的男人。只要对某个领域产生兴趣，他就立即跑到新华书店买书，做到急用先学，学以致用。《快修摩托车五百例》记载着姚建国渴望成为"城市暴走族"的期待心理。远在他决定购买摩托车之前，就开始偷偷阅读有关如何修理摩托车的书籍。这就是天津汉子姚建国的超前意识。尽管后来购买摩托车的存款被他妹妹全部借去购买商品房，他手里只剩下这一册有关摩托车修理的书籍。这就叫计划不如变化。至今他仍然骑着一辆破旧自行车，美其名曰"运动减肥"。正是由于这样或者那样的原因，姚建国渐渐从理想主义者蜕化成为现实主义者。现实主义者姚建国面对下岗之后的生活，脸不变色心不跳。

这时候阳光从窗外爬了进来，显得鬼鬼祟祟的。姚建国伸手从书堆里抻出一本并不太旧的书籍：《奇门遁甲白话通解》。

我什么时候买了这么一本虚头巴脑的书呢？姚建国心里寻思着，席地而坐打开书本看了起来。一股奇怪的味道扑面而来。这就是玄学的力量。

姚建国一下子看进去了。

为什么说他看进去了呢？因为妻子方玉素打工归家时已经晚上六点半钟了，下岗工人姚建国仍然坐在自家地上，全神贯注看着这本盗版的《奇门遁甲白话通解》。

　　方玉素脱下外套试探着问道，建国啊，这光看书能看饱了吗？晚上咱家吃吗饭呀？

　　姚建国打了一个嗝，似乎真是看书看饱了。方玉素扭搭过来，一屁股坐在丈夫身旁说，你坐在地上，就不凉啊？你那痔疮的老毛病就不怕犯了啊？

　　姚建国又嗯了一声，继续看书。妻子的大胖身子挤在身旁他也无动于衷，看样子他是要出家了。搁在以往，姚建国挺色的，无论单日双日，他一概上岗。如今成了货真价实的下岗工人，夫妻性生活就改成每周一歌了，估计很快就会改成半月刊，不久的将来肯定改成双月刊。

　　勉强吃了晚饭，姚建国一鼓作气读完《奇门遁甲白话通解》，已经是夜里十二点了。方玉素劳累了一天，响起轻微的鼾声。姚建国模仿革命领袖的样子，手上夹着烟卷儿在屋里踱步，仿佛处于大决战的前夜。他足足抽了一屋子烟，仙境似的。方玉素生生被烟雾给呛醒了，坐起身来懵懵懂懂看着下岗的丈夫：你深更半夜这是干吗呀？这年头不是不时兴思考哲学问题了吗？

　　姚建国坐在床前，拉住妻子的右手仔细看着，快告诉我你是什么时候的生日？几月几号……

　　方玉素听到丈夫打听自己的生日，心里特别温馨，顿时妩媚起来说，我说建国啊，咱家目前处于经济困难时期，你就不用送我生日礼物啦。你要是死乞白赖非送不可，就送我一束红玫瑰吧。

　　姚建国全神贯注给妻子看着手相，喃喃自语说，看起来这一行的饭我也能吃啊……

　　方玉素误会了，敢情晚饭你没吃，饿了吧？我这就给你泡一碗方便面去，再卧两个鸡蛋。

姚建国注视着方玉素手上的"感情线"一板一眼说，你八成是中年婚变……

方玉素甩手说道，你放屁！我要是离了婚，徐娘半老去当鸡都没人要。哎你是吃香辣面还是吃海鲜面？

姚建国目光定定盯着妻子。哎，我说咱家好像还有一本骨相学的书吧？我爷爷传下来的。

姚建国的爷爷活着的时候是阴阳先生，"文革"初期被革命群众给批斗了。光阴荏苒，迟到今日姚建国蓦然醒悟，祖父的遗传基因正在孙子姚建国身上体现出来。有道是心有灵犀一点通，爷爷事业孙辈继承。

想到这里，下岗工人姚建国别有用心地笑了。

2

天津这座城市的电视塔，当年落成的时候说是亚洲第二，接近牛头水平。日久天长一打听，敢情有的城市又创新高，然而这座电视塔在中国仍然有一号，人称"天塔"。天塔是这座城市的一大景观。为了让全市广大人民和外埠游客登高远眺，饱览这座城市改革开放的伟大成果，电视塔终于对外开放，门票也不太贵。天塔前面的湖，冬天溜冰，夏天荡舟。天塔湖前面的小广场，也成为市民文化生活的大舞台，尤其是夏天傍晚的习习凉风，老天爷也不收费。这是多好的地方啊。

天气最热的那几天，天塔小广场上来了一个相面算卦的先生，四十来岁白白净净，人称小神仙。人人都知道这算卦看相是封建迷信，可仍然有人深信不疑。因此这位小神仙很快就有了市场，然而没人知道他真名叫姚建国。

说起来很有意思，就连姚建国本人也不明白，自己怎么一夜之间居然变成一位通古晓今说天论地的"小神仙"。他那天夜里读罢《奇门遁甲白话通解》，果断拒绝了妻子的做爱请求，又发扬连续作战的精神，一气呵成啃下了《骨相学》和《观人术》。仿佛醍醐灌顶。第二天姚建国走出家门，只觉得阳光鲜亮清风拂面，世界倏然变得透明，一清二楚。他悟出这个世界既是物质的也是精神的。往大里说，就是"大无边"；往小里说，就是"小无内"。只要你把握了这个世界的基本规律，也就认识了自己。人体呢就是宇宙。认识宇宙与认识人体，相同道理。相面算卦的学问，属于模糊哲学范畴。模糊哲学不模糊，姚建国懂得了什么叫边缘科学。譬如骑自行车压着高速线朝前猛蹬，这就叫边缘行走。

当天晚上，姚建国来到电视塔前的小广场，自称"小神仙"并且开始了摆摊算命的生涯。他认为自己能行。如今是个多言多语多嘴多舌的时代，人们普遍浅薄无知而又自以为是。只要你稍稍高出芸芸众生的平均水平一点点，就有饭可吃有钱可赚。但是在天津这座城市的公共场合那是不允许宣传封建迷信的。姚建国头天摆摊就遇到一位警察的驱逐。这个警察年近中年面孔黢黑，身上没有多少邪气。姚建国一眼就看出此人正在遭受不平等的厄运。他郑重其事地将自己的这个看法告诉了警察同志。这警察怔了怔，反问他有什么根据。姚建国说根据直觉，要么你升职受阻，要么你家庭有难。警察听罢，转身走了。

姚建国知道自己一语中的，就开始大胆做生意了。这时他认为爷爷的在天之灵无疑正在保佑着自己。我为什么说得那位警察心悦诚服啊？你看他那岁数还在大街上站岗，一定不被单位领导重用。这样的人往往怀才不遇有志难伸，心理很不平衡。一枪打去保证十环。

渐渐有人围观了。姚建国绝不大声招徕，他故意沉着脸孔做冷面小生状。他知道如今的行情冷面比奶油值钱。奶油小生还不如酒糟鼻子呢。既然警察都不管了，这天晚上姚建国实现开门红，先后给七个人算

215

命。一个作家,一个鸡,两个民工,一个下岗女工,两个身份不明的人。如果按足球术语来说,七射三中,另有三个射中门楣,最后一个放了高射炮。尤其那位白脸男子,被姚建国一眼望穿。姚建国说他是拿笔杆的,对方点头称是,但目光之中流露出一丝怯懦。如今记者的目光是不会怯懦的,记者是"双轨制"时期的天之骄子。计划经济时代有权,市场经济时代有钱。姚建国知道,如今靠笔杆吃饭的人,最为怯懦的就是作家。他们既失去了昔日的文学轰动效应又失去了昔日的庇护,整天心事重重的样子,寡妇心态。白脸儿作家被姚建国猜中身份,颇为惊异。因为作家这个行当毕竟属于冷门职业,从业者相对很少,极不易猜中。白脸儿作家告诉姚建国如今鄙人专写小品文。姚建国装傻充愣说,毙人?作家敢情还掌握生杀大权啊。白脸儿作家立即就坡下驴,声称曾在法院担任书记员目前正在创作长篇巨制已经写了二十三万字,说罢转身匆匆离去。

姚建国算卦,收费因人而异。他对那位下岗女工就实行优惠。对那位白脸儿作家则上浮百分之五十。因为作家毕竟比下岗女工有钱。俗话说见了冤大头不宰,有罪。今日首战告捷。姚建国总共赚了人民币七十块钱。

哼唱着《社会主义好》这首革命歌曲,他骑着那辆破自行车打道回府。回到家里他并不告诉方玉素实情。街头算卦毕竟属于特殊职业。尽量做到"上不告父母,下不告妻小",就跟地下工作者似的。

就这样姚建国天天傍晚外出摆摊,悄悄赚着钞票。生意也是一起三落的,进入高潮有时百把元,跌入低谷有时颗粒无收。他认为自己的职业跟黄土高原的农民一样,靠天吃饭。尽管如此,姚建国毕竟在天塔一带有了几分名声,渐渐沿着中环线扩展。终于有慕名而来请求小神仙算卦的了。这里面什么人物都有。樊木林就是其中之一。

樊木林是个幸福的大款。樊木林的驴丢了。

然而，就在樊木林驾驶着奥迪赶往电视塔小广场的时候，小神仙正遇到蔡新乔的纠缠。小神仙出道以来从未见过这样蛮不讲理的顾客。因此小神仙心里颇有孤军作战的悲壮感。面对蔡新乔的围追堵截，小神仙想起二万五千里长征的红军，敌强我弱只能与之周旋。他不知道自己的爷爷当年闯荡江湖的时候，是否遇到过蔡新乔这样难缠的对手。

3

　　蔡新乔生性刚强，十年前国营企业蒸蒸日上之时，他自动下岗了。也就是说不是工厂炒了蔡新乔而是蔡新乔炒了工厂。人届中年的蔡新乔精明强干，心里小算盘特灵。众所周知的是他那双大眼珠子，极容易使人想起胡汉三。有人说他属于贼人傻相类型。常用的战术则是防守反击打法。这几年他开始发福，行动迟缓起来。

　　今年以来，行动迟缓的蔡新乔的情况并不太好。谈起国际金融危机，若说我国未受影响蔡新乔举三只手反对。他独家投资的百病消大药店从前生意十分红火，有如神助。如今不行了，冷冷清清见不着几位顾客。去年的性药销售屡创新高。今年性药滞销，仿佛这座城市的男人全部冬眠了。蔡新乔急了，犯了心脏病。出院以后，百病消大药店仍然不见起色。蔡新乔更急了，这回是犯了脚气。他只好到医院拿药。有人问堂堂大药店的经理怎么还到外面拿药啊？蔡新乔心里有数：自己店里有五成是假药五成是真药，五成真药里还有三成是过期的。

　　蔡新乔相信血统论。他爸爸当年在天津卫就是走街串巷卖假药的。当然主要活动在河东地道外和河西谦德庄一带，后来因为欠债难以偿还，就服了自己的假药假装自杀以求脱身，竟然真的死了。因此蔡新乔不光相信血统论，也相信宿命论。他父亲以生命向蔡氏后代昭示了这一真理。于是，既相信血统论又相信宿命论的蔡新乔心情颇为郁闷，晚饭喝了二两小酒，走出家门前往电视塔前的小广场上。凉风迎面吹来，唤醒了他的记忆。他前几天听说这一带出了一个算命看相的小神仙，特别灵验。同为江湖之术，蔡新乔决定专程见一见这位小神仙。心里是想拿这个算卦的找一找乐儿。卖假药的跟臭算卦的，总而言之是一路货色而已。

走进小广场，他远远看见一群人围着一个人。走近一看暗暗认定这个人就是小神仙。他正在给一个失恋的小伙子算卦，说女方的前世原身是一条绿色小蛇，睡觉时身体拧成八道弯。这与男方命相极为不合，放弃这桩婚姻乃是上策。

天津人就是爱看热闹，蔡新乔费了好大力气挤进圈儿里，听着，看着，琢磨着。

小神仙继续说着。俗话说，心底的死结是锁，话是开心的钥匙。这位失恋的小伙子听罢小神仙的开导，似乎从苦海里挣扎出来，递上卦金致谢而去。

蔡新乔蹲在小神仙的地摊儿前，目光定定注视着算卦先生。

小神仙知道来者不善，席地而坐，闭目养神。

蔡新乔说，先生先生，你给我算一算，看我什么时候能够发财。

老天津卫管三种人叫先生，一是教师，二是大夫，三是算命看相的。蔡新乔如此称呼小神仙，沿袭了老传统。

小神仙并不睁眼说，你已经发财了，这财接着发下去就是啦。你还算哪门子卦呀？我看你算也是白算。

蔡新乔发狠地说，你把眼睛给我睁开。你不是号称小神仙吗？今天我是慕名而来。今天我就是要你给我算一算。

小神仙睁开眼睛看着蔡新乔，大头大脑相貌不错，就是眉心狭窄，一看就是心胸不宽的样儿。凡是这种脑袋，都不好剃，就笑了笑问来者贵姓。蔡新乔响声回答姓蔡。小神仙说蔡老板你写个字儿吧。

蔡新乔真是刁蛮，拿起粉笔在地上写了一个"操"字。人们嗡的一声议论起来，认为这太下流了。其实这未必就是一个下流的字儿，譬如曹操的操。但这群无聊的围观者就认定这是一个下流的字儿。

小神仙看了看，笑着说，从这个字看，蔡老板的家庭是一把手赚钱，三口人吃饭，独木参天啊。

蔡新乔看着自己写在地上的"操"字，心里不得不佩服小神仙的应变能力。他朝着小神仙点了点头说，小神仙你接着往下算吧，实话告诉你我是开药店的。你算一算我的药店明天能不能赚钱。

嘿嘿。没有不开张的油盐店。无论什么生意，只要开门就能赚钱。小神仙老生常谈，说着"套话"。

蔡新乔奸笑着说，我药店出售的"通天保健茶"，广告声势很大，药物疗效很好。说到这里蔡新乔掏出五张百元大钞啪地拍在地上，目光狠狠地盯着小神仙硬声硬气地问道，我要你给我算一算明天有没有人走进药店购买通天保健茶。你要是算得准，这是五百块钱的卦金；你要是算得不准，明天我来砸你的卦摊儿，以后不要让我再看到你。

小神仙依然镇定自若。蔡老板你说的通天保健茶到底能治什么病啊？

蔡新乔立即答道：通便利尿，一通百通。防病治病，返老还童。

小神仙听罢点了点头，说这么好的保健茶怎么会没人买呢？明天肯定有人走进贵店购买通天保健茶。

蔡新乔继续发起致命打击。我是让你算一算，明天中午十二点有没有人到我药店买通天保健茶？

小神仙知道遇到了真正的刁民。三十六计走为上。他站起身来说，明天中午十二点钟，我保证有人走进你药店购买通天保健茶。

蔡新乔拦住小神仙，嘿嘿笑着使劲儿将五百块钱扔给小神仙，说一言为定。你若是算得准，明天我再赏你五百块，你要是算得不准，明天我不但带着伙计来砸了你的摊子，你反而还要给我一千块钱。这叫加倍惩罚。

天底下竟然还有这种求卦的。这不成了杨志卖刀遇到的牛二吗？围观的人们议论纷纷，都说蔡新乔是一蛮不讲理的土大款。

骑虎难下。小神仙真的成了《水浒传》里的杨志。他微笑着点头应允，并且接过五百元钞票。

这时候蔡新乔说，小神仙你不要以为今天拿了我五百块钱一走了之，明天我就找不着你啦。实话实说吧，我从来就是不见兔子不撒鹰。我知道你家住在红业里十八号楼，想什么时候找到你就能什么时候找到你。

小神仙心头一惊，紧紧攥着五百块钱的右手，手心出汗了。

蔡新乔瞪着大眼珠子嘿嘿一笑，转身走了——活脱脱一当代牛二。

小神仙的心，全乱套了。

4

怎么办呢？小神仙快快走出电视塔小广场。人们议论纷纷，说算卦的小神仙今天遇到了死缠烂打的活鬼。明天这里一定要有好戏看了。

小神仙不言不语，转过喷泉的时候他看到地摊上正在叫卖九九牌新款书包，就走上前去给儿子姚小国买了一只。全社会都在支持希望工程，小神仙也不例外。拎着儿子的新款书包，小神仙沿着河边的小路朝着公共汽车站的方向走去。今天他没骑那辆破自行车。

一辆黑色奥迪吱地停在路旁。车里钻出一个面孔黢黑的西服革履的男子，一看就是乡镇企业家。他五十多岁的样子，脑袋大，脖子粗，当年务农的肤色经过十几年洗礼，仍然透出几分本色。他下了奥迪大步朝前追去。这个人就是樊木林。说起樊木林，东高庄的人们至今仍然叫他樊木头。他小的时候得过一场大脑炎，命不当绝活了过来。但是智力受到一定的伤害，显出几分傻气。俗话说傻人有傻福。尤其是党的富民政策普照津郊，就连樊木林这样的木头脑袋也富了起来，尽管还有大学教授上街卖白薯。

小神仙听到身后有人追来，心中暗暗想到：明天中午十二点才见分晓呢，蔡老板怎么现在就开始派人追杀我呀。

樊木林气喘吁吁追上小神仙，说这位先生请留步，您是小神仙吧。我是专程找您算卦来的。我的驴丢啦。

小神仙听了这话，心里暗暗笑道：驴丢了也来算卦，这世道真他妈的乱了套。心里这样想着，脸上却是一派悲天悯人的表情：您的驴丢了，您是开豆腐坊的吧？

樊木林连连摆手，说我爷爷当年是开豆腐坊的。我如今是开源电器制造厂的厂长。你知道井牌电饭煲吗？那就是我的工厂出品的。我是民营企业。我姓樊叫樊木林。樊梨花的樊，木头的木，双木林。小神仙先生您尽管放心。我有钱。只要您帮我把驴找回来，我必有重谢。

看来这位樊老板是个心直口快的人。

但小神仙分明看出此公颇有几分弱智。弱智还能开工厂啊？前几天有报道说河南省的一个文盲还当了一家报纸的总编辑呢。弱智当厂长是毫无问题的，这基本属于专业对口。

樊木林追上小神仙之后，首先掏出万宝路递上一支，然后对小神仙讲解起来。如今城市时兴饲养宠物，狗是宠物，猫是宠物，驴更是宠物。这驴可不是一般的驴，它是产自云南边地的"乖乖驴"。人们说这种驴系当年吴三桂带着几十头晋驴入滇，与当地果子驴杂交而成。乖乖驴身材小巧，皮毛漆黑如缎，四蹄轻盈，站着不及办公桌高，身长则很像一只大狼狗。不食肉，不食水果，除了鲜嫩的茉莉花瓣儿，它吗都不吃。因为常年食用香花，它浑身散发的气味极佳，顶过最高级的法国香水儿。所以这种宠物最为适合佳人室内饲养。乖乖驴目前的售价在三万五到六万之间，最大的问题是货源紧俏，你就是有钱也没处买去。

小神仙听罢樊木林的一番强行叙述，已经看出这位乡镇大款的焦急心情主要是因为室内佳人不慎走丢了香气四溢的乖乖驴。佳人也就乖不起来了。

这就叫作自投罗网啊。我这儿正发愁明天中午十二点钟没人去蔡新乔的大药房买通天保健茶呢，你一头撞进来，这真是天赐良机啊。小神仙暗暗笑了。

小神仙随即路旁打坐，入定了。樊木林站在一旁等待着，一支又一支抽着万宝路。他是听别人说生意人都抽万宝路这才放弃了多年的玉溪。他抽了四支万宝路，小神仙终于返回人间，缓缓站起。

小神仙先生，您看我的驴还能找回来吗？派出所说希望不大。

什么！你报警啦？哎呀呀你为什么报警呢。你惊动乖乖驴它可就一辈子也不愿意回来啦。小神仙大声说着，做出无可奈何的表情。

樊木林慌了，急得变成哭腔儿。小神仙先生，这可怎么办啊？

唉，好在我功力深厚，还有最后一招。小神仙故作高深地说，你的驴是一定能够找到的。不过你是想马上就找到呢，还是想过几天找到呢？

樊木林急了，小神仙先生，我恨不能现在就找到它。

小神仙哦了一声说，那你得吃一盒药啊。

樊木林怔了怔说，丢驴吃药！这到底是哪门子高科技手段啊？

小神仙吧嗒一声撂下脸子说，你不愿意吃药啊？我也不愿意让你吃药。说着，起身便走。

樊木林伸手拉住小神仙。我愿意吃药！我愿意吃药！

唉，那我就帮你一次吧。小神仙悲悯地说，其实不是吃药，是喝茶，是喝通天保健茶。

我愿意喝茶！我愿意喝茶！樊木林大声表态。

你别急，心急喝不了通天保健茶。小神仙继续说，根据《易经》的学说，人间万事万物无不与时辰相关，也就是人们通常说的子午流注。就说古代针灸吧，什么时辰扎什么穴位，那效果是大不一样的。哪里像今天这样儿，早晨到医院挂号，无论什么病什么时辰，往床上一躺就扎针灸。这不是扎针灸，这是纳鞋底子。再说汤药吧，什么病什么时辰服用，也是很有讲究的。就拿你来说吧，驴丢了，我为什么让您去买通天保健茶呢。其实这只是打开事物大门的契机。接触契机本身必须严守时辰。否则那扇大门是永远也打不开的。冬天咱们为什么关窗户？时辰呀！夏天你打开窗户，也是时辰呀！

樊木林啪啪鼓掌说，您说得好，您说得很好，您说得很好。我要是去年就认识您，兴许早就不是今天这样子啦！您吩咐吧，别说喝保健茶，为了找回乖乖驴就是喝耗子药我也愿意！无论什么时辰。

小神仙接过对方递来的万宝路说，你又不是老鼠，我是不会让你喝耗子药的。你明天中午十二点，你到百病消大药店去买一盒通天保健茶。你一定要记住我的话，一、一定要准时走进药店，前后误差不能超过十秒；二、一定不要说是我小神仙叫你去买药的，说看了大街上的广告；三、一定要让药店开一张发票，这是重要依据。到时候，您的乖乖驴自然也就回来啦！

樊木林看了看小神仙，猛然激动起来。连声说一言为定。我的乖乖驴要是回来了，我必有重谢。要是驴回不来，我必然还要来找你的，反正您必须把我的驴给找回来！

您不要以为我找不着你！樊木林最后补充了一句，很有海枯石烂的气概。

5

其实姚建国的妻子方玉素也是地下工作者。她并没有告诉丈夫自己在彩虹花园小区做钟点工。彩虹花园是由一座座洋楼别墅组成的高档住宅小区，还有一片难得的湖水。这湖水到了二〇〇八年奥运会，就更值了。此时这片湖水里游着两只尴尬的鸳鸯和一只肥胖的鸭子，只起到点缀作用。住在这里的业主无疑属于首先富裕起来的中国人。他们在奔向小康社会的马拉松比赛里，遥遥领先跑在前面。下岗女工方玉素在一座三层白色小洋楼里做钟点工。主家姓樊，名叫樊木林。五十四岁的樊老板是一乡镇企业家，为了增加都市文明气息，定居彩虹花园并且娶了女大学生为妻。女大学生名叫赵娅莉，如今人们都称她樊太太。无论是樊老板还是樊太太，都称方玉素为"方姐"。方姐的主要工作是将香喷喷的茉莉花洗净并且去除水珠儿，然后喂驴。水珠儿多了，驴就要跑肚拉稀，就不是乖乖驴了。这名贵的乖乖驴吃的鲜茉莉花儿，每天由宠物服务公司专车送货上门。

这驴，比人可强多了。

方玉素心里对那只小巧乖顺的小驴持敌视态度。她真的不明白，这头浑蛋小驴的日常开销居然超过两个下岗工人的十天薪水。人不如驴，这是一个铁的事实。正是怀着这种无可奈何的心情，方玉素伺候着这头小驴。不知道什么原因，樊老板给这头小驴起了一个名字，叫齐村长。方玉素猜测当年一定有一个齐村长屡次欺负樊老板。这里面肯定包含着一个复仇的故事。

齐村长每天不言不语，只吃两公斤茉莉花瓣儿，喝一大桶矿泉水。方玉素每天干活儿也是不言不语，吃一份盒饭。但是喝不上矿泉水。

这一天，方玉素一大早又来上工了。进门之后她吃惊地看到，年轻

224

貌美的樊太太泪流满面，伏在沙发上抽泣不止。这位师范大学政教系毕业生毕竟受过高等教育，哭泣起来绝不会大号大叫。方玉素心里说，国家重视教育真是千真万确，培养出来的大学生即使嫁给土大款也显得这么有教养，哭起来都是九段水平。

原来是乖乖驴丢了。这个消息对方玉素不啻一个沉重打击。她来这里打工就是来伺候驴的。驴丢了，也就意味着她将失去这里的工作。即使这样也要站好最后一班岗。方玉素知道这就是天津卫姐姐的基本素质。

接到樊太太的爱驴走失的告急电话，樊老板匆匆赶回家里，心中居然窃喜。自从樊太太有了乖乖驴，对这宠物用心太专，渐渐冷落了农民企业家樊木林。丈夫竟然不如驴——这对樊木林的感情无疑是一重大打击。随着时光流逝，樊木林开始吃醋，吃驴的醋。有时候妻子半夜醒来，也要跑到宠物居室里，深情地看上乖乖驴一眼，便感到莫大满足。久而久之，樊木林心生妒意，他甚至动了将这头宠物驱逐出境的念头。在樊老板的生活中，太太最重要，驴次之。

乖乖驴的走失，起初对樊木林来说是福音。然而，他走进家门看到太太痛不欲生的样子，心就软了。还是那句心里话，太太比驴重要。为了太太也要把驴找回来。因此，说樊木林急于寻驴还不如说樊木林急于寻找太太昔日的笑容。这极其符合辩证唯物论的基本范畴——对立统一法则，人与驴、驴与人，互相转换。

于是为太太寻找心爱之物当然就成了他的头等大事。他智商不高但态度十分坚决，发誓找回妻之驴，尽管这种寻找从开始就显露出艰苦卓绝的前景。（樊木林当天晚上即拨打110报警，第二天就去找小神仙求卦。当然，他的这种愚昧行为必须瞒着太太。年轻的樊太太接受教育多年，大学时代即成为坚定的唯物主义者。）

樊太太毕竟大学毕业，精于计算。她告诉方姐，既然驴已丢失，寻找回来也需要一个过程。这个过程可能很短暂，也可能很漫长。因此这里无钟点工可做，请方姐回家休息。至于何时用工，请方姐等待通知。听罢樊太太这一番话，方玉素心里说，一位女大学毕业生就这样变成一位精于算计的土大款太太，多快呀。

方玉素结了工资，怏怏走出樊家小洋楼，心里还要寻思着乖乖驴的事情。是啊，这几天它食欲骤降，不思饮水。可彩虹花园的保安工作如此严密，浓眉大眼的保安员总不至于眼巴巴看着小驴跑出去吧？方玉素朝前走着，心事重重的样子。

樊家小洋楼的东侧，也是一座小洋楼。淡黄色。方玉素从这座淡黄色小洋楼前经过的时候，一个圆脸的年轻女子从二楼的阳台朝着楼下探头张望，表情显出几分慌张。

方玉素径直走了过去，并没有看见这个年轻的女子。她只知道，那座淡黄色的小洋楼是物业公司对外出租的，今天你搬进来，明天他搬出去，就跟走马灯似的。前几天这座淡黄色小洋楼里又搬进来一对同居者。男的粗壮女的肥大。男的姓黄，人称大黄；女的人称小红，这一黄一红，再添一绿灯就是十字路口了。大黄和小红坚决认为他与她是为了真正的爱情才租住这座小洋楼的。第一天入住，做爱之后双方就吵了起来。大黄与小红的盛大的爱情如同污水外溢，顺着门缝儿或窗缝儿流了出来，弄得四邻不得安宁。其危害，远远超过日本鬼子进村了。

方玉素恐怕永远也不会知道，那乖乖驴其实并没有远去而是纵身一跃从樊家的白色小洋楼跳到邻家的淡黄色小洋楼去了。乖乖驴的闯入，成为大黄与小红的意外收获。

于是产生了"丢驴效应"。

"丢驴效应"的具体表现是：一、丢驴使得樊太太泪流满面，终日做林黛玉状；二、丢驴使得樊老板疲于奔命寻找爱驴，做警犬状；三、丢驴使得方玉素失去工作只得另谋差事，做祥林嫂状；四、丢驴给大黄和小红送来一份意外的惊喜，做奸夫淫妇状。

就这样，大黄与小红一跃成了故事的重要配角。乖乖驴呢，反而成了一件道具而已。

惨遭辞退的方玉素回到家里，看到丈夫正在埋头看书。他知道丈夫每天晚上出去工作，但不知道他是以小神仙的身份上街算卦。丈夫见妻子回来了，朝她微微一笑。小神仙毕竟不是真神仙，否则他肯定一眼望穿秋水，当场看出妻子在彩虹花园当钟点工并且被主家辞退，而且这次辞退与丢驴事件密切相关。

姚建国埋头看书，其实是给自己充电。如今前来算卦的人们智商越来越高，一个比一个精。因此小神仙提高业务水平，势在必行。方玉素回家看到丈夫如饥似渴的样子，心情得到宽慰，立即扭摆着肥胖的身躯走进厨房，做饭去了。

姚小国放学回来，报丧似的告诉家长，这次测验又考了两门不及格。姚建国愤怒了，但还是压住了火气。他告诉儿子，失败是成功之母。方玉素见姚建国没有发火，心中更加欣慰，随即决定改善伙食，以促进家庭安定团结的大好局面。

全家吃了一顿炸酱面。三人饭量依次排列名次如下：姚小国，两碗；姚建国，一碗半；方玉素，半碗。由此判断，这三口之家最没心没肺的人，就是姚小国了。两门功课不及格，就吃两碗面条。要是三门不及格，那一定是三碗了。

晚上，电视里播出一场国内甲A比赛，天津队又输了。姚小国学业不精，却非常热爱这座城市的荣誉。他气愤地说，电视里的球迷们为天津足球泪流满面，我觉得特别不值得。方玉素趁机教育儿子：我为了你的考试不及格泪流满面，值吗？

姚小国极其深刻地说，我是你儿子，你哭当然值得。可足球又不是天津球迷的儿子，他们哭就不值得啦。再说一个甲A队员年薪高达一百万，踢得还这么臭。球迷们在工厂干活儿肯定特别积极，一年工资顶多一万吧？所以根本没有必要为那一只足球泪流满面了。

姚建国默默听着儿子的言论，想想甲 A 又想想广大下岗职工，他开始反思自己算卦的收费是否合理。

遇见富人，我就高收费；遇见穷人，我就低收费甚至免费。这就叫替天行道，杀富济贫。

6

话说这大黄与小红，其实并不是什么富人。他与她租住这座小洋楼，只是及时行乐而已，并没有长期租住的打算。打算长住也住不起。大黄与小红的人生哲学是"潇洒走一回"，幸福"像雾像雨又像风"根本不会"地久天长"。因此，大黄和小红在这短暂的一个月里打算大哭、大笑、大打、大闹、大唱、大叫、大吃、大喝、大搂、大抱、大跳……然而，乖乖驴的突然出现，打乱了同居计划，生活一下子紧张起来。

大黄是土生土长的天津人，见识不广却懂得宠物行情，深知这来自邻居楼里的宠物至少价值人民币两万元，但不知道这宠物名叫齐村长。小红也见财起意，恨不能立即将这头小驴兑换成为钞票。最令小红感到惊讶的是这头小驴的两只耳朵上居然戴了两只耳环。小红细看，做工精良果然是赤金。这令小红心里感到极不平衡：天啊，富人养的小驴的耳朵上戴的耳环都是上等货色，我的耳环却只是一对儿18K金的。这个世界真是人驴颠倒啦。从而她越发痛恨邻楼的樊太太。她甚至认为樊太太以前是一只鸡。其实人家不是。

大黄见小红愤怒了，唯恐弄得小驴鸣叫，赶紧拿来小红的乳罩捆住驴的嘴脸。女人的乳罩戴在牲口身上，使它成了一头货真价实的母驴。

228

小红心头乌云散去，咯咯笑了起来，被机警的大黄当场制止。这时候钟点工方玉素从楼前走了过去。小红从阳台上探望着，很想问一问这位下岗女工怎样喂养小驴。大黄骂她愚蠢，一问就露了马脚，然后更正为"露了驴脚"。为了饲养这头小驴，小红只得外出，买了一大捆菠菜，一溜烟跑了回来。大黄告诉她这里是天津的富人区，几乎没有吃菠菜的。即使吃菠菜，也没人怀里抱着一捆菠菜一路小跑儿往家奔的。大黄的这一番话，说得小红自叹命苦，内心祈盼时来运转。

其实有了这头乖乖驴，大黄与小红面临命运改变。他给乖乖驴拍了照片，偷偷拿到宠物市场上寻找买主。谁知乖乖驴的照片一亮相，便被一位天津大爷一眼相中。这位天津大爷炒期货起家，手里有钱。地球上动物无数，这位天津大爷唯独喜欢驴。为了寻找两情相悦的宠物驴，天津大爷已经苦苦踅摸了好几年。如今见到乖乖驴的照片，天津大爷几乎当场昏倒，完全超过了古人看见白鹿的激动心情。

这位天津大爷硬塞给大黄订金五千。大黄也要昏倒，最终还是拒绝了这一笔诱人的人民币。是啊，人民的币经常诱惑人民。面对小利大黄挺了过来。他意识到这头乖乖驴的价值远远超过天津大爷报出的价格，决定继续寻找价位更高的买主。

夜长梦多。此处不可久留。人不知鬼不觉。快刀斩乱麻。剜到篮子里的野菜才是自己的。小时候胖不是胖。大黄在心里将多年积累的民间俗语认真地总结一番，越发坚定了马上采取行动的信心。无论如何，第一步必须将乖乖驴从这里运走。他与小红一起密谋，决定夜间行动。到时候趁着保安打盹儿，大黄牵驴，小红掩护，偷偷将宠物运出彩虹花园小区，然后找个地方将它安顿下来，待价而沽。乖乖驴一定能够换回一大笔人民币的。因为这是人民的币。小红觉得大黄很有魄力，心里爱意更浓，暗暗决定事成之后就结束同居生活，郑重其事地嫁给他，成为合法夫妻。

应当说这是他与她同居生活的最大收获——尽管距离贩驴成功还有相当一段路程，然而生活毕竟有了目标。小红认为生活应当具有这样或那样的目标。譬如说结婚以及生儿育女。这就是小驴带给同居者的崭新思考。

大黄与小红打开一瓶葡萄酒硬充"人头马"，举杯对饮起来。小红只觉得时间过得太慢，心里唱起了童年的歌谣，特别纯情：白天呀白天呀你快走开；夜晚呀夜晚你快到来。

大黄与小红哪里知道，丢驴吃药的故事已经进展到了关键时刻。这再次印证了当今社会的时髦术语：错位。

7

无计可施的樊木林为了如愿以偿找回宠物乖乖驴，对小神仙的部署达到了言听计从的程度。第二天一大早儿独自驾驶黑色奥迪离家，急匆匆前往百病消大药店。为了万无一失确保时间的精确，这位大款两只胳膊上总共戴了四块手表，两块劳力士，两块欧米茄。这派头活像帮着钟表行搬家。这就是樊木林可爱的地方，尽管显出几分弱智。

时间尚早，为了消磨时光，他走进百病消大药店对面的一家茶馆。平时他不喝茶，喝了茶睡不着觉。他叫了一壶铁观音，隔着玻璃注视着一街之隔的百病消大药店，只觉得这家大药店门前很不景气，似乎处于半停业状态。他叫来服务员问了问情况。服务员告诉他，居住附近的人们谁也不到这家药店买药，因为这里不但不消病而且添病。

樊木林一听，害怕了，唯恐自己也添了病。他问服务生这家药店出售的保健茶是不是假货。服务员笑了，说如今的保健品无所谓真与假，你信则灵。

信则灵？这么说百病消大药店就是一座寺庙。信则灵，不信则不灵。樊木林心里暗暗笑了。其实他早就做好了准备，死马当作活马医。小神仙如果真的骗了他，这位农民企业家是不会善罢甘休的。

今天樊木林一派西服革履的打扮。西服革履的樊木林不知为什么心里对生意萧条的百病消大药店生出几分同情。如今的生意怎么都不好做了呢？这样想着，他为自己工厂的经济状况感到满意，而且还娶了一女大学生，心里又得意起来。

一个小伙计举着一块大牌子从药店里走了出来。樊木林看出这是一块广告牌子，上面写着：通天茶，通经络，通七窍，通亲情，通健康，一通百通，也通天堂。

樊木林心里乐了。通天保健茶真是好东西，最后还能通往天堂。真他妈的会做广告啊。

樊木林走出茶馆。这个小伙计举着牌子折回来，操着纯正的天津口音大声宣传着。樊木林问道，这通天保健茶通亲情是怎么回事啊？小伙计只有十七八岁，却老于世故，说通亲情就是喝了通天茶两口子干事儿的时候特别和谐。

樊木林心里说，这么说我要是喝了通天茶不但驴能找回来妻子对我的床上功夫也会非常满意的。他妈的，天底下还有这么好的事情。

于是，就从心里盼着中午十二点钟快快到来。十一点钟的时候，等得不耐烦的樊木林几乎冒险迈步走进百病消大药店。想起小神仙的叮嘱，他才止住步子。阴阳五行，子午流注，时辰最为重要。想到自己为了保证时间的精确胳膊上戴了四块手表，樊木林就暗暗告诫自己一定要坚持下去，千万不可前功尽弃。

十二点了。樊木林一下子激动起来。他听见百病消大药店里的大座钟咣咣地敲响了，立即迈开大步踏着钟声走了进去。

百病消大药店迎面柜台里站着经理蔡新乔，他是专门在这里等候的，尽管他不相信十二点钟一定准时有人走进来而且一定购买通天保健茶。看见樊木林踏着座钟声走进来，蔡新乔都要恨死了。他瞪着一双大眼珠子问樊木林：这位先生你用点什么药啊？

樊木林响声答道：通天保健茶！一盒。

蔡新乔脑袋嗡的一声大了，心里大声骂着，他妈的，小神仙真是百发百中啊。

这时候樊木林大声说，你别忘了给我开一张发票。

蔡新乔心里并不服输，笑着对樊木林说，您下午两点钟来买吧，现在没货……

樊木林指着摆在柜台里的样品，哈哈大笑说我就买这一盒啦。

蔡新乔没辙，突然问樊木林是不是受了小神仙的指使。樊木林即使弱智这一关还是能闯过去的，大声反问小神仙是谁啊。

蔡新乔怏怏拉开柜台的玻璃门，心里盘算着新的阴谋。他突然一笑说，这盒样品时间长了恐怕失效，我忘了后边还有一箱新到的货，我去给您拿吧。

樊木林大声说，别忘了给我开一张发票，别忘了写上日期。

蔡新乔真是歹毒，躲在后面的库房里找来芒硝，悄悄加入通天保健茶里。没有斗败小神仙，这奸商竟然拿顾客樊木林出气。药店老板冷笑自言自语说，这反正也出不了人命案，老子只是要一耍你这个傻帽儿！

蔡新乔笑容可掬地走了出来，将一盒含有阴谋的通天保健茶和发票递给樊木林说，一天三次，空腹，一饮而尽。每次呢两小袋儿，沸水沏开最好。千万按照我说的去做啊。必有疗效。哎我还忘了问您为什么要喝通天保健茶啊？

樊木林手里拿着通天保健茶，如实回答说，我的驴丢啦。

蔡新乔听得一头雾水，莫名其妙地看着樊木林的背影。驴丢了，驴丢了喝保健茶干吗？百思不得其解。

樊木林走出药店，为了安全起见不敢亲自驾车。他伸手从大街叫了一辆出租车，说了声彩虹花园就吩咐师傅提速，家里有急事儿。一路倒还顺利，进了家门，太太还没起床，楼上睡懒觉呢。樊木林径直走进厨房，沸水冲了两小包保健茶，空腹服下。

他心里感到很踏实。那乖乖驴的身影，似乎离他越来越近。我要给太太一个惊喜。这样想着，樊木林横身躺在楼下客厅沙发上，怀着美好的期待，睡着了。

一阵腹痛使樊木林猛然醒来，起身蹿往卫生间。一楼的卫生间，有窗。这窗正冲着邻家的那座淡黄色小洋楼。樊木林的首次泻肚发生在下午三点半钟，情况并不严重。

晚饭之前，樊木林空腹又服下一大杯通天保健茶，这时候他体内的芒硝量开始接近使他狂泻的程度。事情正在起变化。

樊木林以及他那念过大学的太太，对事情变化浑然不知。樊木林所期待的就是宠物乖乖回归，就如同当年国人企盼香港回归一样。

樊太太被一部台湾电视剧感动得痛哭流涕，暂时忘记了走失乖乖驴的悲剧。樊木林在楼下的客厅里徘徊——随时迎接宠物进家。

晚上八点半钟，为了促进宠物回归，思驴心切的樊老板又私自加饮了两包通天保健茶。他大口喝着，心中充满期待。事已至此，他仍然对小神仙的诡术抱有几分希望。还是那句话，警察破不了的案子，只能死马当作活马医了。

这时候，邻楼的大黄和小红正在做着行动之前的准备工作。

8

大黄具有特种部队指挥官的才智。他对整个行动路线做了精心考察，同时也对一连串的关键细节做了反复推敲。譬如说为了防止走路声响，他用四条毛巾裹住驴蹄；为了防止驴鸣，他用网兜套在驴嘴上；为了避开视线，他选择了从樊家小洋楼一楼卫生间窗前经过，因为任何人也不会长久待在卫生间里，这条路线降低了出现目击者的可能性，如此等等。小红突然发现了大黄身上迸发出来的卓越指挥才能，仿佛诸葛亮的转世灵童。这无疑加深了她对他的爱情。

行动的时间是夜里十二点。小红的心情渐渐激动起来。

晚上十一点的时候，大黄探来令人振奋的情报，今夜值班的是最爱睡觉的保安员阿践，阿践外号"瞌睡虫"。

小红大声喊道，真是万事俱备，只欠东风啊。大黄你确实是具有运筹帷幄才能的当代指挥家。哪一天第三次世界大战爆发，你一定能够成为伟大将领的。说着，小红表示为了预祝行动成功，她决定上床做爱，这样既充分利用了时间又鼓舞了斗志，是个一举两得的好主意。

大黄见小红如此深明大义，越发认定她是一个新时代送郎参军的优秀女性。于是脱衣上了床。

床笫之欢耽误了行动时间。当代世界军事史又增添了因贪恋女色而贻误战机的天津案例。当大黄气喘吁吁穿好衣服，已经深夜十二点二十六分了。小红则暗暗抱怨自己拖了男人后腿，心中自责起来，思想境界有所提高。总之，这次偷驴行动使这一对姘居的男女，心贴得更近了，有望成为领取结婚登记证的合法夫妻。

大黄和小红终于行动了。他拉着驴头走在前面，她在后面推着驴屁股，快步行走着。乖乖驴身材矮小，因此大黄和小红必须猫腰行走，越发显出鬼头鬼脑的样子。其实他与她刚刚走出那座淡黄色小洋楼，就听到樊家一楼的卫生间里传出樊木林的骂声。樊木林操着一口天津口音，深夜里显得十分豪壮。

大黄和小红哪里知道，此时的樊木林坐在卫生间的抽水马桶上，正狂泻不止。从十二点钟开始，他一直没能离开卫生间。情况是这样的，往往是他刚刚提裤站起，接踵而来的新一轮狂泻就使他继续坐在抽水马桶上，享受新的腹泻。多少次，樊木林离开卫生间的企图一次次落空，他终于愤怒了。

事到如今，樊木林已经认识到自己上了小神仙的当，开始破口大骂。天津人管腹泻叫拉稀。即使破口大骂，樊老板也是讲究法制的。樊木林大声骂道，你拉吧，你拉吧，今天夜里我就看着你拉！拉到天亮，我到法院里告你去……

大黄吓坏了，拉着驴头转身窜了回去。

小红也惊呆了。大黄大黄咱们被人家发现啦！

退回自家阵地，大黄点燃一支香烟，眉头紧锁，若有所思说，看来行动计划早已暴露。咱们拉着驴刚一出门，樊老板就骂道，你拉吧，今天夜里我看着你拉！

小红连忙补充说，樊老板还说天亮就到法院去告咱们！

大黄自言自语地说，其实根本不用到法院，樊老板一报警，公安局就把咱们解决了，根本不用去法院起诉，公诉就行！小红，咱们犯的可是盗窃罪和销赃罪，这数罪并罚，说轻就轻，说重就重啊……

小红更加慌了神，要判刑总共不会超过二十年吧？

大黄淡淡一笑，要是从重从快，这就很难说啦。

小红听罢，从大黄手里抢过缰绳，说我看这事儿不值得。为了一头价值二万块钱的驴，咱们去冒蹲二十年大狱的危险，太不划算啦！男子汉大丈夫当机立断，放弃行动计划吧！

大黄没了主意，目光定定注视着小红。放了这头驴吧？

小红伸手去拍驴的屁股，突然又停住了。她看着乖乖驴的耳环小声说，不能这么便宜了樊老板，我白白给他喂了两天的驴，也得把饲料费讨回来吧？

说着，小红动手将驴的耳环摘了下来。

果然是好驴啊，浑身散发着茉莉花香。大黄眼睛里流露出不愿舍财

235

的目光，伸手抚摸着驴的屁股。煮熟的鸭子，难道就这样飞了？

小红不再犹豫，抬腿使劲踹了驴屁股一脚。那浑身散发着花香的宠物，起身蹿了出去。

驴是识路的，它径直跑向樊家小洋楼。

大黄看着远去的驴的背影说，咱们命里没有这笔财啊！

小红说，我也想明白了，命里没有财，强求，兴许求来的就是祸啊！

大黄说，没财，有爱就行！

他与她紧紧拥抱在一起，回到床上完成今夜的未竟事业——继续做爱。

9

乖乖驴通晓人性，稳稳当当走进樊家院子，伸嘴拱开樊家大门，挤了进去。这时候樊木林提着裤子满面怒气走出卫生间，抬头看见归来的宠物走进了客厅，惊呆了。三十秒之后，他大喊大叫起来。

他妈的，这通天保健茶真是有效啊！驴，回来啦，回来啦……

樊木林走上前来，伸手拉住缰绳，看到乖乖驴的两只耳朵没了耳环。驴回来就好，驴耳环没了还可以重配嘛。

樊太太闻讯从楼上跑了下来，扑上来与乖乖驴拥抱。这时樊木林看了看桌上那尚未喝完的半盒通天保健茶，叹了一口气，然后不无遗憾地对太太说，咱家的乖乖驴啊是个急性子，回来太早啦！它要是等我把这一盒通天保健茶都喝完了，就连那对耳环也回来啦！

看来是药性不够。

樊太太不知内情，随口对丈夫说，这乖乖驴啊跟你一样，无论什么事情总是操之过急，早泄！

一句话揭了老底，樊木林尴尬地笑了。

天色大亮的时候，樊木林急不可耐地给方姐家里打了一个电话。方玉素从睡梦中醒来，懵懵懂懂听着樊老板的通知：乖乖驴找到了，现在已经平安回家，今天上午您就来我家上班吧，继续喂驴。

方玉素放下电话，睡眼惺忪说，乖乖驴找回来啦。如今的治安工作真是一派大好形势啊！这才两天，乖乖驴就找回来啦。寻驴比寻人可容易多啦。

躺在被窝儿里的姚建国听到妻子自言自语，问道，驴找回啦？樊老板家的驴找回来啦？

方玉素自知失口同时又感到十分惊讶，咦，你怎么知道我在樊老板家打工喂驴啊？

姚建国笑了笑说，我是无事不知的小神仙嘛。

方玉素呆呆望着丈夫，怎么寻思也不明白。

十天之后，本埠晚报副刊上发表白脸儿作家的一篇杂文，大意是抨击封建迷信思想，强调移风易俗，并指出"丢驴吃药"纯属无稽之谈。

姚建国看罢这篇文章就笑了，认为白脸儿作家从自己身上赚了一笔稿费。

这样也好，这样大家就都有饭吃了。姚建国觉得天塔广场的风景，特别美好。

你们走在大路上

田方故事之一

田方这个名字缺乏性别色彩。真的，你看到这个名字的时候几乎无法判断此人是男是女。真的无法判断。从这个意义上说，田方的名字具有先天的隐匿性质。田方认为，这很好。人活着千万不能随便暴露目标，那样很容易被流弹击中，一头栽倒在红旗挥舞的战场上。一个人若是在胜利前夕死去，那很不好。

此时，田方已经是中年男子了。他还活着，而且认为自己活得很好。尽管有时候他蓦然感到几分孤独，然而独身男子的生活也使他赢得空前的自由。譬如说自己就是自己的皇帝，自己就是自己的看守，甚至自己就是自己的敌人。总之，田方身为金世界房地产开发集团的副总经理，自己就是自己的领导。是的，当田方副总经理乘坐那辆黑色别克轿车前往公司上班的时候，根本无人能够看出他的卑微出身和穷苦经历。

当然，还有那架苏式二十四倍军用望远镜。

十六年前，田方曾经多次躲在本市政治干部进修学院二楼一间小小的办公室里，偷偷欣赏着柳悦的倩影。他幻想着柳悦有朝一日成为自己的妻子，同时他深知这是不可能的事情。因为，那时候的柳悦，已经是

238

甄大军的妻子了。尽管当时的田方也属于英俊小伙儿，但是他认为自己是无法跟甄大军相比的。人家甄大军是高干子弟，而且还是编辑。因此，田方只得举着望远镜躲在暗处悄悄欣赏着高干子弟甄大军的美妻——柳悦，然后偷偷地咽下一团团自卑的苦水。

那是一段不堪回首的日子。田方这位政治干部进修学院后勤处的水暖工，正是在那段令人不堪回首的日子里，从心底发出人生誓言的。田方为自己制订了两个五年计划。他要求自己在第一个五年计划里，成人。他要求自己在第二个五年计划里，成为人上人。光成人不行，必须成为人上人，才能娶到柳悦那样的美貌女子。柳悦——分明已经成为田方人生道路上的一只难以企及的白天鹅。

田方因此而偷偷手淫。他知道这很不好。可是没有办法。轻轻呼唤着柳悦的名字而自慰，这种深深的迷恋已经成为田方生活里的美好节日。

尽管拥有这种美好的节日，田方仍然苦不堪言。他知道这种自慰是对心中美神的亵渎。每当他背着工具兜子气喘吁吁行走在政治干部进修学院的林荫道上，只要远远瞥见柳悦的身影，随即心跳过速而呼吸凝固，立即转身逃避，很是狼狈不堪。因此，几年里田方从来不敢近距离正面注视柳悦。当然，望远镜除外。

其实，从某种意义讲田方的生活也是充实的。他心目之中矗立着一座无与伦比的远距离美神——柳悦。难道人世间还有比这种令人无比向往的美神更为激动人心的偶像吗?

应当说，没有。

那年冬天，田方开始阅读西方心理学家阿德勒的著作《自卑与超越》。他开始懂得，一个人的自卑情结是超越自我的必要前提条件。

那年冬天，田方还是一名水暖工。后勤处的瘸处长告诉田方，家属楼二号楼的暖气跑水了，命令他立即去抢修。田方问是谁家。瘸处长说是甄大军家。

　　田方听罢，双唇颤抖，脸色苍白。天啊，甄大军的家就是柳悦的家。此时此刻你就是将田方逼到悬崖上，这位水暖工也不敢直面那位他在望远镜里屡屡偷窥的美神啊。

　　田方感到一阵眩晕。

　　恰恰是这次眩晕，突然之间改变了田方的命运。

柳悦故事之一

　　其实柳悦这个女子并没有什么引人入胜的故事。她的长相也称不上美若天仙。实事求是说，柳悦的魅力在于她浑身散发着充满生机的青春气息。这种健康的美，在水暖工田方的心目之中，就是一尊无与伦比的美神。不可否认，柳悦的性格开朗而活泼，显现可爱的同时又具有一种简约的特征。这种简约的特征，使男人们在欣赏她的时候，一路直达中途无须换车。

　　这很好。但也注定了柳悦这个女人的命运。

　　柳悦自幼生长在兵营里。她的父亲是一个级别不高的军官。柳悦从小就懂得这样一个道理，人活着是有等级的。她小时候居住在部队家属院里，那里官位最高的就是甄大军的父亲。人称"甄师长"。柳悦的父亲走在院子里见到甄师长的时候，立即停步立正，朝着自己的顶头上司敬礼。因此，柳悦从小就认为甄师长是真的而不是假的。

　　柳悦八岁那年，甄大军十四岁。那时候的柳悦已经显现几分表演天赋，譬如说唱歌。于是八一小学选送她参加军区文艺会演。宣传队员们为柳悦伴舞，她一曲童声独唱《一轮红日从韶山升起》，赢得全场好评。军区司令员摸着她的脸蛋儿说，你是无产阶级革命事业接班人。就这样，柳悦一生的命运便被确定下来。她属于未来的革命文艺人才。多年之后，柳悦果然真正穿上军装，成为 89672 部队文艺宣传队的一员。

那时候，她十八岁。

柳悦一定不会记得那次跟随文艺宣传队前往大寨的慰问演出了。她打起背包爬上汽车的时候，一个中年女军人默默无语站在车前，目不转睛地注视着她。柳悦当然不知道这位女军人就是甄大军的母亲，更不知道这位女军人就是甄师长的夫人葛琴。

葛琴在为自己的儿子选美，因此她的目光显得十分专执，这种目光似乎已经决定了柳悦日后的坎坷婚姻。

柳悦并不知情，她扭头朝着那位中年女人笑了笑，脸上现出两个酒窝儿。

其实，柳悦并不适合走上文艺道路。多年之后柳悦转业到地方，进入这座城市的戏曲学校担任形体课程的教员。经人介绍柳悦参加了十六集电视连续剧《高考》的拍摄，并在剧中扮演一个并不重要的角色婷儿。后来影视界专家们审片，很多人认为扮演婷儿的演员，表演显得做作。该剧导演则认为主要原因是由于电视剧本赋予演员的表演空间有限，妨碍了柳悦的临场发挥。

其说不一。

柳悦自从《高考》之后，便再也没去拍电视剧，她给人以退出演艺界的感觉。是的，婷儿这个角色使得柳悦幡然猛醒，她终于明白，从事文艺表演多年，自己竟然是在一条错误的人生道路上行走多年，一路白白洒满辛勤的汗水。我天生就不是一个演员。她对自己深深感到失望。

由此，柳悦想起自己小学时代的那件事情。那时候八一小学提倡学生们栽种蓖麻，说是提炼低温润滑油支援祖国空军建设。柳悦找来十几颗种子，栽种在自家的院子里。幼苗儿破土，柳悦便精心照料它们的成长。

当邻家的孩子们欢欢喜喜收获蓖麻的时候，柳悦却站在自家的院子里号啕大哭。为什么呢？原来她猛然发现自己栽种的居然不是蓖麻而是一种不结果实的无名植物。面对收获时节，她一年辛勤的汗水变得毫无价值甚至引人窃笑。

柳悦，因此而受到强烈刺激。

"蓖麻事件"对柳悦打击极大，几乎改变了她对生活的看法。当时她认为，这个世界是极其不可靠的。你认为栽种的是蓖麻，其实你已经错了而且不知道错误究竟出在什么地方。生活有时候真的是不可思议的。然而，由于柳悦年龄不大，她很快就从栽种蓖麻惨遭失败的阴影里走出。当时的柳悦丝毫没有意识到这种"种瓜得豆"的闹剧正是人生的荒谬。她只是为自己没有收获蓖麻感到沮丧而已。

柳悦穿上军装成为部队宣传队的报幕员，有时还客串舞蹈演员。她天真烂漫，单纯得很像一杯经过提纯的白水，纯洁而毫无味道。这时候，她遇到宣传队的笛子演奏员。这个人的出现，应当说是柳悦人生道路上的又一株蓖麻。

男子成为笛子演奏员，就注定了他的气力很猛。笛子演奏员在文工团里是有未婚妻的，只是常年忙于演出，他与她多次推迟婚期而已。柳悦从未想到自己居然与笛子演奏员之间发生这样或那样的故事。然而笛子演奏员还是在一次演出归来的路上，突然紧紧将她抱在怀里。

这是柳悦成为女人以来，第一次被男人拥抱。笛子演奏员的突发行为，使得柳悦毫无思想准备。她在他的怀抱里静止不动，然后抬头注视着他的眼睛。她感到对方呼吸急促，就试图从他的怀抱里挣扎出来。

她挣扎着说，你不好好吹笛子，你怎么能够这样做呢？你这样做是没有道理的。

笛子演奏员说，我爱你，我爱你就是最大的道理。我爱你就是最大的道理。

柳悦受到笛子演奏员的震撼。她呆呆注视着对方的眼睛。

笛子演奏员埋头吻了柳悦。他吻得很深，就是美国式湿吻。

柳悦不懂什么是美国式湿吻。她只知道，这是自己的初吻。她就这样将自己的初吻送给了笛子演奏员。

笛子演奏员的大手抚摸着柳悦的脸蛋儿，表情强烈地说，柳悦我告诉你，今天我爱你，明天我还要继续爱你的。

柳悦说，你已经有未婚妻了，为什么还要爱我呢？

笛子演奏员说，我爱你，从明天开始，你就是我的未婚妻了。

明天？柳悦似乎并不懂得明天究竟意味着什么，同时她似乎也不懂得爱究竟意味着什么。难道爱就是深深的吻吗？

第二天中午，柳悦在食堂里遇到笛子演奏员。他偷偷朝她挤了挤眼睛，目光里充满柔情蜜意。

柳悦，天黑之后我在小树林里等你。笛子演奏员语气十分坚定。

不知为什么，柳悦走出中午的食堂，竟然期待着黄昏的到来。

黄昏到来之前的时光是极其漫长的。柳悦坐在宿舍里，心事重重的样子。

这时候的柳悦，突然想起了自己当年播种的蓖麻。

天近黄昏，柳悦的心儿咚咚跳得很响。这是一段十分难熬的时光，柳悦没有吃饭，只是期待着天黑。天终于黑了。柳悦悄悄溜出军营里的战士宿舍，朝着军营大门走去。小树林在军营大门外，东侧。今天晚上，小树林里有着深深的吻。

走近军营大门，前面响起宣传队指导员的声音，惊诧的口吻里充满喜悦。

柳悦啊柳悦啊，你怎么知道首长看你来啦？

借着军营大门前的灯光，柳悦终于看见宣传队指导员身旁站着一位身穿绿色军装的女首长，雄赳赳气昂昂的样子。

她就是葛琴。葛琴投出不冷不热的目光，静静注视着柳悦。

柳悦，多年之前错种蓖麻，多年之后她在走出军营大门的时候，再度失去夜晚的小树林。

葛琴仍然不冷不热地注视着神色局促的柳悦，似乎是在观察军事地形。

宣传队的指导员说，柳悦，首长专程赶来，就是要跟你谈一谈的。

柳悦哦了一声，极其留恋地朝着军营大门外的小树林望了望。

小树林里，夜色苍茫——那里没有蓖麻。

甄大军故事之一

甄大军是葛琴长子，长子就是大儿子。当然，甄大军的父亲就是那位甄师长。甄师长后来提升为省军区副参谋长，举家搬离柳悦当年居住的部队大院，住进了省城。从此，甄师长成了甄副参谋长，称呼起来更为复杂了。甄大军却依然是甄大军。

甄师长或者说甄副参谋长为什么给自己的长子取名甄大军呢？这是因为当年甄师长还是甄连长的时候，在广西参加剿匪，当地群众称呼解放军为"大军"。为了纪念这段难忘的战斗经历，他喜得贵子之时，便向妻子建议，给儿子取名甄大军。当时妻子葛琴是文工团的小演员，领导命令她嫁给甄连长，她就嫁了，而且很快就怀了孕。甄大军出生之后，甄连长便被提拔为副营长。甄副营长的名言是："男子汉有本事就管老婆；男子汉没本事就被老婆管。"

甄副营长忠实地兑现着这名句言，他从副营长起步，一步步成为甄师长乃至甄副参谋长，同时坚贞不渝地接受着葛琴的领导。尽管甄某人的卧室墙上挂着一只象征着男性权威的牛皮枪套，即使有朝一日成为皇帝，那么葛琴首先就是武则天。

从这个意义上讲，甄大军应该感到荣幸——他居然拥有这样的父亲。

甄大军十四岁的时候，就读于部队大院附近的八一中学。他外表木讷，行动迟缓，跟男孩子们相比几乎毫无出众之处。同学们知道他的父亲是真师长而不是假师长，更知道甄大军的父亲是这座部队大院里的最高长官，于是甄大军的身价自然与众不同。

这种至高无上的地位使得甄师长在这座部队大院里显得很孤独，因此甄师长的儿子甄大军在八一中学读书，也显得很孤独。

似乎正是由于这种原因，使得甄氏父子成为这个世界上最为孤独的父子。然而甄师长乃赳赳武夫，一身孤独则越发显示了他的领导地位。甄大军就惨了。甄大军的孤独，使他的性格变得冷漠而且对这种可怕的冷漠性格毫不介意。

甄大军就这样成长。成长之中的甄大军，被母亲葛琴视为掌中之宝。是啊，毫无疑问甄大军是这座部队大院里地位最高的男孩儿。

甄大军的人生道路便这样开始了。十四岁那年，他在部队大院的小礼堂里第一次看到文艺宣传队的演出。那次演出使得八岁的柳悦一举成名，她的独唱独舞十分精彩，博得一阵阵热烈的掌声。多年之后葛琴回忆那场演出的时候，仍然记忆犹新。

八岁的柳悦登台独唱，甄大军坐在小礼堂的第一排。他的母亲葛琴坐在儿子身旁，注视着舞台上载歌载舞的小柳悦。文工团员出身的葛琴蓦然想起自己当年的舞台生涯，然后扭脸看着身旁的甄大军。

甄大军表情木然，观看着台上的演出。一个十四岁的男孩儿居然能够拥有如此木然的表情，葛琴感到十分惊诧。然而她并没有纵深思考甄大军的心理状态，却在心底酝酿着一个新颖的想法。

大军，今晚演出结束之后你应当到后台去。

我为什么要到后台去？

你应当送给柳悦一个礼物。

柳悦是谁？我为什么要送给柳悦礼物？

柳悦就是那个独唱并且独舞的小姑娘。她在今晚的演出里贡献很大。你应当到后台去对她表示祝贺。

哦。表示祝贺。

母子的对话就这样结束了。演出在晚间十点钟准时结束。文工团员出身的葛琴投出期待的目光注视着甄大军。她当然希望自己的儿子起身勇敢地走向后台，因为他毕竟已经是个十四岁的男孩儿了。

甄大军果然没有让母亲失望。当演出在经久不息的掌声里宣布结束的时候，他起身朝着后台走去。

多少年过去了。没有任何人知道甄大军在后台找到柳悦之后，向她说了什么。多少年过去了，葛琴的最大愿望就是破译这个秘密，然而她今生今世恐怕难以得知了。因为，当年只有十四岁的甄大军早就忘记了那个演出结束之后的普通夜晚，而柳悦由于年岁太小，更是对当时发生的事情毫无印象。她只记得当时的后台灯光昏暗，人影晃动，仿佛演了一场乱哄哄的皮影戏。

甄大军不应当忘记，他站在尚未卸装的柳悦面前，说小妹妹我要送给你一个礼物。

柳悦也不应当忘记，她说大哥哥你要送给我什么礼物啊。

甄大军指着台下灯影里的葛琴说，我要把我妈妈送给你。

就这样，表情木然的甄大军将自己的母亲当作礼物，送给了小演员柳悦。是的，这就是命运，甄大军将一个文工团的老演员送给了一个文工团的小演员。

葛琴对此事一无所知。葛琴对此事今生今世一无所知。

这便是甄大军在十四岁那年的一个夜晚的一次壮举。必须指出的是柳悦根本没有给甄大军留下任何印象。表情木然的甄大军离开后台，回家就睡觉了。第二天吃早餐的时候，母亲小声询问甄大军。他积极地咀嚼着馒头，象征性地朝着母亲呜嗯了一声，然后埋头喝粥。

葛琴笑了，她以为儿子颇具大将风范。

田方故事之二

田方的成长经历显然无法跟甄大军相比。如果必须追溯到田方的青少年时代，完全可以用"一穷二白"这四个字来概括。田方在中学时代留给人们的深刻印象是他喜欢烹饪。至于这个出身贫寒的小伙子为什么对厨艺情有独钟，原因则无人知晓。

田方喜欢烹饪，完全是因为他嘴馋。他生活在经济窘迫时代，家里几乎没有任何能够解馋的东西。解馋，必须挖掘自身潜力，譬如他通过深入研究《大众菜谱》，竟然可以用豆腐替代蟹肉，同时还可以用猪皮替代鱼肚，甚至可以用大白菜烧出鲜笋的味道。总之，平民子弟田方通过多年的厨房实践，深深懂得了这样的一个道理：一个人是无法改造世界的，但是他可以改造自己，譬如说提高厨艺或者磨炼自己的肠胃。

总结自己的成长经历，田方惊讶地发现自己人生旅途上的重大转折，居然获益于烹饪技艺。是啊，烹饪这门技艺使他从社会底层一步步走向上流社会。民以食为天的古训，真是至理名言啊。事实正是如此，高干子弟甄大军当年端着饭盒前往食堂打饭的时候，热爱厨艺的田方已经掌握了"煎炒烹炸"的基本要领并且学会制作大众菜肴。

时光流逝，光阴荏苒，热爱厨艺的田方终于成为政治干部进修学院的一名水暖工。

这时候，甄大军家里的暖气跑水了。后勤处的处长通知田方前去抢修。他听说是甄大军家，立即想到了柳悦并且随之产生了强烈的眩晕感。小小的水暖工田方当然不敢违抗后勤处长的命令，拎起工具兜表示服从指挥，然而他的双腿颤抖，几乎无法迈开步子。

后勤处长不知道田方为什么如此怯阵，但仍然愤怒不已。他临时指派另一名水暖工紧急前往甄大军家抢修暖气，然后指着面色苍白的田方，说他关键时刻就是派不上用场。

田方无言以对。田方为了摆脱内心浓重的自卑感，只得将自己暗暗想象成为郁郁不得志的当代韩信。

后勤处长办公桌上的电话机突然叮铃叮铃响了起来，后勤处长抄起电话筒喂了一声，立即变得满脸堆笑。这是田方多年以来首次在后勤处长脸上看到这种笑容。这种笑容说明电话机里盛着一个大人物。

放下电话，后勤处长立即委派田方迅速前往花园路一号，为贾部长家里修理卫生间的水箱。田方不敢怠慢，从后勤处长手里接过地址转身骑上自行车，匆匆去了。

骑着自行车经过甄大军居住的楼门，田方猛然看到柳悦的倩影一闪而出。他慌了，低头骑车而过。他心里知道，柳悦根本不晓得政治干部进修学院里有个名叫田方的水暖工。他认为自己永远也不会进入柳悦的视野。

花园路是这座城市的高级住宅区。那时候这一带的住户，几乎是清一色的高级干部。田方身处社会底层，当然不知道"贾部长"何许人也。他手里拿着后勤处长委派的地址，气喘吁吁摁响了那座小洋楼院外的门铃。

他不敢再摁门铃，而是满脸怯意站在门外，耐心等待着。终于，一个保姆模样的妇女前来开门，满脸怀疑的表情。田方向她解释，说是来修理卫生间水箱的。保姆脸上现出几分愠色，似乎是责怪田方行动迟缓。田方不便解释，只得拎着工具兜跟随保姆走上小洋楼。

有生以来，田方首次走进这种高级住宅。他和父亲都是普通的工人，居住在河北工人新村的一间青砖平房里。

小洋楼总共三层。三楼卫生间的水箱漏水，小毛病。田方很快就排除了故障，开始洗手。这时候他听到从二楼传来声音，一个男人似乎正在斥责那个保姆，语气显得非常激动。田方仄耳细听，认为这个情绪激动的男人应当就是那个"贾部长"。

那时候的田方已经二十六岁。尽管二十六岁，他还是没有见过什么大世面。他拎起工具兜站在三楼卫生间里，思忖着如何离开这里。

田方背起工具兜，蹑手蹑脚走下楼梯，心情紧张地来到二楼。这时候他清楚地听到二楼的房间里传出贾部长的声音。贾部长仍然在斥责着保姆，大意是为什么将散什子炒成这种难以下咽的味道。

散什子？田方心头一阵惊诧，如果他没有猜错，那么这位贾部长一定是房县人。田方祖籍房县，因此他知道散什子地方风味，它虽然属于粗食，但炒制方法复杂，因此味道极其独特。

贾部长继续发泄着。

保姆唯唯诺诺的声音，表示她真的不会炒制散什子。

贾部长怒不可遏的声音几乎冲破房间。看起来，散什子已经成为贾部长离休之后的不可或缺的饮食了。

田方不知道从哪里涌来莫大的勇气，他推门走进贾部长的房间，看到这果然是一间卧室。一个老男人躺在一张大床上，满脸怒气。

贾部长，我可以为你炒一份散什子。

保姆惊了，指责田方未经许可贸然进入贾部长的卧室。

贾部长呆呆注视着这个突然出现的年轻人，竟然笑了。

你是谁？

我叫田方。我是政治干部进修学院的水暖工。我是来修理卫生间的水箱的。我已经把水箱修理好啦。我知道散什子是房县的风味食品。我以前做过散什子。

贾部长冷笑了，目不转睛注视着田方。

我以前真的做过散什子。田方执着地说。

贾部长命令保姆领着田方前往楼下的厨房。大约二十分钟之后，贾部长吃到了货真价实味道纯正的家乡美味——散什子。

田方再度走进贾部长卧室的时候，已经知道这位离休老干部是前任市委常委兼宣传部长。贾部长注视着站在床前的这位年轻的水暖工，问他想做什么工作。田方回答说，您厨房的水龙头漏水，我想把它修好。

我是问你如果我将你从水暖工的岗位上调离，你的理想是从事什么工作呢？贾部长耐心问道。

田方毫无思想准备。贾部长的提问对他来说不啻于天边传来惊雷。然而田方必须回答贾部长的提问。这时田方想起甄大军。甄大军无形之中成为他心中攀比的目标。甄大军是政治干部进修学院的内部刊物《理论学习》的编辑。

田方如实告诉贾部长说，他的理想是当编辑。

贾部长笑了，随手抄起床前的电话说，你的散什子炒得很好。

三天之后，田方调离政治干部进修学院，手里拿着调令前往机关行政事务管理局报到。当天，他就被分配到机关行政事务管理局的内部刊物《行政管理》编辑部，成为一名见习编辑。

三天之内发生了如此天翻地覆的变化，委实令田方心中暗暗吃惊。人的命运，完全不是自己能够掌握的。田方似乎看到一只无形的大手，拨弄着命运的琴弦。

有得有失。田方离开政治干部进修学院之后，彻底失去手持望远镜欣赏柳悦的机会。

成为《行政管理》杂志的编辑，田方每天下班并不回家，而是径直前往贾部长家里，为这位余威尚存的离休老干部烧制晚餐。这叫无心插柳柳成荫。当年田方学习烹饪是因为嘴馋——为了自己动手安慰自己的胃口。他万万不会想到小小厨艺竟然能够在人生的关键时刻派上用场。田方完全有理由认为，恰恰是厨艺改变了他的命运。如果说得更为确准，那么应当认为是散什子改变了他的命运。

散什子万岁。

有那么一天，田方正在贾部长的厨房里烧饭，一位姑娘走了进来。她就是大龄女青年解薇。解薇的父亲是贾部长的老战友。因此解薇属于干部子女。她是在厨房里品尝到田方制作的散什子的，其评价为"味道蛮可爱的"。

继散什子将田方从水暖工改变为编辑之后，解薇再次充当了改变他命运的角色。

这时候的田方，已经渐渐将心中偶像柳悦给忘记了。他的那架苏式二十四倍军用望远镜，也存放在箱底而久久难见天日了。

田方懂得了解薇在他人生道路上的价值，他开始追求这位出身干部家庭的大龄女青年。

甄大军故事之二

甄大军也许根本意识不到自己将永远笼罩在母亲葛琴的羽翼之下，难得解脱。是的，葛琴一连给丈夫生了五个儿子，俗称甄氏五虎。然而她最为关切的莫过于长子甄大军。她与甄大军之间，仿佛有着不可思议的缘分，这种缘分说明似乎她与他前世就是母子。

其实，这很糟糕。

身为母亲，葛琴试图将儿子培养成为文武全才。她煞费苦心，甚至从甄大军十四岁时便开始为他物色未婚妻的候选人。这种罕见的超前意识，使得葛琴同志身心处于极端疲惫的状态下，多年不得歇息。葛琴在部队大院里偶然发现了柳悦。她细心询问这位漂亮的小姑娘年龄，得知柳悦小甄大军六岁。真是无巧不成书。葛琴恰恰比丈夫小六岁。这完全

251

可以成为翻版，甄大军如果讨小他六岁的媳妇，应当认为是天意。于是，从柳悦八岁开始，葛琴便开始长期跟踪观测柳悦，这种长期的跟踪观测随着柳悦的成长而一日不曾间歇，堪称壮举。葛琴的行为完全可以与天文学家跟踪观测太阳系的小行星相媲美。是的，柳悦就是葛琴心目之中的"小行星"。

甄大军对此一无所知。

甄大军突然有一天接到入伍通知。他茫然不知所措，只得跑去向母亲请示。葛琴是这出"送子入伍"活剧的导演，但她装出毫不知情的样子，居然告诉儿子是部队首长慧眼识金，相中了甄大军这个人才。甄大军信以为真，于是在很长很长的一段时间里他处于极其自信的状态之中而毫无自知之明。

入伍之后的甄大军，虽然穿上绿军装却被安排在番号 321 的陆军医院里服役，他的岗位是血液化验员。甄大军在此之前看到的鲜红颜色，只有五星红旗，当他在显微镜里见到鲜血的时候，感到一阵眩晕。当然，他的这种眩晕与多年之后田方看到柳悦时产生的眩晕感，毫无共同之处。晕血的甄大军度日如年，时时感到自己被一团团浓重的血光笼罩，不得解脱。于是他强烈要求调离化验室。葛琴暗暗找到卫生部长，将甄大军调到医院药房。甄大军在药房工作一年，但是绝对没有接触绝孕药。多年之后葛琴同志追悔莫及，她坚决认为自己将儿子调到药房工作属于重大失误，因为后来甄大军在新婚之夜并没有表现出男人应有的战斗力。当然这是后话。

甄大军是无辜的。他在 321 医院的药房里工作不但没有接触绝孕药，而且渐渐产生爱岗之心并立志成为一名出色的药剂师，尽管如此，他还是在那年夏天接到了省城大学的入学通知书。当然这次又是葛琴同志充当了幕后导演。甄大军再次认为自己在部队首长眼里属于难得之才，于是他离开医院药房，前往省城大学成为一名当时极其时髦的工农

252

兵大学生。

甄大军行走在文武全才的道路上，母亲暗暗为他选择了哲学系。葛琴深知，亦文亦武才是全面发展的必由之路，哲学应当是文科里的最高学问。

于是，甄大军就学哲学了。走在大学校园，甄大军渐渐成为一个胸无大志的人。当初发誓成为一名出色药剂师的雄心壮志，随着社会角色的不断转变而荡然无存。甄大军在母亲葛琴的塑造之下，只剩下一具躯壳，哲学系大学生的躯壳。

工农兵大学生，学制三年。读到大学二年级，甄大军的父亲突发心脏病，离开领导岗位，长年住院治疗。这时候的甄大军通过学习马列主义哲学，已经成为一个彻头彻尾的唯物主义者。他知道父亲不但可以生病，而且还可以死亡。正是在这种情况下，葛琴郑重地写信通知他，不要在大学里谈恋爱，因为母亲已经为他物色了理想的婚姻伴侣。

母亲的突然来信，很令甄大军感到茫然。他认为母亲纯属多此一举，因为在此之前他从未产生在大学校园里谈恋爱的念头。于是他写信给母亲，大意是请她老人家放心勿念，自己正专心学习绝无恋爱之念。

十天之后，母亲突然出现在校园里，这越发令甄大军感到意外。既然父亲卧病在床，母亲应当留在父亲身旁，精心护理才是。甄大军询问母亲光临校园有何要事。葛琴以她几十年如一日的飞扬跋扈的语言风格表达了自己此行真实目的："我读了你的信，认为你是欲盖弥彰，所以匆匆赶来对你进行实地考察。"

母亲的这番话，甄大军终生难以忘记。从此，他似乎变成另一个人了。他既没有了医院化验员和药剂员的经历，也没有了哲学系大学生的感觉。他继续埋头读书，但绝不是哲学书籍。他满脸木然表情，坐在大学图书馆里俨然学者风度。他似乎没有什么心事，然而又似乎心事重重，即使真正的哲学家也难以判断他的内心世界到底是什么风景。就这样，甄大军终于挨到大学毕业。

那时候中国已经有人下海经商。然而甄大军在母亲的授意之下，还是选择去政府机关工作，半年之后他从政府机关转到政治干部进修学院充当一名教师，半年之后他又转到学院的内部刊物《理论学习》充当一名编辑。

这时候，葛琴仍然坚定不移地充当着甄大军母亲的角色。

是的，此时的甄大军已经没有心思谈恋爱了。今生今世，他也不知道自己究竟应当做什么。

柳悦故事之二

女军人也是人。柳悦也不例外。她服役到第八年，显得很光荣，然而同样面临转业。宣传队名存实亡，人们作鸟兽散。就连得到柳悦初吻的那位笛子演奏员也提前转业回到地方去了。

柳悦彷徨，但是她没有呐喊。因为她留恋部队的生活，尤其留恋宣传队的生活。其实柳悦并不知道她必须留恋这里的生活，因为除此之外她并知道这个世界还拥有别样的生活。

柳悦很单纯，也很肤浅，她单纯得肤浅得就像小溪里一条浮游的小鱼儿，根本不懂得什么叫作大江大湖。

好在大江大湖就在前面等待着柳悦呢。这一天，葛琴大步走进军营，径直走向宣传队宿舍。她跟踪考察柳悦多年，虽然面临裁军，但她对这里的一草一木仍然烂熟于心。

葛琴很有组织原则，她首先找到宣传队的指导员。自从她开始跟踪考察柳悦，这已经是宣传队的第八任指导员了。她曾经要求历任指导员严格管束柳悦，绝对保证她在退役转业之时仍然是处女。为了保证完成这个近乎荒唐的任务，宣传队历任指导员日日夜夜所付出的艰苦卓绝的努力，不啻当年红军的爬雪山过草地。

现任指导员向葛琴同志汇报了柳悦近况，认为一切情况正常，保证处女膜完好无损。葛琴满意了，随口表扬了指导员几句。

受到首长表扬的宣传队指导员头脑发昏，竟然从怀里掏出一张当天的报纸，说社会上有几家大医院在报纸上刊登修复处女膜手术的广告，说是绝对保证解除未婚女子的身心痛苦，并且保护患者的隐私权。

葛琴听罢，勃然大怒，起身离去。呆头呆脑的指导员一时不知如何是好。

葛琴是在盛怒之后找到柳悦的。这位女首长以《人民日报》社论的口吻说，柳悦我是专程赶来通知你的，你跟甄大军谈恋爱吧，我希望你能够成为我们家的儿媳妇。

柳悦毫无思想准备，只是下意识地朝着葛琴这位女首长行了一个军礼。葛琴笑了说，你跟我年轻的时候一模一样，我从你身上看到了当年的自己。

那时候，世界上"克隆"这个词语还没有广泛流行起来。

葛琴匆匆走了。

柳悦只身跑到军营外面的小树林里，哇的一声哭了起来。她就这样哭了很久，最终也不明白自己为什么如此挥洒泪水。

她确实很肤浅，很像一条离开小溪而游向大海的小鱼儿。黄昏时分，她擦干眼泪离开小树林，返回军营。这时候，柳悦蓦然想起当年的那位笛子演奏员，还有初吻。多少年了，真的没有第二个男人吻过她。柳悦当然不知道，宣传队的历任指导员统统是在葛琴的授意之下，悄然在她的周围布下无形壁垒，因此任何男性休想走近柳悦身旁。从这个意义上说，那位笛子演奏员真的打破了一项世界纪录。

当天晚上，柳悦悄悄溜进总机室，请电话班的姐妹为她接通了家里的长途电话。那时候柳悦的父亲，已经熬到正团职了。

家里，可巧是柳悦的母亲接电话。柳悦一口气说出葛琴前来军营"选妃"的消息，电话里妈妈惊诧不已，激动得一时说不出话来。

柳悦母亲将电话筒递到柳悦父亲手里，这位正团职的军人居然也激动得语不成声。

柳悦似乎明白了父母的态度，便放下了电话。她知道，父亲多年身为下级军官，一定是为女儿的这门婚事而感到荣耀的。

临近春节，中国北方开始下雪。柳悦在宣传队指导员的催促下，回家探视父母。回到家里，母亲朝着她灿烂地笑着，仿佛心里真的埋藏着一件天大的喜事。

妈妈对女儿说，葛琴首长打来电话，要我送你明天去省城结婚。

我去省城是跟甄大军结婚？我已经十几年没有见到他啦。

父亲告诉女儿，既然你十几年没有见到甄大军了，更说明你们是部队大院里的青梅竹马。十几年不见，仿佛一瓶埋藏了多年的老酒，味道更醇更香。

女儿思索着说，爱情当然可以比喻为老酒，存放愈久味道愈醇；可是婚姻则不能这样比喻，婚姻不是老酒。

母亲不同意女儿的观点。在老一辈人心目之中，爱情就是婚姻，婚姻就是爱情。

当天夜里，柳悦失眠了。她总是感觉心里荡然无物，几乎成为一派空白地带。清晨，母亲为她煮了鸡蛋，催促她起床。父亲不言不语，坐在餐桌旁注视着即将上路的女儿。不知道为什么，柳悦心里反而感到踏实起来，她知道开往省城的火车是八点二十六分，就吃了两只鸡蛋。

父亲叫来一辆军用吉普军，送站。母亲为女儿拎着一只提包，完全是警卫员的样子。柳悦跟随母亲坐在军用吉普车里。父亲站在车前，朝女儿挥了挥手。父亲大声告诫柳悦，一定要听首长的话，既然转业就留在省城工作吧，不要惦记家里。

军用吉普车朝着火车站开去。这座城市的火车站不大，其规模远远不及省城。母亲下了军用吉普车，在火车站的小广场上遇到一个熟人，就大声告诉人家自己是送女儿去省城结婚的。

　　柳悦上了火车就睡着了。省城不远，火车也只走八个小时。母亲处于激动状态，真的如同警卫员一般，目不转睛守护在柳悦身旁。

　　睡梦里，柳悦走在大路上。大路上人来人往，柳悦视而不见，却发现一个男子朝她走来。这是一个陌生男子，高高的个子。柳悦一觉醒来，她牢牢记住了睡梦之中那个男子的长相。

　　这个男人是谁呢？难道他就是我十几年不曾见面的甄大军吗？柳悦思忖着，并没有将自己的这个梦境告诉母亲。

　　母亲注视着一觉醒来的女儿，如视珍宝。

　　火车到达省城的时候，天色渐渐黑了。冬天就是这样，天很容易就黑了，而且黑得一塌糊涂。

　　省城接站的也是一辆军用吉普车。就这样，军用吉普车成为柳悦婚姻的重要载体，多年之后军用吉普车退出历史舞台，城市大街上没了它的身影，然而柳悦仍然难以忘记。是的，她是乘坐军用吉普车被接进甄家的。

　　军用吉普军驶进甄家大院，柳悦并没有看到辉煌的灯火。她跟随母亲下车，看到一个警卫员跑上前来从母亲手里接过那只人造革手提包。之后，柳悦跟随着这只人造革手提包走进甄家大门。

　　客厅确实很大，说明主人离休之前，级别较高。葛琴迎上前来，热烈地与柳悦母亲握手。柳悦母亲诚惶诚恐，连声叫着首长。

　　这是柳悦有生以来第一次在葛琴脸上看到笑容。这使人想起月食。

　　葛琴注视着面前这颗被她观测多年的"小行星"，十分满足地笑了。葛琴挥了挥手说，结婚证已经领下来了，明天举行结婚仪式吧。

　　柳悦环视着大客厅，感到十分生疏。葛琴以为柳悦急于寻找甄大军，便笑着告诉她今天晚上甄大军忙于这期杂志的校对，去了印刷厂。听了葛琴这番话，柳悦终于想起了甄大军。

哦，我千里迢迢跑到这里，原来是跟甄大军结婚的。

吃罢晚饭，还是不见甄大军回来。葛琴不无自豪地在餐桌上夸赞着自己的儿子，说男子汉就是要以工作为重，不要儿女情长，整天婆婆妈妈的。

晚餐之后，柳悦在葛琴的陪同下，来到二楼卧室探望甄大军的父亲。柳悦心里想，明天举行结婚仪式之后，这个长年卧床不起的老首长就成为我的老公公了，于是心里感到一阵好笑。

这天夜里，柳悦和母亲睡在一楼的一间房子里。她与母亲并排躺在床上，身上盖着很厚的棉被。

母亲轻轻叹了一口气，似乎内心有几分伤感。柳悦耐心等待着。母亲终于说话了。

柳悦，你明天就是甄家的人啦。

柳悦笑了笑说，我还是柳悦嘛。

黑暗里，又响起母亲的声音。柳悦，你告诉我，你能保证自己是处女吗？

柳悦越发觉得可笑，便咯咯笑了起来。

深夜，熟睡之中的柳悦被一阵咚咚上楼的脚步声惊醒了。她认为那是一双沉重的皮靴子发出的声音。母亲也被扰醒了，小声说这是甄大军回来了。

哦，《理论学习》的编辑甄大军居然穿着一双这样沉重的皮靴。柳悦暗暗想道。

第二天早晨柳悦醒了。她睁开眼睛环视着陌生的房间，突然感到害怕。她伸手摸了摸身边，空空荡荡。这时她终于想起这里是甄家，今天是结婚的日子。

母亲显然早就起床了。住在首长家里，一般人是不敢贪睡的。不知为什么，柳悦产生了一股恶作剧心理，她决定就这样躺在床上，睡下去。她真的很想知道自己这样睡下去，究竟会是什么结果。

柳悦这样想着，真的就睡着了。

不知过了多久，她被脚步声惊醒。她佯寐，等待着动静。这时候她感到有人站在床前，注视着她。

她紧闭双眼，心里思忖着。这个人是谁呢？

这时候她听到一个男人的声音。柳悦你起床吧。柳悦你不起床要我怎么办呢？

柳悦睁开眼睛，果然看到一个身材高大的男人站在自己床前。

这个身材高大的男人，就是即将成为柳悦丈夫的甄大军。

柳悦哇的一声，哭了起来。

甄大军慌了，连声说，这可怎么办啊这可怎么办啊。

田方故事之三

田方是男人。男人有时候是要结婚的。田方并不例外，他娶解薇为妻，并且做上"上门女婿"。新婚之夜，新郎田方与新娘解薇做爱，这时候他终于想起柳悦，心底难免一番感慨。是的，今生今世如果要田方重新指定妻子，他首先还是选择柳悦。

柳悦已经成为田方心底无法冲破的情结。他担任《行政管理》杂志常务副主编之后，解薇便怀孕了。一天，田方在大街上与一位孕妇擦肩而过，他蓦然想起，这个大腹便便的女人就是柳悦。

哦，柳悦终于怀孕了。当年田方在政治干部进修学院当水暖工的时候，曾经多次暗暗揣摩这个问题：甄大军结婚两年，柳悦为什么不怀孕呢？尽管柳悦根本不知道这个世界上有个名叫田方的水暖工，但田方还是暗暗关注着这个结婚两年却久久不见怀孕的女子。后来，田方听说柳悦为了保持体型健美，决定推迟生育。田方不知这个消息是否准确，然而他认为柳悦的这种选择是正确的。是的，柳悦不应生育，柳悦应当永远保持窈窕淑女的形象。

注视着柳悦的背影，田方不由自主跟踪上去。他看到柳悦挺着大肚子，走进一家鲜花店。

田方站在鲜花店门外，等候着。终于，柳悦手里举着一束康乃馨，挺着大肚子走出鲜花店。田方注视着柳悦，发现这个女人即使怀孕，依然是很好看的。

他下意识地躲闪一旁。柳悦从他身旁缓缓走了过去。这时候田方终于明白了，柳悦并不认识他。这不足为怪，因为当年他只是后勤处里一个毫不起眼的水暖工而已。

田方望着柳悦渐渐远去，心里猛然想起甄大军，心头不由泛起一阵妒意。你甄大军是《理论学习》的常务副主编，我田方是《行政管理》的常务副主编，今天我与你平起平坐，明天我还要超越你呢。

男人的雄心大志，往往爆发于偶然小事之间。田方也是这样。他怀着这种复杂的心理回家，看到离休在家的岳父大人正坐在院子里晒太阳呢。

岳父离休之前是这座城市的建设委员会办公室主任。自从田方成为这家的女婿，岳父大人就不用雇保姆做饭了。田方的厨艺真正满足了他老人家晚年的胃口。从这个意义上说，这个家庭不是招赘而是聘请厨师。

今天有客人来吃饭。他是住宅开发集团的郑董事长，以前是我的老部下。岳父大人给田方下达了命令。

郑董事长是南方人还是北方人？田方开始构思菜谱。

岳父大人哈哈大笑说，这位郑董事长是房县人。

房县人。房县人喜欢吃散什子。天啊，又是散什子。这莫非是上天暗示，好运将再次降临到我头上？田方站在厨房里思索着，着手准备晚餐。

解薇招唤着丈夫，说是想吃番茄汤面。田方为了解薇肚子里的孩子，当然不敢怠慢。他告诉怀孕的妻子今天晚上家里宴客，他要在厨房里忙碌一下午。解薇并不理解丈夫的心情，说，你的一技之长就是做饭嘛。

田方不言不语，回到厨房，操刀杀鱼。他心里寻思着郑董事长这个人物，认为今天的晚餐是自己人生道路上的转折点。

郑董事长是六点十分走进大门的。他身材很胖，呼呼喘着粗气，指着坐在沙发上的老上级说，我今天不喝白酒也不喝啤酒，我今天要喝热气腾腾的绍兴老酒。

田方从厨房里走出，说我已经烫热了绍兴老酒。

郑董事长指着田方说，你就是解家的上门女婿？我早就听说你是烧菜做饭的行家里手，好吧，今天我真要领教领教你的手艺。

田方在此之前已经知道，这位郑董事长当年只是建筑公司的普通瓦工，一步一步往上爬，如今终于登上珠穆朗玛峰。

晚餐开始了。解薇怀孕自然不能出面陪客，躲在自己房间里。田方充当厨师兼跑堂伙计的角色，忙得手脚不闲。田方的岳父与郑董事长，一主一客，喝着绍兴老酒。

厨房里，田方站在灶前，开始精心炒制房县著名风味小吃散什子。这时候他知道散什子的重要作用，但并不知道自己的人生道路将发生什么样子的转折。

这时候，田方又想起了甄大军。今天是这一期《理论学习》三校的日子，此时的甄大军一定坐在家里台灯前，一心一意寻找错别字呢。

郑董事长酒量很大，一晚上喝光三坛绍兴老酒，于是显出豪情万丈的样子。田方知道是时候了，端着一盘水亮油光的精心炒制的散什子走到桌前。

郑董事长醉眼惺忪，看到摆在桌上的散什子，目光骤然放亮。他下意识地伸出调羹，舀了一勺散什子放进嘴里。

田方的岳父对郑董事长说，你可要小心烫嘴啊。

郑董事长大声说，老主任你哪里懂得，这散什子必须趁热吃，否则就没有味道。说罢，郑董事长闭目咀嚼，品味着散什子的独特味道。

田方站在桌前，目不转睛注视着酒囊饭袋式的郑董事长。

郑董事长睁开眼睛，伸出左手指着站在右边的田方问道，你是什么人？

田方回答说，我是《行政管理》杂志的常务副主编。

郑董事长笑了，说你是当编辑的怎么会做出味道这样纯正的散什子呢？这样吧，明天你就到住宅发展集团报到，我要得到你这个人才。

田方的岳父也笑了，说田方你若真想换个工作环境，就去住宅发展集团，这个以政府为依托的股份制企业集团，很有发展前途。

三天之后，田方骑着自行车来到住宅发展集团。这果然是一家实力雄厚的大公司，总部设在一座十六层写字楼里，气势很大。田方乘坐电梯来到十二层，寻找着郑董事长的办公室。他被一位年轻漂亮的小姐拦住，接受盘问。

这时，田方看到郑董事长从楼道的另一端走来，便满脸堆笑大步迎上前去。

郑董事长面无表情，径直走进办公室。田方愣住了，一时不知如何是好。漂亮小姐笑着告诉他，请回吧郑董事长根本就不理睬你。

田方不言不语，站在郑董事长办公室门外，等候着。

漂亮小姐轻蔑地笑了笑，走开了。

田方就这样在郑董事长办公室门外，等待了三个小时。

262

郑董事长终于开门，沉着面孔问他，你到底是什么人？

田方说，我是一个很会炒制散什子的人。

郑董事长终于冷笑了，说你为什么不说自己是解家的女婿呢？

田方回答说，我认为解家女婿未必就是我的永久身份。

郑董事长说：你知道，这幢十六层的大楼里有我的私人厨房。

田方点了点头。

第二天，田方离开《行政管理》杂志，走进这幢十六层大楼报到上班，成为住宅开发集团的一名员工。郑董事长并没有留他担当私人厨师，而是任命他为勤杂工，负责打扫董事长和总经理的办公室。这种工作田方做了三个月，显现出十足的绵羊脾气。第四个月，田方被任命为董事长特别助理。郑董事长私下对人说，如今社会像田方这样既具有绵羊脾气同时又具有狗性的人，已经不多了。

解薇分娩，生了一个女孩儿。这个女孩长到十八个月，田方就跟解薇提出离婚。解薇无论如何也没有料到出身低微的田方会跟她这个高干的女儿离婚，于是一病不起。

田方是在成功接待国家建设部几位高官之后，被任命为住宅开发集团副总经理的。国家建设部的几位高官对田方的接待工作赞不绝口，于是就将一个一亿六千万元的项目给了住宅发展集团。田方成为全公司英雄般的人物。举凡英雄往往是孤寂的，于是田方决定从解家搬出并且办理离婚手续，不动声色地住进公司分配给他的一套四室两厅的高层住宅里。

出身贫寒的田方非常激动，这套四室两厅的住宅毕竟是有生以来真正凭借自己力量获得的，尽管与散什子有关。为了给自己庆功，当天夜里从不饮酒的田方独自喝了半瓶白酒，酩酊大醉。

每天上班下班，田方乘坐的是黑色别克。这是公司为他配备的专门轿车。司机满脸络腮胡子，沉默寡言。他对这位大胡子司机的阳刚形象感到满意，总觉得自己是生活在香港电影里。

田方再度成为单身男子。中年独居，他有一种获得假释的感觉。是的，婚姻是牢笼，可男人们还是自愿进入牢笼。然而冲出牢笼的男人，又在寻找新的牢笼。

尽管如此，田方有时依然感到一阵阵空虚。他不知道应当怎样充实自己的生活。

一天中午，办公室里的暖气突然跑水，田副总经理自己找来工具，一心一意投入暖气的抢修。人们闻讯赶来，跑水事故已经排除。水暖工呆呆注视着累得气喘吁吁的田副总经理，不知说什么才好。

西服革履的田方弄了两手油泥，也是不知说什么才好。

甄大军故事之三

甄大军属于母亲多年圈养的宠物，离开母亲甄大军必然成为弱者。结婚之后他跟柳悦一起生活，很快妻子便发现丈夫原来是个低能儿。

甄大军的日常生活里不论遇到什么事情，他总是用求助的口吻对妻子说："柳悦你说咋办呢？柳悦你说咋办呢？"

柳悦比甄大军小六岁，分明是小妹妹的角色，可结婚之后却必须充当甄大军的大姐姐。这对柳悦来说完全是始料不及的。

我们搬回父母家里住吧。我们没有必要远离父母住在外面。我们完全可以长久跟父母住在一起。甄大军总是这样嘟哝着，企图引起柳悦的注意。柳悦态度非常鲜明，那就是两个字：不行。

我从十四岁离家进入宣传队当兵，多少年不曾拥有属于自己的生活。我不愿意回到你们的大家庭去，你们的大家庭跟军营没有什么两样。大家庭的生活与军营相比，唯一不同的地方就是每天不用向你的父亲母亲立正行礼。我必须保持自己这个小家庭的独立自由。我是小溪里的鱼儿，但我不愿意汇入大江大湖。

既然不能重返大家庭生活，为了应付生活，甄大军与母亲葛琴之间建立了"热线电话"，每天铃声不断。

甄大军在电话里向母亲咨询的日常生活问题，无所不包。

妈妈，炒白菜放不放五香粉？

妈妈，小孩儿的尿布晾不干，我能不能使用电熨斗呢？

妈妈，这月轮到我们收水电费啦。

妈妈，我的避孕工具用完啦，我不知道应当到什么部门领取。

……

关于生育问题，葛琴给儿子下达的指示是多多同床不要避孕，力争让柳悦早早怀胎。

甄大军对母亲在电话里下达的这个任务，表示出畏难情绪。

葛琴急了，大声说我一口气生了你们五个男孩儿，那时候正是新中国的困难时期。如今思想解放让你养个孩子你还这样缩手缩脚的，真没出息。

人无压力轻飘飘。甄大军在母亲的严厉监督之下，经过艰苦卓绝的努力，终于使得柳悦怀孕。柳悦不想这么早就生孩子，考虑打胎。因为她想在舞蹈学校任教，同时还想再演电视剧。那时候，电视连续剧《高考》已经关机，但是尚未播出。因此柳悦对自己的演艺生涯心存幻想——女人是不会轻易放弃梦想的。

绝对不能打胎。甄大军接到母亲的电话指示，对柳悦进行二十四小时全天候监控。葛琴同志的办法更绝，她走遍全市大小十几家拥有妇产科的医院，一家家留下柳悦的照片，说谁要是敢给这个女人做人工流产，就送谁上军事法庭。

好像中国的军事法庭是由葛琴领导的。然而，葛琴发出的威吓，确实起到了敲山震虎的作用。首先对葛琴感到恐惧的不是别人，而是柳悦。她觉得葛琴这个老女人实在是太可怕了。

柳悦给自己的父母打电话，但得到的答复是"听首长的话，按照首长的指示办理"。

就这样到了最后关头——柳悦要丈夫表态。甄大军在房间里踱步，几次下意识地拿起电话打算向母亲请示，他面对柳悦的目光最终还是没敢拨打。

你将来是孩子的父亲，我将来是孩子的母亲。这件事情必须由你和我做主。柳悦说着，等待着丈夫的最后表态。

你让我咋办呢？你让我咋办呢？

柳悦彻底失望了。她决定继续怀孕，然而她心里还有另外一个决定，那就是必须和甄大军离婚。

就在柳悦无奈之下决定继续怀孕之后的第三天，甄大军被任命为《理论学习》的常务副主编。《理论学习》杂志也被评为本市最佳内部期刊。柳悦哭笑不得，提前给腹内的孩子取了一个极具纪念意义的名字：甄咋办。

甄大军埋头工作，他虽然能力不强，但颇具敬业精神，因此完成本职工作，问题不大。一天，甄大军无意之间发现了妻子的日记本，看到了"孩子落生之后，我就离婚；不成，孩子周岁的时候，我离婚；实在不成，孩子三岁之前，我必须离婚"。

甄大军当然不愿意离婚，然而他具有极强的传统道德观念，认为丈夫偷看妻子日记是一桩不可饶恕的罪恶。因此他只能对此保持沉默。一连串的日子就这样过去了。甄大军感到度日如年，难以言状的内心苦熬使这个男人变得形销骨立。他恐惧孩子落生，因为孩子落生便意味着柳悦与他离婚。这种恐惧心理日甚一日，给人以死期将近的感觉。终于，柳悦进入围产期。

柳悦生下一个女孩儿，当然没有取名"甄咋办"而是取名"甄小琴"，这是葛琴给自己的小孙女取的名字。

甄小琴出生了，但柳悦并未提出离婚。于是甄大军提心吊胆进入第二轮恐惧的等待。光阴似箭，甄小琴一周岁了，柳悦还是没有提出离婚，精神濒临崩溃的甄大军几乎每天每夜都在等待噩耗降临。

柳悦对丈夫的紧张状态浑然不知。她在日记里表达的自己的离婚规划，只是纸上谈兵而已。柳悦内心的真实想法是甄小琴进入小学读书之日，便立即跟甄大军办理离婚手续。

甄小琴成长着。甄大军狼狈不堪，日复一日，年复一年。日月如梭。甄小琴居然三岁了，柳悦仍然没有提出离婚。令人感到意外的是甄大军在这生不如死的三年里，竟然年年被政治干部进修学院评选为"先进模范党员"。

甄小琴四岁了。甄大军的心儿渐渐松弛，经过这几年的煎熬而没有见到柳悦离婚的迹象，他对婚姻的前景乐观起来。女儿甄小琴健康成长，甄大军胖了。这时候他终于暗暗承认，这几年紧张而焦虑的生活，自己的性功能分明受到极大削弱。

甄大军的父亲病逝。甄大军的母亲葛琴仍然顽强地活着。甄大军仍然恐惧着柳悦的离婚。

柳悦故事之三

甄小琴进入小学一年级读书，第一学期考试取得"双百"，成绩优异被评为"三好学生"。柳悦前去参加家长会，心情很好。走出学校大门，她给丈夫发了一个传呼。她决定今天就跟丈夫摊牌：离婚。因此她要求甄大军不要回家太晚，因为她知道，只要提出离婚，今天晚上极有可能出现长谈的局面。

但是甄大军回家的时候，已经晚间十点钟。他满脸歉意地告诉妻子，为了给经费不足的《理论学习》拉赞助，今天晚上跟一位企业家吃饭，那位企业家是住宅开发集团的田副总经理，人家初步答应支持《理论学习》杂志五万元人民币。

柳悦没有去听甄大军的叙述。她认为甄大军的生活与她毫无关系。她只想告诉甄大军一句话，这句话只有两个字：离婚。

甄大军给妻子沏了一杯茶。他不知道今生今世这是他给柳悦亲手沏的最后一杯茶了。然后他将一只暖水袋放进妻子的被窝，尽管分床多年，甄大军还是乐意为妻子服务的，但是他不知道今生今世这是他给柳悦被窝里塞进的最后一只暖水袋了。

柳悦不为丈夫的温情所动，默默接受了茶杯和暖水袋。她喝了一口丈夫亲手沏制的热茶，然后抑扬顿挫地说出九个字，"甄大军我要跟你离婚"。

说罢，柳悦注视着甄大军，静静等待丈夫的回答。这时候正是阴阳交割的子夜时分。

甄大军听罢，目不转睛地注视着柳悦，似乎是在欣赏着一件尘封久矣的艺术品。柳悦毫无思想准备，一时间处于被动境地。

离婚。多少年多少月多少天，长期焦灼不安的甄大军终于从柳悦嘴里听到离婚二字，这不啻一声轰然巨响，天地为之变色。

然而，甄大军蓦然感到一阵轻松，多年以来的恐惧心理猛地减去负荷，一下变得异常轻松。此时的甄大军终于明白了，柳悦提出离婚之日，竟然正是自己获得解放之时。

他笑了，但是苦笑。他告诉柳悦他同意离婚。在此之前，他真不明白自己为什么如此残酷地折磨了自己那么多年。

看到丈夫如此痛快地同意离婚，柳悦心里脸上闪过一丝犹豫甚至失落的神色。此时她突然开始反思，我应当不应当提出离婚。

婚姻真是一头怪兽。结婚的时候，怪兽睡了；离婚的时候，怪兽醒来，然后又睡了。

这就好比为了盖成一座大楼必须打下深深的基础，既然我为离婚而准备多年，那么就应当毫不犹豫地离婚。否则，大楼的基础岂不是白白浪费了？

柳悦这样想着，她在离婚的大路上朝前走着。甄大军度过多年焦虑不安的生活，终于"脱敏"。他认为离婚是唯一脱离苦海挣扎的良策。于是，离婚便成为甄大军与柳悦的共同节日。

办理离婚手续那天，甄大军在柳悦的要求下，两人到餐馆吃了喜面。真的，无论怎么说离婚也是一件值得庆贺的事情。这顿饭，甄大军吃得很饱。

甄小琴由甄大军抚养。此时的葛琴已经百炼成钢，她老人家默默接受了儿子离婚这一现实，决心发挥人生余热——带好第三代的甄小琴，为革命培养接班人。

单身女子柳悦终于回到多年之前的原来状态——独自生活。她住在一套老式的单元楼房里，每周三天到舞蹈学校上班。她身体开始发胖，不再是骨感美人儿，因此她无法胜任"形体课"的教学任务，于是她改任舞蹈语汇老师，看上去颇有几分肉感。

就这样过了两年。柳悦的内心渐渐趋于平静。她每星期都要把女儿甄小琴接到家里，母女团聚。八岁的甄小琴活脱脱就是葛琴同志的翻版，全身上下几乎没有任何地方继承了母亲。柳悦暗暗苦笑，这个甄小琴仿佛葛琴生的一样。

离婚之后的第三个年头，开始有人给柳悦介绍对象，一连说了几个，她都懒得见面。国庆节临近，表妹乘坐公共汽车跑来看望柳悦，说是给她介绍一个中年男子，并且热情地讲述着男方简况：四十五岁，离异，身高一米八二，风度潇洒，身体健康，擅长烹饪技艺并拥有高档住房，现任某房地产开发集团副总经理，事业有成，单位配有专车。

金秋十月的一天，柳悦在表妹的带领下，前往美美餐馆与男方见面。她坐在临窗的餐桌前，注视着外面的风景。

表妹不停地叨叨着，无外乎是诉说着男方如何如何优秀，女人再婚应当牢牢把握大好机会，云云。

柳悦凝视着窗外，看到一辆黑色别克轿车停在餐馆门外。一个西服革履的中年男子推门下车，显得个子挺高的。

西服革履的中年男子走进餐馆大厅，表妹起身迎上前去，笑着招呼着"田总"。于是这个被称为田总的中年男子气宇轩昂，朝着临窗的餐桌走来。

表妹笑着为男女双方做了介绍。这位先生是住宅开发集团的副总经理田方。这位女士是舞台学校的教师柳悦。

田方主动伸出右手说，柳悦女士我们以前见过面吧？

柳悦认真地看了看田方，然后摇了摇头，说对不起我以前并不认识您。

田方笑了笑，也说了一声对不起，然后就请表妹点菜。柳悦心里暗暗想道，这位男士很有主宰场面的指挥能力。

饭吃得并不复杂，不过也不简单。田方显然经常出席这种场面，不急不躁不卑不亢，注意仪表并且保持着风度。表妹很想促成这门婚姻，因此表现很是积极，完全有理由相信媒婆这门行业后继有人。

柳悦收下田方递来的名片，然后向对方表示歉意，说自己没有名片。之后，汤来了。汤一上桌，说明今晚宴席接近尾声。表妹十分知趣，为了给男女双方留出空间，起身提前告辞。

中间隔着餐桌，柳悦与田方无言地坐着。柳悦极力在心里寻找着话题，但就是不知说什么好。田方似乎也不是聊天高手，于是场面显出几分冷清。

田方终于张口了，说天色已晚是不是开车送柳悦回去。柳悦表示感谢，说自己打出租车回家，很方便的。

这就是男女双方的首次见面。柳悦回到家，洗澡之后上床歇息。这时候电话铃响了，是田方。田方在电话里向柳悦表示，希望能够预订下次的会面时间，因为他身为住宅开发集团的副总经理，工作很忙。

柳悦想了想，说星期四晚上六点钟吧。田方表示同意，然后突然再次问道，柳悦女士我觉得以前好像在什么地方见过你。

柳悦很诚实，表示自己的记忆里没有任何印象。田方似乎感到很满意，说了声晚安便挂断电话。

星期四晚间五点五十分，男方派司机开车来接柳悦赴宴。经过精心打扮的柳悦光彩照人，走出楼门坐进黑色别克轿车。大胡子司机回头看了看柳悦，脸上骤然掠过几分惊异的神色。然而，他很快就恢复了平静的表情，不言不语。

岁月不饶人。此时的柳悦根本不会想到，这位大胡子司机就是当年获得她初吻的笛子演奏员。

柳悦坐在黑色别克轿车，凝视着大街夜色，心头一派空白。

第四次约会，还是这位不言不语的大胡子司机开着黑色别克轿车来接柳悦。柳悦知道，这次约会不是在外面餐馆吃饭，而是在田方装修豪华的家里。这是柳悦第一次走进男友的住宅，迎面看到客厅里挂着本市书法家的草书《陋室铭》。柳悦没有什么文化，但她仍然觉得在这种超高档装修的房间里挂上刘禹锡这篇短文，有些滑稽。

田方亲自下厨做饭，柳悦一下就被感动了。田方的厨艺极好，炒了四个菜，烧了一个汤。吃饭的时候，田方几次给柳悦夹菜，柳悦感到一阵幸福涌上心头。

晚间，柳悦留宿。已经多年没跟男人做爱的柳悦，今夜再度成为女人。田方动作轻柔而舒缓，似乎非常爱护自己，同时也非常爱护柳悦。柳悦激动得热泪盈眶。

做爱之后，柳悦一头扎在田方怀里，她那干涸的心田享受着爱情的滋润。这时候电话铃响了，田方右手搂着柳悦丰腴的身体，左手抄起电话筒。

电话筒里传出一个男人的声音，似乎是什么急事诉说着。田方嗯嗯呀呀应付着。

田方终于放下电话，无声地笑着。

柳悦娇声娇语问道，谁——呀？

田方说，这人是一家小杂志的副主编，为了五万块钱的赞助费，好几次打电话来求我，真是讨厌。

这时，柳悦侧身躺在田方怀里，已经睡着了。

图书在版编目(CIP)数据

探戈时代的秧歌 / 肖克凡著. — 北京：中国文史
出版社，2020.3

（中国专业作家小说典藏文库·肖克凡卷）

ISBN 978 - 7 - 5205 - 1637 - 2

Ⅰ. ①探… Ⅱ. ①肖… Ⅲ. ①短篇小说 – 小说集 – 中
国 – 当代 Ⅳ. ①I247.7

中国版本图书馆 CIP 数据核字（2019）第 261172 号

责任编辑：蔡晓欧　薛未未

出版发行：**中国文史出版社**

社　　址：北京市海淀区西八里庄 69 号院　邮编：100142

电　　话：010 - 81136606　81136602　81136603（发行部）

传　　真：010 - 81136655

印　　装：北京东君印刷有限公司

经　　销：全国新华书店

开　　本：720 × 1020　1/16

印　　张：17.5　　　字数：234 千字

版　　次：2020 年 3 月第 1 版

印　　次：2020 年 3 月第 1 次印刷

定　　价：59.80 元